스피노자에 대한 파문 선고문, 1656

……모두에게 경고하노니 어느 누구도
그와 대화하지 말고 편지를 주고받지 말며,
누구도 그에게 호의를 보여서는 안 되고,
같은 지붕 아래 머물지 말 것이며,
그에게 가까이 가서도 안 되며,
그가 받아 적게 하거나
그가 쓴 글을 읽어서는 안 된다.

위대한 서문

버크, 베카리아, 니체 외 27인 지음

장정일 엮음

열림원

서문은 책의 작은 우주다

동사무소 직원이 되어 책을 읽겠다던 소년이 지금은 작가가 되었다. 동사무소 직원이 되는 것이나 작가가 되는 것이나 다 먹고살자고 하는 일일 뿐이니, 현재의 내가 소년 시절의 꿈보다 더 나은 사람이 되었다고는 차마 말 못 하겠다. 그런데도 지금의 내가 소년 시절의 희망대로 동사무소 직원이 되었더라면, 도리어 작가가 되어보겠노라고 블로그를 만들어 글을 올리고 있을지도 모르겠다. 그게 뭐라고. 안타까운 일이다.

나는 책을 읽는 데서 느끼는 즐거움만 한 것을 한번도 글을 쓰는 일에서 느낀 적이 없다(이미 어디선가 한번 썼던 얘기다). 글쓰기란 먹고살기 위해 이 재주밖에 부릴 게 없는 사람이 마감이라는 채찍을 맞으며 노역을 하는 것일 뿐. 그 일을 하면서 기쁨마저 누린다면 도착倒錯이다. 무엇 때문에 쓴다는 말인가. 세상에는 책을 쓰는 게 너무 기쁘다 못해 법열까지 느껴가며 집필한 작가들이 있다고 한다. 나는 한겨울 내내 얼어 있던 손가락 끝을 장작불이 활활 타오르는 난로에 조금 녹이는 기분으로, 그들이 느낀 법열을 약간만 나누어 받는 것만으로도 한평생을 행복하게 살았을 것이다. 그러니 무엇을 위해 쓴다는 말인가.

내가 지금까지 읽은 책 가운데 오래 마음에 남거나 특별하다고 생각한 서문을 모아 『위대한 서문』을 펴낸다. 더 말할 필요도 없지만, 이 서른 권의 책에서 뽑은 서른 편의 서문은 내가 쓴 것이 아니다. 그러니 이 책을 만들며 내가 한 일 중에 노역이라고 할 만한 것은 정말 아무것도 없었다. 내 힘으로 한 글자도 더하거나 뺄 필요가 없었던 이 일에는 오로지 순수한 기쁨만 있었다.

이 서문집을 만드는 기회에 서문을 좀더 꼼꼼히 살펴보게 되었다. 모두 알다시피, 서문은 저자가 자신의 책 첫 부분에 붙이는 간략한 글이다. 서문의 이와 같은 물리적 특성은 책이 쓰여지고 만들어진 이래로 변함이 없었지만, 서문의 목적은 크게 바뀌어왔다. 먼저 오래된 서문일수록 짤막한 헌사獻辭로 이루어져 있는 것을 볼 수 있다. 이는 학문이나 예술이 왕과 귀족의 감독과 보호 아래 육성되었다는 것을 생생히 입증해주는 흔적으로, 이 시절의 서문에서는 생사여탈권을 쥔 불가항력적인 힘에 머리를 조아리는 저자들의 굴종과 아부를 느낄 수 있다. 이 서문집에는 그런 서문을 아예 넣지 않았지만, 본보기 삼아 한 편을 보여주지 않을 수 없었다. 플라비우스 베게티우스 레나투스의 『군사학 논고』가 그것이다.

　　발렌티니아누스 황제 폐하께
　　저자들이 황제께 문학적 연구 결과를 봉헌해온 것은 오랜 관습이었습니다. 그들은 군주의 후원 없이는 저서를 올바르게 출간할 수 없습니다. (…) 군주의 격려로 학문은 번창해왔습니다. 이런 종류의 연구 결과에 대한 폐하의 높은 아량과 배려에 힘입어 저는 감히 그런 본보기를 따르고자 한 것입니다.

　　하지만 오해해서는 안 된다. 로마 시대의 인물이었던 베게티우스가 서문에서 보여준 아부의 역량이 곧 그의 기회주의적인 성정을 입증해주는 것도 아니며, 그의 저작이 보잘것없다는 증거는 더더욱 아니다. 저자가 혼신의 힘을 다해 쓴 저작을 황제의 공덕으로 돌리는 것은 그 시대의 서문이 반드시 지켜야 할 관습이었다. 위정자나 후원자에게 감사를 표하는 것은 당대의 서문이 갖추어야 할 요식이었던 것이다.『군사학 논고』는 고대 서양 군사학의 핵심을 정리한 이 분야의 고전으로, 이 책에 나온 교시敎示는 지금까지도 군사학의 초석 역할을 하고 있다.

서문이 헌사의 형태를 벗어나 자신의 천재성과 독창성을 압축하고 과시하게 된 것은 학문과 예술이 왕과 귀족으로부터 독립하게 되면서부터다. 계몽주의 시대 저자들의 서문에서는 펜 하나에 의지했던 그들의 자긍심과 자기 확신을 엿볼 수 있다. 예컨대 에드먼드 버크가 그의『숭고와 아름다움의 이념의 기원에 대한 철학적 탐구』에 부친 서문이 그렇다.

　　자연의 여러 가지 특징들을 우리가 읽어낼 수는 있다. 하지만 그것들이 그렇게 단순하지는 않기 때문에 아무렇게나 대충 해도 읽어낼 수 있는 건 아니다. 조심스럽게, 심지어는 거의 소심할 정도로 대상에 접근해야 한다. 겨우 기는 척이나 할 수 있을 정도인데 날려고 해서는 안 되는 법이다. 복잡한 문제에 접근할 때 우리는—우리 스스로가 자연적 조건으로 인해 엄격한 규칙과 좁은 테두리 속에 간혀 있으므로—그 문제를 구성하고 있는 각각의 요소들을 구별해 하나씩 자세히 조사해보아야 하며 모든 것을 아주 단순화시켜 고찰해야 한다. 원리들이 미치는 영향에 따라 이 복잡한 문제를 고찰할 뿐만 아니라 이 문제가 미치는 영향에 비추어 다시 원리들을 고찰해야 한다. 우리가 다루는 주제를 그와 유사한 것들과, 심지어는 그와 반대되는 성질을 가진 것들과도 비교해보아야 한다. 하나만 보아서는 포착되지 않는 것을 다른 것과의 대비를 통해 발견할 수 있고 실제로도 종종 그런 경우가 있으니까. 이런 비교를 많이 하면 할수록 우리의 지식은—더욱 광범위하고 완전한 귀납적 추리에 근거를 두게 될 것이기에—훨씬 더 보편적이고 확실해진다고 말할 수 있을 것이다.

버크는 일찍이 1688년 명예혁명으로 왕을 식물로 만든 나라의 사람이기도 하거니와, 이 깐깐한 경험주의자의 자긍심 안에 "군주의 격려로 학문은 번창해왔습니다" 운운하는 허사虛辭는 깃들 데가 없다. 그러나, 그렇다고 해서 서문의 최초 형태였던 '감사의 인사'가 아주 사라진 것은 아니다. 왕과 귀족에게 바쳐진 그것이 이제는 좀더 다양한 인사들에게로 향하게 되었을 뿐이다.

친구·가족·배우자·애인이 그들이며, 현대로 내려오면서 빠트려서는 안 되는 헌사의 대상으로 출판 편집자가 부상했다.

무척 흥미롭게도 외국 저자와 한국 저자의 서문을 보면 크게 차이나는 것이 있다. 흔히 한국을 동방예의지국이라고 하는데, 서문에 나타나는 감사 인사의 길이만 보면 배은망덕지국이 아닌가 한다. 외국의 저자들이 영화의 엔딩 크레디트처럼 주절주절 끝도 없이 책을 쓰는 데 도움을 준 사람들의 이름을 나열하는 데 반해, 한국 저자들은 고작 한두 명의 이름을 인색하게 거론하거나 아예 그마저도 언급하지 않는 책이 더 많다. 한국의 저자들은 외국 저자들에 비해 지식의 세계가 그 어느 세계보다 더 협업의 세계라는 사실을 잊는 것일까? 아니라면 '스승'을 포함한 지식 세계의 성원들이 워낙 인격적이지를 못해서 차마 감사를 바칠 마음이 생겨나지 않는 것이거나. 참고로 움베르토 에코는 자기의 주변 사람 모두를 호명하면서 누구도 섭섭해하지 않을 예의바른 서문을 쓰는 법에 대해 한 편의 익살스러운 에세이를 남긴바 있다.

『위대한 서문』에 실린 대부분의 서문은 글 안에 집필 동기와 목적, 체제와 방법론, 주제와 내용 요약을 아우르고 있으며, 어떤 경우에는 자신에 대한 변호와 경쟁자에 대한 반박을 겸한다.

서문이 이처럼 다양한 내용을 담고 있는 만큼, 형태와 길이가 들쭉날쭉인 것도 이상한 일이 아니다. 사디즘의 창시자 D. A. F. 사드는 『사랑의 범죄』라는 소설집에 소설의 역사와 함께 소설 쓰는 법을 길고 자세하게 논증하는 서문을 썼다. 이 서문은 계몽주의 시대의 평균적인 지식인이 얼마나 박학다식했는지 엿보게 해주는 한편, 미치광이 사드를 새로운 눈으로 보게 한다. 그는 이성理性의 광인이었다. 반면, 근대문학 혹은 근대 예술에서의 새로움이란 무엇인가를 떠들썩하게 보여준 샤를 피에르 보들레르는 자신의 시집 『악의 꽃들』의 서문을 시 한 편으로 대체했다. 보들레르의 방식은 서문 쓰기가 지겹거나 고역인 저자들이 고려해볼 수 있는 방안이기는 하지만, 시인들이 아니고서는 좀체 완수하기 힘든 형식이다.

저자의 입장에서 서문이 필요했던 이유들은 이상과 같다. 이제는 독자의 입장에서 서문이 소용되는 이유를 살필 차례다. 수영장에서 아무 준비 없이 곧바로 물속으로 뛰어들어가는 사람이 있듯이, 서문을 생략하고 곧장 본문을 읽는 독자도 있다. 그러나 그런 독법은 비유하자면, 아무런 목표도 정하지 않고 떠나는 여행과 같다. 어쩌면 그러한 여행이 더 극적일 수도 있으나, 그러한 독서는 독자를 오독으로 인도할 수 있다. 효율적인 여행에 지도가 필수인 것처럼, 독서에도 지도가 필요하다.

제목은 압축 파일과 같다. 저자의 의도가 잘 파악되지 않거나 주제를 놓치고 싶지 않을 때, 독자는 마치 스님들이 화두를 잡듯 제목을 잡고 늘어져야 하고, 언제나 제목으로 되돌아가야 한다. 제목은 독자의 이해가 올바른 방향으로 전진하도록 인도해주는 돛과 같다. 그다음으로 일별해야 하는 것은 많은 독자들이 주의를 기울이지 않는 목차다. 본문을 읽기 전에, 그리고 본문을 읽는 중에도 독자는 종종 목차를 펼쳐 책의 등고선과 같은 그것을 머릿속에 넣어두어야 한다. 목차는 저자가 자신의 주장을 어떻게 구성하고 있는지 보여주는 설계도다. 자기 머릿속에 넣어둔 목차와 본문을 대조해가며 읽을 때 독자는 저자가 된 듯한 기분마저 느낄 수 있다.

제목이 압축 파일이라면 서문은 그것을 푸는 암호다. 서문은 이 책이 쓰여진 동기와 방법론을 설명해주며, 저자가 다루고 있는 질문의 윤곽과 주제를 명료하게 해준다. 많은 서문은 친절하게 내용을 요약해주기도 하는데, 이러한 저자의 수고는 특히 방대한 분량의 저서를 읽을 때 독자의 주의가 흐트러지는 것을 방지해준다. 내가 읽고 있는 책을 해설해주는 최고의 참고서는 비평가의 해설도 서평가의 독후감도 아닌, 서문이라는 것을 명심

해야 한다. 요컨대 서문은 한 번 읽고 말 것이 아니라, 참고서처럼 곁에 두고 매번 펼쳐 보아야 하는 것이다. 프리드리히 니체가 『도덕의 계보학』 서문 끄트머리에서 "거의 소처럼" 되어라, "되새김"하라고 했던 말을 명심하고, 그것을 서문에 적용하자.

서문을 되새김질해서 얻는 즐거움 가운데 하나는, 서문과 본문 사이에 생긴 모순(틈) 혹은 미해결을 감지하는 것이다. 서문과 본문 사이에 이런 모순과 미해결이 일어나는 이유는, 서문은 크고 본문은 작기 때문이다. 이런 전도는 서문과 본문의 중요성이 양적 문제에 있지 않음을 보여준다. 서문은 늘 본문보다 짧지만, 저자의 욕망이 고스란히 투영된 서문은 그것의 실현물인 본문보다 크다. 어쩌면 바로 그렇기 때문에 저자는 계속 글을 쓰게 되는지도 모른다. 자신의 서문을 끝내 완성하기 위하여.

서문이 이처럼 중요하다는 사실은, 수많은 명저들이 자기의 수준을 서문을 통해 여실히 드러내고 있는 것으로 충분히 증명된다. 헛소리나 늘어놓은 부실한 서문치고 뛰어난 명저는 없다. 이런 사실이 서문을 책의 작은 우주로 만들며, 본문과 따로 떼어 음미할 수 있게 한다. G. W. F. 헤겔을 비롯한 몇 명의 위대한 저자들이 그들의 서문만 따로 모은 서문집을 갖고 있는 이유가 그것이다.

『위대한 서문』은 문학·철학·역사·예술·과학 등 다종다양한 분야의 명저에서 고른 서문들로 구성되었다. 이처럼 다양한 분야의 서문은, 서문이 모든 책에 없어선 안 되는 공통된 절차라는 것을 말해준다. 어떤 독자는 이처럼 다양한 분야의 책에서 가려 뽑은 이 서문집을 읽고 자기만 깨달은 서문의 비밀을 발견할 수도 있을 것이다.

동사무소 직원의 꿈을 이루어지게 해준 함명춘 형과 열림원의 여러분, 서문을 쓰도록 허락해준 번역자와 출판사, 그리고 책 읽는 즐거움을 주었을 뿐 아니라 『위대한 서문』을 가능하게 해준 저자들에게 감사드린다.

장정일

차례

내가 진실을 발견한 것은
오직 그것을 잃어버리기 위해서였다

－몽테스키외

일러두기

· 서문별 소제목은 엮은이가 달았다.
· 수록 순서는 작품 발표연도에 따랐으며 최초 발표일을 기준으로 했다.
· 서문은 옮긴이 또는 출판사로부터 허가를 받아 실었으며 출처는 본문 끝에 밝혔다.
· 출처에서의 저자명은 원 서지사항에 따르되 그 외 본문에서는 외래어 표기법을 따랐다.

1

폐하께서 잘 아시는 바와 같이

플라비우스 베게티우스 레나투스(301?~400?)는 4세기 로마의 군사 저술가로 "평화를 원하면 전쟁에 대비해야 한다"라는 격언을 남겼다. 그의 저서 『군사학 논고』는 발간 당시에는 빛을 보지 못했으나 천년이 지난 후 가치를 재평가받았다. 마키아벨리를 비롯한 유럽의 지도자들에게 군사 개혁의 기본서가 되었고, 오늘날 군사학의 초석을 마련했다. 그의 생애에 대해 명확하게 알려진 바는 없지만, 책에 아드리아노플 전투에 관한 이야기가 담겨 있으며, 책을 발렌티아누스 2세에게 봉정한 것으로 보아 그 연대를 추정하고 있다.

Flavius Vegetius Renatus

군사학 논고

De Re Militari, 378?~392?

발렌티니아누스 황제 폐하께

　저자들이 황제께 문학적 연구 결과를 봉헌해온 것은 오랜 관습이었습니다. 그들은 군주의 후원 없이는 저서를 올바르게 출간할 수 없습니다. 지식은 아주 보편적이어야 합니다. 무엇보다도 모든 백성들이 그것의 영향을 크게 받는다는 중요한 사실 때문에 그렇게 해온 것입니다. 흔한 예는 아우구스투스 황제와 위대한 그의 계승자들께서 봉헌받은 저서들을 대단히 호의적으로 인정하신 데서 찾을 수 있습니다. 군주의 격려로 학문은 번창해 왔습니다. 이런 종류의 연구 결과에 대한 폐하의 높은 아량과 배려에 힘입어 저는 감히 그런 본보기를 따르고자 한 것입니다. 또한 저는 뻔뻔하게도 고대의 저술가들에 비해 턱없이 무능한 저 자신을 망각해버렸습니다. 하지만 저는 이 연구에서 감히 한 가지 다른 특징을 내놓고자 합니다. 이 연구의 특징은 우아한 표현이나 비범한 천재의 생각을 필요로 하지 않으며, 단지 과거의 군사문제에 대한 고대 저술가들과 역사가들의 관찰과 가르침을 공공 용도를 위해서 집대성하여 정리해보는 데 있으며, 저는 매우 신중하게 그리고 성심을 다해 집필했습니다.

'신병의 모집과 훈련'에 관한 부분에서 저는 과거의 특이한 관습과 방법 들을 잘 정리해 표현하고자 했습니다. 저는 감히 제 연구의 상세한 내용을 폐하께서 잘 모르시리라 생각하고 제출하는 것은 아닙니다. 폐하의 지혜로움으로 제국은 번영과 발전을 이루어왔습니다. 폐하께서 잘 아시는 바와 같이 이를 위한 유익한 계획과 규정 들은 과거의 건국자들 이후 쭉 지켜져왔습니다. 다만 이 짧은 요약 연구에서는 중요한 주제에 대한 가장 유익하고 필요한 내용을 폐하께서 쉽게 찾을 수 있으리라고 감히 생각하는 바입니다.

2

세상은 바보들 천지

제바스티안 브란트(1458~1521)는 독일 바젤 대학에서 법학교수를 지내고 번역과 출판 활동을 했다. 『바보배』는 세상의 바보들을 싣고 바보들의 천국, '나라고니아'로 항해하는 이야기이다. 브란트는 110가지가 넘는 유형의 바보를 소개하며 종교개혁 이전의 타락한 사회상을 꼬집는다. 글을 모르는 이도 내용을 알 수 있게 각 글마다 목판화를 배치한 것이 특징인 이 책은 르네상스 최초의 베스트셀러로, 이후 루터의 종교개혁과 에라스뮈스의 『우신예찬』에도 영향을 미쳤다. 풍자의식에 저자도 예외는 아니었다. 바보배 판화 뱃머리에 바보깃발을 들고 있는 박식한 바보가 바로 제바스티안 브란트다. 바보배는 오백 년도 더 전에 침몰했지만 '바보거울'은 세상에 남아 우리를 비추고 있다.

Sebastian Brant

바보배

Das Narrenschiff, 1494

세상 모든 겨레와 나라에 쓸모 있고 약이 되는 교훈을 베풀고 다그치며, 지혜와 도리와 바른 풍속을 바로 세우고, 나아가 사람들의 어리석음과 미망과 그릇됨과 몽매를 조롱하고 징벌하기 위해서, 혼신의 정성과 수고와 기운을 쏟아서, 법학박사 학위 두 개를 소유한 제바스티안 브란트가 바젤에서 이 책을 집필했다.

하느님 들먹이는 책이 사해만방에 넘쳐나네.

영혼을 구제한답시고,

성서와 교부 들의 가르침들 하며

그렇고 그런 책들이 쏟아져나오네.

참으로 괴이한 것은,

그리 좋다는 책을 읽고도 개과천선은커녕

되레 성서와 교훈서를 깔보니,

세상이 캄캄한 밤에서 헤어나지 못하고

죄악을 끌어안고 산다는 사실이라네.

골목과 거리마다 바보들이 우글대며

처소를 가리지 않고 바보짓을 벌이지만

귀한 말씀을 들을 귀는 꽁꽁 틀어막았다네.

이참에 나는

바보배를 어떻게 만들어볼까 궁리해보네.

갤리선, 경주배, 화물선, 당도리, 돛단배,

바지선, 고깃배, 준설선, 쏜살같은 요트는 어떨까?

아니면 썰매, 짐수레, 손수레, 마차가 나을까?

바보 떼거리를 죄다 태우려면

배 한 척 가지고는 어림없을 테지.

빈 배가 어디 없을까 찾던 바보 한 무리가

벌떼 날아들듯

배를 발견하고 헤엄쳐 가서

배에 먼저 올라타겠다고 선두를 다투네.

바보배에 올라타는 바보와 얼간이 들,

그 작자들 꼬락서니를 내가 여기 그려보았네.

글월을 모르는 까막눈,

낫 놓고 기역 자 모르는 사람들은

책에 실린 판화에서 자신의 바보 형상을 보겠네.

또 판화에 실린 바보가 어떤 인간인지,

누굴 닮았는지, 어디가 모자라는지 알게 되겠지.

나는 판화를 '바보거울'[1]이라 부르려고 하네.

바보가 거울을 보고, "나로구나" 할 테지.

누구든 거울을 들여다보면

낯익은 사람을 발견하게 된다네.

바보거울을 제대로 비추어보면

자신이 지혜로운 사람이 아니라는 것,

자신이 내세울 것 없는 보잘것없는 존재이고

세상에 결점 없이 사는 인간은 없다는 것,

자기는 바보가 아니라 현명하다고

제바스티안 브란트

우길 사람은 없다는 것을 깨닫게 된다네.
자신을 바보로 여기는 사람은
머지않아 지혜에 닿겠지만,
밤낮 현명한 척 나대는 사람은
다름 아닌 바보, 나의 짝패일세.
그런 바보는 나에게 앙심을 품고
이 작은 책을 내던지겠지.
이 책은 바보들을 남김없이 다루었네.
누구나 이 책에서 제 궁합을 찾을 수 있다네.
바보가 왜 이 세상에 나왔는지,
왜 세상은 바보들 천지인지 깨달을 걸세.
지혜는 숭상을 받지만
바보의 지위가 얼마나 딱한지 알게 된다네.
이 책에서 세상살이 가닥을 잡을 수 있으니
한 권쯤 장만하는 것이 이롭겠지.
웃겼다가 울렸다가 온갖 재롱을 피우는
바보들이 책 안에 우글거린다네.
바보가 제 동기들 이야기를 떠벌리니
현명한 사람은 이 책을 읽으면서 미소지을 걸세.

돈 많은 바보, 가난한 바보가 책에 다 들어 있네.

못된 것도 끼리끼리, 유유상종이라네.

나는 바보고깔을 여러 사람에게 지어준다네.

다들 자기는 바보고깔 쓸 일 없다고 말하지.

행여 책에다 바보들 이름을 거명했더라면

"나, 모르잖소?" 하고 잡아뗐을 걸세.

내가 바라는 것은 지혜로운 사람들이

이 책을 읽고 마음에 흡족해하고

그분들 학덕에 비추어 나의 글이 어긋남 없이

올바른 내용이라고 말해주시는 걸세.

그분들이 그렇게 말씀하시리라 내가 알고 있기에

바보들과 씨름하며 책을 쓰느라 땀깨나 쏟았다네.

바보들아, 탐탁찮다 여기지 말고

지혜의 말씀에 귀기울이게나.

테렌티우스가 말했다네.

진실을 말하는 사람은 미움을 수확한다고.

코를 계속 풀다보면

코피가 난다네.

노여움을 주체하지 못하면

제바스티안 브란트

쓸개에 병이 들지.

남의 등뒤에서 비아냥대거나

바른 가르침을 조롱하더라도,

나는 아랑곳하지 않는다네.

바보를 꼽자면 끝도 없겠지.

지혜를 언짢게 여기는 바보들이

이 작은 책에 넘쳐나네.

그러니 부디

이성과 명예를 높이 보고,

글쓴이나 볼품없는 책을 책망하지 말게나.

바보들을 이만큼이나 끌어모은다고

밤을 지새우기 일쑤였고,

잠에 **빠졌**거나,

노름을 하거나, 술잔을 기울이거나,

모여앉은 바보들이 내 머리를 떠나지 않아서

나름대로 노고가 적지 않았지만,

그런 바보들은 내 생각을 하기나 했겠나.

바보 한 무리는 썰매를 지치면서

꽁꽁 얼어붙도록 눈밭을 뛰놀고,

또 한 무리는 어쭙잖은 말썽을 부리고,

또다른 무리는 그날 본 손해를 따지면서

이득을 이만큼 낼 수도 있었을 텐데 하고

꼽아보았겠지.

날랜 혀를 놀려서 내일은 또 무슨 사기를 칠까,

팔아먹을까, 속여먹을까, 궁리했겠지.

바보들의 솜씨와 언변과 재간이 얼마나 대단한지,

나는 밤잠이 절로 달아나곤 했다네.

누가 나에게 책 쓰라고 시켰다면 못 썼을 걸세.

그러니 부디 나의 책을 비난하지는 말게나.

책을 거울삼아서

남녀 할 것 없이 서로서로

들여다보게나.

바보가 남자만 있겠나.

여자들 중에도 바보가 발에 차이더군.

머릿수건, 면사포, 수녀의 베일 따질 것 없이

내 손으로 바보고깔을 덮어씌우지.

헤픈 처녀들은 "날 좀 보세요" 하면서

바보치마를 입는다네.

제바스티안 브란트

바보치마가 원래 남자들의 수치라는 걸 모른다네.

뾰족코 구두와 깡총한 치마 차림으로

여자 바보들이 우유 시장을 휩쓸고 다니네.

길게 땋은 댕기 머리에 때때헝겊을 있는 대로 묶고,

머리 위에 뿔을 세웠다네.

어리석은 처녀들이 들짐승처럼 어슬렁거리는 품에,

그만 황소가 들이치는 줄 알았지 뭔가.

그러니 현숙한 여인네들은

부디 나를 용서하게나.

천박한 짓 삼가는 그대들 행실은 잘 알고 있다네.

그러나 몹쓸 여인네들에게는 가차없을 걸세.

이 책에도 그런 바보의 무리가 적지 않아서

바보배에 함께 동승했다네.

그런데 열심히 찾아보아도

자기 모습은 이 책에 실려 있지 않으니까

자기는 바보고깔이나 바보지팡이와

인연이 없다고 넘겨짚는 사람이 있을지 모르겠네.

내가 자기를 빼놓고 다루지 않았다고 생각한다면

지혜로운 사람에게 찾아가 그 대문 앞에서

말씀 잘 듣고 얌전히 기다리시게.

얼른 프랑크푸르트 장터에서 바보고깔을 사올 테니!

제바스티안 브란트

3

격언은 가장 오래된 가르침

데시데리위스 에라스뮈스 로테로다뮈스(1466~1536)는 네덜란드 태생의 인문학자이자 가톨릭 성직자이다. 금서로 지정되었음에도 당대의 베스트셀러가 되었던『우신예찬』등의 작품 속에서 당시 부패한 가톨릭 교회를 비판했으나, 루터의 종교개혁에는 합류하지 않았다. 그리스와 라틴 고전을 연구하며 인문주의 운동에 앞장섰고, 평생에 걸친 고전 강독의 결실을 고스란히 담아『격언집』을 펴냈다. 그는 세상 사람들이 진실한 마음으로 격언을 가슴에 품고 산다면, 우리 삶에서 고통을 덜어낼 수 있으리라고 보았다. 독자에게 자기 자신과 세계를 되돌아보게 하는 이 책에는 자기 안팎에 자리잡은 야만을 끊고 인문주의의 토대를 마련하려는 에라스뮈스의 의도가 담겨 있다.

Desiderius Erasmus Roterodamus

격언집

Adagia, 1500

1. 격언이란 무엇인가?

격언paroimia은 도나투스에 따르면 "어떤 사태와 시기에 어울리는 말"[1]이다. 디오메데스는 격언을 다음과 같이 정의하고 있다. "격언이란 시중에 널리 쓰이는 말이며, 어떤 사태와 시기에 들어맞는 말로서, 글자 그대로의 말과는 다른 속뜻을 가지고 있다."[2] 그리스의 여러 작가들에게서 우리는 여타의 정의를 찾을 수 있다. 어떤 작가는 다음과 같이 적었다. "격언은 세상을 살아

데시데리위스 에라스뮈스 로테로다뮈스

가는 좋은 지침이며 꽤나 불분명하면서도 실로 상당히 유익하다." 또 어떤 작가는 이렇게 적었다. "격언은 모호한 글자의 표피 속에 오롯이 진리를 감추고 있는 말이다."

이외에도 격언이라는 단어에 대한 여러 가지 정의를 그리스나 로마 문학 작품 가운데 찾을 수 있으나 이 자리에 그 모두를 열거하지 않겠다. 왜냐하면 우선 나는 가능한 한 이 저작에서나마 호라티우스가 가르친 대로,[3] 선생에게 요구되는 간결함의 원칙을 따르고자 한다. 또다른 이유는 모든 정의들이 결국 같은 말을 하고, 같은 것으로 귀착하기 때문이다. 그리고 무엇보다 위의 정의는 격언의 의미나 영향력을 드러내는 데 불필요한 사족을 덧붙이거나 그 중요성을 훼손하지 않기 때문이다.

도나투스와 디오메데스는—그렇다고 다른 작가들이 달리 생각했다는 뜻은 아니다—격언이라면 어떤 감추어진 뜻을 갖고 있어야 한다고 여겼다. 즉 그들은 격언을 일종의 비유로 생각했고, 격언이 무언가 배울 점gnomikon, 가르침을 담고 있기를 기대한 듯하다. 왜냐하면 그들은 격언을 정의하면서 "사태와 시기에 어울리는"이라는 말을 집어넣었기 때문이다. 그리스 사람들은 격언을 정의하면서 하나같이 살아가는 데 도움이 되는 말이라고 하거나 또는 속뜻을 가진 은유라고 하거나, 아니면 이 둘을 함께 언급하고 있다.

독자 여러분들은 이 책에서 이름 높은 옛사람들이 인용하였던 격언들을 보게 될 것이다. 이 격언들은 간혹 은유의 껍데기를 쓰고 있지 않거나, 혹은 삶을 살아가는 데 필요한 가르침을 담고 있지 않아서, 소위 금언이나 잠언 들과는 정반대되는 성격을 띨 수도 있다. 이에 관해 두 가지만 예로 들면 충분하겠다. "지나치지 마라!"는 모두가 격언으로 받아들이는 말이며 비유로 위장되어 있지 않다. "누가 문을 못 찾으랴?"는 아리스토텔레스에 의해 격언의 지위에 들었다.[4] 하지만 나는 이 말이 어떤 유용한 삶의 가르침을 지녔는지 모르겠다.

한편 퀸틸리아누스는[5] 『수사학 교육』제5권에서 모든 격언이 비유를 덧쓰고 있지는 않다고 하였다. 그는 "격언은 좀 짧은 우화와도 같다"라고 했다. 이 말에 비춰보면 비유를 사용하지 않는, 다른 종류의 격언도 있음이 분명하다. 하지만 이 책에 인용된 수많은 격언들이 은유적 껍데기를 덧쓰고 있음도 사실이다. 내 생각에는 비유적 치장으로 즐거움을 가져다주면서, 담겨 있는 생각으로 동시에 유익을 전하는 격언이야말로 최고의 격언이라 할 수 있다.

그러나 격언을 칭송하며 어떤 격언이 최상의 것인지를 보여주는 일과 격언이 정확히 무엇인지를 정의하는 일은 아주 다르다. 문법학자들이 허용하는 한에서 내 생각을 말하자면 다음과 같은 말이 격언에 대한 가장 완벽한 정의이며 지금 우리의 목적에 가장 잘 어울린다. "격언은 널리 쓰이는 말로서 통렬하고 신선한 반전을 그 특징으로 한다." 논리학자들은 정의에는 세 가지 조건이 필요하다고 말하는데, 이 정의야말로 모든 것을 갖추었다. 즉 '말'이라는 단어는 종種을 드러내며, '널리 쓰이는'이라는 말은 종차種差를 드러내며, '통렬하고 신선한 반전'이라는 말은 그 특수한 성격을 드러내기 때문이다.

2. 격언의 고유한 성격과 그 한계

격언을 특징짓는 두 가지가 있다. 즉 대중적인 쓰임과 통렬하고 신선함이 그것이다. 격언은 많은 사람들이 알고 있는 것이어야 하며 또한 널리 쓰여야 한다. 그리스어로 격언을 의미하는 파로이미아paroimia에는 오이모스oimos라는 말이 들어 있는데, 이 말은 길을 의미하며, 그중에서도 잘 닦여 왕래가 잦은 길을 뜻한다. 이 길을 따라 여기저기 오가는 사람들의 입에 오르내리는 말이 곧 격언이며, 이를 라틴어로는 아다기움adagium이라 한다. 이 라틴어 또한 바로에 따르면[6] '여기저기 돌아다니다'에서 유래했다.

다음으로 통렬함과 신선함에 관해 말하자면 일상 언어와 구별되는 특징이라 할 수 있다. 하지만 우리는 이런 두 가지 특징을 갖는 모든 말을, 즉 널리 쓰이고 있다는 이유로 혹은 흔하지 않은 내용을 담고 있다는 이유에서 격언으로 분류할 수는 없다. 내가 통렬하고 신선하다고 부르는 그것은 옛사람들과 옛 현자들이 하나같이 천거하는 것이어야 한다. 이것에 관해서는 다음에 다시 논의하기로 하고 우선 격언이 어떻게 사람들 사이에서 널리 쓰이게 되는가 하는 문제를 살펴보자.

격언이 사람들 사이에서 널리 쓰이게 되는 이유 중 하나로 우선 그것이 신탁에서 유래했다는 사실을 들 수 있다. "세번째도 네번째도 아니다"(『격언집』Ⅱ, i, 79. 이하 서명 생략)라는 격언이 그러하다. 또다른 이유는 신탁만큼이나 고대 사회에서는 널리 인용되던, 현자가 남긴 말이기 때문이다. "좋은 것은 어렵다"(Ⅱ, i, 12)라는 격언이 그러하다.

혹은 그것이 옛 시인으로부터 유래하기 때문이다. 예를 들어 호메로스의 말 "어리석은 자는 일이 끝나고서야 안다"(I, i, 30)나 핀다로스의 말 "작대기를 발로 걷어차다"(I, iii, 46)가 그러하다. 또 사포의 말 "벌이 없으면 꿀도 없다"(I, vi, 62)가 그렇다. 말이

데시데리위스 에라스뮈스 로테로다뮈스

아직 타락하지 않았던 시절에는 시인들의 시구가 잔치에서 불렸기 때문이다.

혹은 그것이 무대극에서 상연되었던 경우를 들 수 있다. 즉 비극과 희극에서 그러하였는데, 예를 들어 에우리피데스의 "강물이 거꾸로 흐른다"(I, iii, 15)라는 말이 그러하다. 아리스토파네스의 "까마귀들에게로 꺼져라"(II, i, 96)라는 말도 그러하다. 사실 희극에서는 치고받는 대사 부분에 인민대중이 시중에서 널리 사용하는 말들을 많이 차용하였으며, 거꾸로 희극에서 쓰인 말들이 널리 대중에게 수용되기도 하였다.

어떤 격언은 신화로부터 유래하였기 때문에 널리 쓰이게 되었다. 예를 들어 다나오스의 딸들에게 맡겨진 일에 나오는 "영원히 채울 수 없었던 항아리"(I, iv, 60)[7]가 그러하다. 또 페르세우스 신화에 등장하는 "오르쿠스의 투구"(II, x, 74)[8]가 그러하다

어떤 격언은 우화에서 유래해 널리 쓰였다. "그러나 우리는 돈주머니에 무엇이 들었는지 보지 못한다"(I, vi, 90)라는 말이 그러하다. 혹은 실제로 있었던 사건에서 유래해 널리 쓰인 예도 있다. "레우콘은 말에 싣고 갔는데 레우콘의 말은 다른 것을 싣고 갔다."(II, ii, 86)

혹은 역사에서 유래해 널리 쓰인다. "로마는 가만히 앉아서

승리를 얻었다"(I. x. 29)라는 말이 그렇다. 혹은 어떤 격언은 재치 있는 말재간에서 유래한다. "자기 스스로를 장악하지 못한 사람이라면 사모스 섬을 장악할 수 있을지도 모른다"(I. vii. 83)가 그것이다. 어떤 격언은 어떤 말에서 한 토막만을 잘라내어 얻어진다. "히포크라테스의 아들은 걱정하지 않는다"(I. x. 12)가 그것이다.

말, 행동, 한 민족이나 한 개인의 자연적 본성, 혹은 동물의 본성, 혹은 마지막으로 한 사물에 속하는 어떤 특성, 이런 것들이 만약 독특하면서 널리 알려진 것이라면 격언이 될 기회를 얻는다. 예를 들어 "페니키아인에 대항하는 쉬리아인"(I. viii. 56), "악키제인akkizein"(II. ii. 99), 즉 무언가를 속으로 받고 싶은 것을 짐짓 거절하는 모양, "여우는 미끼를 물지 않는다"(I. x. 18), "두 번씩이나 주는 배추는 죽음이다"(I. v. 38),[9] "이집트산 미나리아재비"(I. i. 22) 등이 있다.

3. 무엇이 격언에 신선함을 부여하는가?

앞서 신선함을 언급하였다. 신선함은 결코 단순한 문제가 아니다. 때로는 사태 그 자체로부터 신선함이 생겨나기도 하지만—예를 들어 "악어의 눈물"(II. iv. 60)처럼—때로는 비유에 의해 생겨나기도 한다. 격언은 모든 종류의 수사학적 비유를 차용하면서 필요에 따라 이를 다양하게 변화시킨다. 여기서는 신선함을 가져다주는, 자주 등장하는 비유에 관해서만 언급하고자 한다.

은유는 거의 언제나 등장해 다양한 방식으로 쓰인다. 유비도 드물지 않게 쓰이는데 어떤 사람들에게는 이 또한 은유의 한 종류일 뿐이다. 은유의 예로는 "모든 것이 여울목에 섰다"(I, i, 45)를 들 수 있고, 유비의 예로는 "늑대가 하품하다"(II, iii, 58)를 들 수 있다.

과장법도 드물지 않다. 예를 들어 "뱀의 허물보다 속 보이는"(I, i, 26)을 들 수 있다. 때로는 수수께끼처럼 보이는 것도 있는데, 퀸틸리아누스에 따르면 다만 보다 모호한 유비일 뿐이다. 예를 들면 "절반이 전체보다 크다"(I, ix, 95)가 그렇다.

때로 암시적 언급이 사람들의 관심을 끌곤 한다. 예를 들어 "그렇게 하시지!"(II, vi, 28) 내지 "둘이 동시에 같이"(III, i, 51) 내지 "좋든 나쁘든, 내 집 마당의 일"(I, vi, 85)이 그렇다. 때로 한 개인의 고유한 표현도 속담과 유사한 성격을 가진다. 예를 들어 "오귀게스의 재난"(II, ix, 50)은 커다란 재앙을 의미한다.

때로 모호한 표현도 속담과 유사한 성격을 갖는다. 예를 들어 "혀 위에 황소"(I, vii, 18)[10]와 "피사 속의 쥐"(II, iii, 67-8)가 그것이다. 사실 '황소'는 한편으로 동물의 일종이지만 다른 한편으로 동전을 의미한다. 마찬가지로 '쥐'라는 그리스어는 한편으로 동물의 종류를 의미하지만 다른 한편으로 운동의 한 종목을 의미한다. 피사Pisa는 도시의 이름이지만 다른 한편 여기에 철자 하나만 덧붙이면, 즉 핏사pissa는 나무에서 나오는 점액을 의미한다.

언어적 표현의 새로움 때문에 격언이 되는 경우도 있다. 예를 들어 "술 속에 진리가 있다"(I, vii, 17)가 바로 그것으로 이 격언은 "사람들은 술을 마시면 마음을 쉽게 열게 된다"라는 뜻이다. 이렇게 풀어 쓴 말은 전혀 격언답지 않다. "먹고 마실 것이 없으면 욕정이 생기지 않는다"라고 말한다면 이는 전혀 격언이라 할 수 없다. 하지만 이를 "대지의 여신과 술의 신이 없으니 베누스 여신도 얼어붙는다"(II, iii, 97)[11]라고 말한다면 누구나 이를 격언의 모양새를 갖추었다 말할 것이다. 물론 이런 매력은 당연히 은유에서 유래한다.

또한 세월이 사람들의 주목을 끌어내기도 한다. 예를 들어 "서약하라! 멸망이 가까웠다"(I, vi, 97)가 그것이다. 또한 격언에서 여러분은 다양한 종류의 우스개를 찾아낼 수 있을 것이다. 이런 우스개를 일일이 열거하는 일은 우리의 부지런함을 남용하는 것처럼 보일지도 모르니 그만두도록 하자. 다만 추후에 격언에 나타난 비유에 관해 다시 언급하겠다.

4. 격언을 그것에 근접한 말과 어떻게 구별하는가?

격언adagia과 이웃하는 종류의 말로는 우선 잠언sententiae이라고
도 부르는 금언gnome이 있으며, 또 우화apologus라고 부르는 것이
있으며, 덧붙여 '재치 있는 짧은 말'이라고 번역할 수 있는 촌철
apophthegmata이 있으며, 또 풍자가 있으며, 또 일반적으로 어떤
특정한 유비적 방법을 사용해 언어적 표피 밑에 진의를 숨긴 문
구들이 있다.

격언을 이런 유의 유사한 것들과 구별하는 일은, 마치 법률이
나 척도로서 사태를 재듯이, 앞서 내린 격언의 정의를 사용할 줄
안다면 그다지 어렵지 않다. 하지만 이런 적용에 익숙하지 않은
사람들을 위해 나는 귀찮은 일이라 여기지 않고, 미네르바가 설
명하듯 아주 넉넉히 설명함으로써 내가 이 책을 쓰게 된 목적을
분명히 하고자 한다.

우선 금언과 격언의 관계는 서로서로 분리될 수도 있으며 동
시에 서로 하나가 될 수 있는 관계로서, 마치 '흰색'과 '사람'의
관계와 같다. '흰색'은 그 자체로 사람이 아니며, 사람이 '흰색'
일 수는 없으나, 누구도 사람이 흰 피부를 갖는 것을 부정하지

는 않는다. 잠언이 때로 격언을 포함하고 있으나 그렇다고 잠언이 곧 격언이라거나 격언이 곧 잠언이라고 말할 수는 없다. "가난한 사람은 갖지 못한 것뿐만 아니라 갖고 있는 것마저 없다고 생각하는 사람이다" 내지 "질투는 살아 있는 사람을 갉아먹고, 죽어서나 조용하다"는 금언이지만 결코 격언이라 할 수 없다. 반대로 "나는 항구로 배를 젓는다"(I. i. 46)는 격언이며 금언은 아니다. "아이들 손에 칼을 맡기지 마라"는 비유적으로 쓰인 말로서 격언의 속성뿐만 아니라 금언의 속성도 가지고 있다. 특히 그리스인들 중에 금언들을 모아 기꺼이 금언집을 만들고자 했던 사람들이 여럿 있었는데, 그 가운데 특히 요하네스 스토바이오스가 유명하다. 나는 이 사람을 모방해 그런 책을 쓰고 싶은 생각은 없고, 다만 나중에 그를 칭송하는 글이나 한번 써보려 한다.

그럼 이제 나머지를 살펴보도록 하자. 아프토니우스는 『수사학 연설 연습』에서 우화를 단순히 신화라고 부르고 있다. 그의 주장에 따르면 우화는 그 창작자에 따라 여러 가지 별칭이 붙어 있다. 예를 들어 쉬바리테스, 킬리키아, 퀴프리아, 아이소포스 등이 그들이다. 퀸틸리아누스는 그리스 사람들은 이를 신화, 교훈 이야기라고 불렀고, 로마 사람들은 이를 훈화라고 하였으나 이는 널리 쓰이지 않았다고 쓰고 있다. 퀸틸리아누스는 우화가 격언에 가깝지만 이 둘은 서로 구별되는바, 우화는 이야기가 완결되는 반면, 격언은 단편적이며, 이런 의미에서 격언은 '축소 우화'라고 할 수 있다고 하였다. 퀸틸리아누스는 "내게 짐 지우지 말게. 소 등에 쌓게나"(Ⅱ. ix. 84)라는 예를 들었다. 헤시오도스는 격언을 이런 식으로 사용하였다. "나는 이제 왕들에게 이야기를 하나 하겠소. 비록 그들도 잘 알고 있는 이야기지만, 매가 목이 알록달록한 밤꾀꼬리에게 말했다오."[12] 아르킬로코스와 칼리마코스도 같은 방식으로 격언을 사용하였다. 반면 테오크리토스는『퀴니스카이』에서 격언이라는 말 대신 우화라는 말을 사용해 격언을 말한다. "참으로 한 가지 우화를 말할까 합니다. 수소가 숲으로 들어갔습니다."(Ⅰ. i. 43)

'촌철'은 그것이 금언과 다른 만큼 격언과도 다르다. "자기 스스로를 장악하지 못한 사람이라면 사모스 섬을 장악할 수 있을지도 모른다"(Ⅰ. vii. 83)라는 말은 격언임과 동시에 촌철이라고 할 수 있다. 시모니데스는 술자리에서 내내 입을 다물고 있는 사람에게 다음과 같이 말했다. "당신이 바보라면 이제라도 현명한 일을 한번 해보시고, 당신이 현자라면 이번에 한번 멍청한 일을 해보시라." 잘 알려진 촌철 하나, "황제의 아내는 죄를 짓지 말아야 할 뿐만 아니라 그런 의심을 받아서도 안 된다"는 촌철이며 격언이라고 할 수 없다. "당신은 늘 의자 두 개에 걸터앉는군요"(I, vii, 2)는 격언인 동시에 비난이다.

반대로 "나의 어머니는 전혀, 나의 아버지는 늘",[13] 투르니우스의 "그들은 지금 방앗간에 있습니다"[14]라는 말은 신랄한 조롱일 뿐 격언이라고 할 수 없다. 그러나 이런 종류의 말도 딱 맞아떨어지는 상황에서는 격언으로 분류될 수도 있다. 예를 들어 "제단이 서 있는 동안 나는 당신의 친구라네." 이렇게 격언에는 간결, 교훈적 의미, 비유가 모두 한자리에 들어 있다.

어쨌든 길게 논의하여 강조하고 싶었던 점은 이 책에 나는 오로지 격언의 범주에 드는 말만을 모아놓았다는 것이다. 만일 무언가 의도적으로 빠뜨린 것이 하나라도 있다면 이는 나의 부주의로 인한 결과가 아니며 다만 심사숙고해보았을 때, 격언의 범주에 속하지 않는다고 여겼기 때문이다.

5. 그 값어치 때문에 격언을 여러분에게 추천한다

이제 어떤 분이 이런 종류의 가르침이 너무나 조야하고 어이없을 정도로 단순하고 유치하다고 치부하실까봐, 나는 몇 마디 덧붙이고자 한다. 즉 고대인들이 눈에 띌 정도로 조야한 격언을 통해 얼마나 큰 가치를 얻었는지 설명하고자 한다. 그리고 이런 격언들일망정 때로 적당한 장소에서 현명하게 사용하면 얼마나 건강한 기여를 하게 될지 설명하고자 한다. 그리고 마지막으로 대개의 사람들이 격언을 올바로 사용하지 못하고 있는 실정을 밝혀 놓고자 한다.

먼저 격언을 배우는 것이 아주 중요하다고 위대한 인물들이 주장했음을 증명할 수 있다. 타의 추종을 불허하던 작가들도 격언의 유용성을 잘 알고 있었기 때문에 그들이 수십 권에 이르는 격언을 모았다고 생각한다.

우선 철학자들을 수십 명 모아놓는다 해도 도무지 비교되지 않는, 위대한 아리스토텔레스를 들 수 있다. 라에르티우스가 전하는 바에 따르면 아리스토텔레스는 한 권의 격언집을 남겼다. 크뤼시포스는 두 권 분량의 격언집을 제노도토스에게 남겼다. 클레안테스도 같은 작업을 했다. 만일 이 철학자들의 저작이 아직까지 전해진다면, 내가 오늘날 수행하는 작업, 즉 조잡하고 난삽한 필사본으로 전해지는 수많은 저작들을 고생스럽게 일일이 읽으며 쓸 만한 격언을 낚시꾼처럼 잡아올리는 작업은 불필요했을지도 모른다.

일부 전해지는 격언집으로는 플루타르코스가 지었다고 하는 것이 있다. 하지만 이것은 담긴 분량이 적을 뿐만 아니라 그나마도 몇 마디 말을 덧붙일 만큼의 값어치를 지니지도 못하였다. 아테나이오스가 『현자들의 저녁식사』에서 언급하고 있는 격언집 편찬자들 가운데 아리스토텔레스의 제자였던 솔리의 클레아르코스와 아리스티데스, 그리고 이들보다 후대 사람인 제노도토스가 있다. 제노도토스는 디뒤모스와 타레이오스의 저작을 요약해 출판하였다. 이 책에는 데모스테네스의 격언집을 언급하면서 테오프라스토스의 격언도 인용하고 있다. 따라서 이들 학자들도 격언집을 남겼음을 알 수 있다. 제노도토스의 책은 시중에서 제노비우스가 지었다고 하여 유통되었다. 하지만 아리스토파네스에 관한 여러 주석가들의 기록에서 나는 제노도토스가 남겼다는 격언들을 발견했고, 디뒤모스와 타레이오스의 격언을 요약한 이 사람의 격언이 저 제노비우스의 격언과 단어 하나까지 일치함을 알아냈다. 따라서 만일 내가 나의 책에서 제노비우스의 것을 제노도토스의 것으로 인용한다고 비난받지 않기를 바란다. 제노도토스는 다른 많은 사람들을 인용하는 가운데 밀로라는 사람의 격언집을 언급하고 있다. 또한 다이몬이라는 사람도 언급한다. 이 사람은 많은 사람들에 의해 언급되고 있으며 특히 데모스테네스의 문체로 수많은 문구를 설명했던 사람에 의해 인용되었다. 이 다이몬이라는 사람은 어마어마한 양의 격언들을 모은 듯하다. 왜냐하면 그의 책 제40권이 인용되어 있기 때문이다.

현존하는 격언집으로 디오게니아노스의 것이 있다. 헤쉬키오스는 그의 책 서문에서 자신이 디오게니아노스가 짧게 열거했던 격언들을 충분히 설명했노라고 적고 있다. 하지만 헤쉬키오스의 저작은 저자가 서문에 밝히고 있는 말과는 서로 상반된다. 왜냐하면 디오게니아노스는 작가들의 목록과 격언의 주제를 언급하고 있는 반면 헤쉬키오스는 그보다 더 간략할 수 없을 만큼 격언에 관해 아주 조금만 전하고 있기 때문이다. 이런 사실로부터 추측컨대 헤쉬키오스의 저작은 저자의 말처럼 상당히 많은 설명이 붙어 있는 책으로 출판되었으나 이후 다른 사람의 손에 의해 현재 남아 있는 것처럼 간략하게 재출판되지 않았을까 싶다.

『수다suida 사전』—수다 자신도 분명 격언집을 편찬한 사람에 속하리라—은 격언집을 만들었다는 테아이테토스라는 사람을 언급하고 있다. 유대의 현자들이 격언집이라는 제목을 가진 수많은 책들을 지금도 만들어내어 격언에 담긴 신의 오묘한 말씀을 밝혀내고자 하고, 수많은 신학자들이 이를 위해 논쟁을 벌였으며 오늘날도 논쟁을 벌인다는 사실을 볼 때, 격언집의 가치를 밝히기 위해 앞서와 같이 많은 학자들의 이름을 들먹일 이유가 없을지도 모른다.

많은 훌륭한 작가 중에서도 격언을 자유자재로 자신의 저작에 촉촉하게 뿌려줄 수 있는 작가야말로 아주 박식하고 언변이 좋은 사람이라 할 수 있다. 그리스 사람들을 먼저 말하자면 누가 더 탁월하게 속담을 사용했을까? 감히 신적이라고 이름 붙일 수 없어 다만 '위대한'이라는 형용사를 붙이는 플라톤보다 탁월한 사람은 누구일까? 아리스토텔레스는 한편으로 매우 신중하고 진지한 철학자였지만, 그럼에도 늘 자신의 저작에 마치 보석 장식을 하듯 속담을 엮어넣으려 했다. 테오프라스토스 역시 다른 것에서도 아리스토텔레스를 모방했지만 특히 속담에 관해서는 더욱 그러하다. 플루타르코스는 진지하며, 엄격한 사람이라기보다 경건한 사람이었지만 그의 전 저작 여기저기에는 수많은 격언이 담겨 있다. 플루타르코스는 『플라톤의 문제들』이라는 책에서 간혹 속담에 관한 논의를 진전시키기를 마다하지 않았으며, 아리스토텔레스의 예를 따랐다.

　　로마 사람들에 관해 말하자면, 우선 문법학자들과 시인들은 말할 것도 없고(메니포스 풍자시를 쓴 바로는 다른 무엇보다 격언으로부터 그 풍자시의 이야깃거리를 가져왔다) 로마의 지도층들도 격언을 가지고 황제가 커다란 문제에 관해 지침을 내리는 것을 부끄러운 일이라 생각하지 않았다. 예를 들어 유스티니아누스 법전 중

『학설휘찬Pandéctæ』에서 다음과 같은 격언을 찾을 수 있다. "모든 것도 아니며, 모든 곳에서도 아니며, 모든 사람에게도 아니다."(Ⅱ, iv, 16)

다음으로, 과연 누가 격언이라는 이야기 방식을 백안시할 수 있을까? 사제를 통해 전해진 신탁이 다름 아닌 격언의 형식을 취하고 있는데도 말이다. 예를 들어 "아버지가 신 포도를 먹었기 때문에, 자식들의 이가 시게 되었다"[15]를 들 수 있다. 우리가 본받고자 하는 분, 예수께서 직접 즐겨 격언을 사용하시어 신성한 현묘지도를 밝혀주었는데 누가 이런 이야기 방식을 신성치 않다 하겠는가? 그리스에서 널리 쓰이는 격언, "그 열매로써 나무를 판단한다"라는 말은 누가복음에서도 읽을 수 있다. "못된 열매 맺는 좋은 나무가 없고 또 좋은 열매 맺는 못된 나무가 없느니라."[16] 그리스의 철학자 피타쿠스는, 아내를 얻는 일에 대해 조언을 들으려 찾아온 사람에게 팽이를 가지고 놀고 있는 어린 아이들을 바라보라고 시켰는데, 그 사람은 아이들이 하는 말을 들었다. "네 것에 집중해!"(Ⅰ, viii, 1) 예수께서는 시장 바닥에서 놀고 있는 아이들과 관련된 격언을 인용했다. "아이들이 장터에 앉아 서로 불러 가로되 우리가 너희를 향하여 피리를 불어도 너희가 춤추지 않고 우리가 애곡을 하여도 너희가 울지 아니하였다."[17] 이 말은, 만약 세속적인 것과 신성한 것을 비교해도 좋다면, 테오그니스의 『엘레기』에 등장하는 격언과 유사하다. "제우스로 말하자면, 그가 비를 뿌리든 거두어들이든 우리 모두를 만족시킬 수는 없다."(II, vii, 55)[18]

옛 격언을 우리가 존경의 눈으로 바라보는 이유 중 하나는 격언보다 오래된 가르침의 형식이 없기 때문인 듯하다. 격언 안에는 아마도 거의 모든 고대의 철학이 담겨 있을 것이다. 옛 현인들이 전하는 말씀이 바로 격언의 형식이 아니고 무엇인가? 옛 사람들은 이 현자들의 말씀을 마치 사람에게서가 아니라 하늘에서 내려온 말인 양 높이 받들었다. "그리고 하늘에서 내려온 말씀, 너 자신을 알라!"(I, vi, 95)라고 유베날리스가 말하지 않던가![19] 신들의 위엄에 어울릴 만한 격언들은 신전의 입구에 새겨져 있었다. 불멸의 영원한 기억으로 남길 만하다고 여겨져 신전의 여기저기 기둥이나 대리석 조각에 새겨졌다.

격언이 하찮아 보인다면 다음과 같은 사실을 상기하라. 즉 크기가 아니라 그 값어치로 평가받아야 한다는 점 말이다. 제정신을 가진 사람이라면 도대체 어떻게 바위가 크다고 해서 바위를 보석보다 아낄 수 있겠는가? 플리니우스가 말하는바,[20] 우리가 이를 자세히 관찰해보면, 자연이 이룩한 기적은, 그보다 더 작을

데시데리위스 에라스뮈스 로테로다뮈스

수 없는 미물 안에서 더욱 위대하다. 즉 코끼리보다 거미나 모기 안에서 말이다. 따라서 문학에서도 때로 가장 작은 것이지만 가장 위대한 지적 업적을 이룩하는 것이 있을 수 있다.

6. 격언을 배움으로써 얻는 유익함

이제 격언이 어떤 유익함을 가지고 있는지 간단하게 살펴보는 일이 남았다. 격언이 수많은 기여를 한다고 할 때 특히 네 가지에 주목할 수 있다. 철학, 설득, 품위 있고 매력적인 화술, 마지막으로 최고 지성과의 만남이 그것이다.

우선 격언이 철학에 속한다는 나의 주장에 상당히 놀라셨으리라 생각한다. 그러나 쉬네시우스가 전하는바, 아리스토텔레스는 격언이란 다름 아니라, 역사적 격변으로 사라져간 옛 철학자들의 자취라고 여겼다고 한다. 그들의 철학 가운데 살아남은 말들이 격언이 된 것이다. 격언이 될 수 있었던 이유는 우선 그 말이 간단명료했기 때문이거나 또는 그 말이 지닌 푸근한 재치와 즐거움 때문이었다. 이런 이유를 건성으로가 아니라 좀더 면밀하고 깊이 있게 들여다보면, 속담이 된 그 말의 저변에서 그 이후 어떤 철학자들도 해내지 못한 옛 철학의 번뜩이는 불꽃을 발견할 수 있을 것이다.

플루타르코스는 또한 그의 책『어떻게 시를 공부하는가에 관하여』에서 옛 철학자들이 남긴 격언, 즉 의미심장하고 신적인 것을 다만 겉보기에 하찮고 웃긴 일인 듯 표현하는 것을 종교 행사에서 볼 수 있는 언어 행위와 매우 유사하다고 생각했다. 플루타르코스는 저 격언이 비록 짧은 말이긴 하나 삶에 빛을 던져 주는 데 있어 철학의 대가들이 여러 권의 책으로 풀어내야 할 만큼의 심오함을 그 안에 감추고 있다고 주장한다. 예를 들어 헤시오도스가 언급한 격언 "절반이 전체보다 크다"(I, ix, 95)라는 말에 대해 플라톤은 그의 책『고르기아스』와 『국가』에서 여러 논증을 통해 그 의미를 밝혀보려 시도했던바, 불의를 행하는 것보다는 불의를 당하는 편이 낫다는 명제와 같은 뜻을 지닌다는 것을 밝혀냈다. 삶에 유익한, 또는 기독교적 지혜에 가까운 것으로 격언에 비할 만한 것을 철학자들이 한번이라도 만들어낸 적이 있던가? "절반이 전체보다 크다"라는 격언 안에는 분명 매우 중요한 삶의 의미가 감추어져 있다. 전체를 빼앗는 것은 한 사람을 속여 가로채되 그에게 아무것도 남기지 않는 것이다. 반면 절반만을 취하는 것은 어떤 의미에서 저 스스로를 속이는 일이다. 따라서 자신을 속이는 것이 타인을 속이는 것보다 낫다.

또한 피타고라스의 격언 "친구들은 모든 것을 공유한다"(I, i, 1)

데시데리위스 에라스뮈스 로테로다뮈스

라는 말을 심사숙고해본 사람이라면 아마도 인간의 행복 모두가 이 한마디에 담겨 있음을 알게 될 것이다. 플라톤이 그 많은 책을 지어 밝혀보려고 했던 삶의 공동체, 그것을 만들어내는 요소는, 다시 말해 우정이 아니겠는가? 그가 자신의 논증에 성공하여 많은 사람들에게 이를 설득했더라면 오늘날 전쟁이나 질투나 속임수는 우리의 삶 가운데에서 사라졌을지도 모른다. 간단히 말하면 근심을 가져오는 온갖 것들이 우리에게서 사라져 영원히 없어졌을 것이다. 예수께서 설파하려 하셨던 것 또한 이것이 아니고 무엇이겠는가? 예수께서 가르치신 단 하나의 가르침 그것은 사랑이며, 이 단 하나의 가르침에 모든 세상의 규칙과 법률이 매달려 있는 것이다. 이러한 사랑이 우리에게 가르치고 있는바, 그것은 다름 아니라 모든 것을 모든 사람이 공유한다는 원칙이지 않은가?

예수와 사랑으로 하나되어, 예수와 하나님을 하나로 붙들어 매는 원리인 사랑으로 우리가 예수에 묶이어, 예수와 하나님의 굳건한 결합을 우리가 가능한 한 모방해 우리는 예수와 하나될 수 있다. 사도 바울이 가르친 것처럼,[21] 하나님과 하나의 영혼이 되고 하나의 몸이 되는 것은 우리가 사랑의 원리에 따라 우리가 가진 것을 예수와 공유하며, 예수가 가진 것을 우리가 공유함으로써 가능하다. 이렇게 사랑이라는 공통의 유대로 너와 내가 하나되고, 마치 하나의 머리를 가진 것처럼, 마치 하나의 몸을 가진 것처럼 되면, 우리는 동일한 영혼을 갖게 될 것이며 하나가 되어 같이 울고 같이 웃을 것이다.

이것을 상징적으로 보여주는 것이 저 성찬식에 쓰인 빵과 포도주이다. 들판에서 거두어들인 수많은 낟알은 하나가 되어 밀가루를 이루며, 수많은 포도송이로부터 얻은 포도들은 하나가 되어 포도주를 이룬다. 하나님이 창조하신 모든 사물이 하나님 안에 있으며, 또한 하나님이 그 모든 것 안에 깃들어 있는 것처럼 사랑은 이 세상 모든 것을 하나로 만든다. 여러분은 이리하여 그렇게 작은 격언 안에 철학의 대양, 심지어는 신학의 대양이 담겨 있음을 보았다.

7. 격언, 설득의 도구

저 자신을 이해시키는 것에 만족하지 못하고 다른 사람도 설득하길 원하는 사람이 있다면, 격언으로 자신의 주장을 치장하는 것은 절대 무의미하지 않을 것이다. 예를 들어 아리스토텔레스[22]는 격언들을 분류해 정리함으로써 자신의 수사학적 저작들에서 이를 여러 차례 논증으로 사용했다. 그가 주장하길 예를 들어 다른 사람에게 늙은이와 가까이 지내지 말라고 설득하고자 할 때 "늙은이에게 호의를 베풀어서는 안 된다"는 격언을 논증으로 사용할 수 있다고 말한다. 또한, 만약 한 아비를 죽인 사람은 그의 아이들도 죽이리라는 것을 논증하고자 할 때, 다음과 같은 격언이 유용할 것이다. "아비를 죽이면서 그의 아이들을 살려두는 것은 바보짓이다." 격언의 도움을 받아 자신의 설득력을 높일 수 있다는 것은 이미 잘 알려진 사실이다. 금언 또한 논증에 전혀 쓸모없는 것은 아니다. 하지만 아리스토텔레스는 격언을 논증으로 분류했다.

퀸틸리아누스는 자신의 책에서 여러 번 주장하는바, 격언을 사용하면 여러모로 좋은 논증을 얻을 수 있다고 했다. 그는 제 5권에서[23] 격언을 일종의 실례로 분류했다. 물론 그에게 실례가 가진 효력은 상당히 높았다. 그는 또한 제5권에서 격언을 일종의 논법, 그리스식으로 이름을 붙이자면 크리세이스kriseis로 분류했는데, 이는 힘있는 논증으로 아주 자주 사용되어 설득과 감동에 있어 적지 않은 힘을 지닌다. 차라리 퀸틸리아누스가 직접 하는 말을 여기서 인용하는 것이 좋을 것 같다.

널리 동의를 얻고 있는 격언은 또한 실증적 증거만큼이나 유효

한 가치를 지닌다. 다른 한편 격언은 더 강력한 힘을 지니기도 한다. 즉 속담은 어떤 특정한 경우에만 적용되는 것이 아니라, 아주 일반적인 경우에까지 사용되는 것으로 특정한 호의나 불호의 감정이 배제되어 있지만, 명예와 진실 말고 한 사건에 연결할 이유가 달리 없기 때문이다.

그리고 이어서

일반적으로 널리 동의를 얻는 격언은 또한 그것을 어떤 한 사람이 만들지 않았다는 사실로부터 공공의 자산이라 할 수 있다. 예를 들어 "친구가 있는 곳에 부가 있다" 또는 "양심은 천 명의 증인", 또는 키케로에서 "옛말에 이르길 동일한 것은 동일한 것끼리 어울린다" 등의 격언이 있다. 이 말들이 만인에게 동의를 얻지 못했다면 그토록 오랫동안 살아남았을 리 없다.

여기까지가 퀸틸리아누스의 말을 인용한 것이다. 퀸틸리아누스는 또한 얼마 후에 신들이 내리는 신탁도 앞서 격언과 마찬가지 방식으로 다루고 있다. 키케로는 어떠한가? 그는 플라쿠스를 위한 변호에서 격언을 사용해 증거의 신빙성을 무너뜨리지 않았던가? 문제의 격언은 "카리아에서의 위험"(I, vi, 14)이라는 격언이었다. 또한, 그는 앞서 변호에서 그리스인 전체를 통틀어 그들의 신뢰성을 다음의 속담을 들어 부인했다. "너의 증거를 내게 빌려다오"(I, vii, 95) 또한 철학자들은 간혹 개인적으로 만나면 자신의 주장을 격언을 들어 입증하고 있음을 내가 언급할 필요가 있을까? 역사학자들이 종종 자신이 서술하는 것이 진실임을 입증하기 위해 격언을 사용한다는 것은 놀랄 일도 아니다. 문헌이 보관하지 못하는 역사, 비문, 기념비, 조각상이 간직해두지 못한 사건을 긴밀하게 속담이 간직하고 있는 것도 사실이다. 이것이 내가 그다지도 격언을 추켜세우려는 이유 가운데 하나이다.

성 히에로뉘모스는 찬송가에 담긴 금언을 세속적 격언을 들어 입증하는 데 주저하지 않았다. "부자는 저 스스로 악한이거나 아니면 악한의 상속자이다"(I, ix, 47) 사도 바울도 자신의 설교에서 격언을 증거로 사용하는 것을 나쁘게 생각하지 않았다. 그의 그런 태도에는 이유가 없지 않았다. 왜냐하면, 설득력, 신뢰를 전달하는 능력은 우선 설득을 성취함으로써 드러난다고 할 때, 내가 여러분에게 묻거니와, 만인이 주장하는 명제보다 더 설득력이 있는 것이 무엇이겠는가? 마치 만장일치를 얻은 양, 여러 시대의 여러 사람으로부터 동의를 얻은 말보다 무엇이 진정

옳다 하겠는가? 다시 한번 말하거니와 격언은 진리의 강력한 힘을 본성적으로 지니고 있다. 그렇지 않다면 어떻게 수천의 사람이, 그것도 서로 다른 수천의 언어들로써 수세기가 지나도록 없어지지 않으며 빛바래지 않는 동일한 생각을 가질 수 있단 말인가? 동일한 시간 동안 저 피라미드는 쇠퇴하지 않았던가? "진리는 그 어떤 것보다 강하다"라는 격언의 본령을 우리가 확인하는 순간이다.

한편 어떤 생각이 창과도 같이 격언의 형식으로 날카로운 끝을 가지고 상대방의 마음에 꽂히면 평생 화두가 되어 마음속에서 남곤 한다. 당신이 만약 어떤 생각을 다음과 같이 "시간은 빨리 흐르고 인생은 짧다"라고 표현했다면, 이 말은 곧 같은 뜻의 격언, "인간은 하지만 거품이다"(II. iii. 48)란 말보다 얕은 인상을 남기게 될 것이다. 퀸탈리아누스가 웃음에 관해 논한 글에서 말한바, 사건을 변호하는 데 그 어떤 논증으로도 해결할 수 없는 난관이 가벼운 한마디 우스개로 회피되는 경우도 있다 했는데, 내 생각에는 격언이야말로 이런 일에 안성맞춤인 듯 싶다.

8. 격언의 장식적 가치

격언을 제때 사용하면 아름다움과 우아함을 보탤 수 있다는 주장을 설명하는 데 내 생각에는 그다지 많은 시간이 필요하지 않을 것 같다. 우선 자신이 소장한 골동품 하나만으로도 자신의 품위를 격상시킬 수 있음을 누가 부정할 수 있는가? 만약 연설의 깊이와 숭고함으로 가져다줄 수 있는 수사법을 찾는다면, 또는 표현의 우아함을 보태고자 한다면, 마지막으로 재치 있는 유쾌함을 얻고자 한다면, 격언이야말로, 온갖 종류의 수사적 기법이나 재치와 웃음을 골고루 갖추고 있는 격언이야말로, 사람들이 원하는 모든 것을 제공할 것이며 마침내 격언 자체가 가진 고유한 매력 또한 보여줄 것이다.

격언을 자신의 연설에 적절하게 엮는 것은 연설을 고대로부터 내려오는 빛으로 빛나게 만드는 것이며, 수사학적인 색채로 우리를 즐겁게 하는 것이며, 보석과도 같은 지혜의 말로 광채를 부여하는 것이며, 재치와 웃음이라는 반찬으로 우리를 매료시키는 것이다. 한마디로 말해서 격언은 그 고매함으로 관심을 일깨우며, 그 명료함으로 기쁨을 가져오며, 그 단호한 힘으로 설득을 이루어낸다.

9. 격언, 문학작품을 이해하는 유용한 도구

격언이 다른 어떤 곳에 쓸모가 있는지는 모르겠으나 적어도 역사가 유구한 고전 문학을 읽고 이해하는 데 도움이 되며, 더 나아가 필수적이기까지 하다는 것은 분명하다. 고전 문학의 대부분은 그 사본 상태가 형편없어 읽기 어려우며, 특히 격언이 수수께끼와도 같은 흔적을 남긴 자리에서는 특히 어려워 학문이 높은 사람들조차 이해하기가 쉽지 않다. 종종 아무 연관 없이 격언이 중간에 들어 있다거나 때로 "강물이 거꾸로 흐른다" 등과 같이 몽둥발이가 되면 더욱 이해하기가 쉽지 않다. 때로 속담 가운데 덜렁 한 단어만을 가지고 변죽을 울리는 경우도 그러하다. 키케로스는 『아티쿠스에게 보내는 서신』에서 "도와주게나, 부탁하네. '예방.' 자네도 알고 있겠지?"라고 쓰고 있다. 여기서 키케로는 "예방이 치료보다 낫다"(I, ii, 40)라는 속담을 인용한 것이다.

이런 식으로 격언을 만약 모르는 경우 격언은 굉장한 어둠을 이끌고 온다. 하지만 일단 격언을 배우고 나면 격언은 또한 굉장한 빛을 던져준다. 그리스 문헌이나 로마 문헌이나 할 것 없이 무시무시한 오해는 바로 여기에 그 원인이 있다. 이 때문에 그리스 문자를 라틴어로 번역한 자들은 혐오스러운 실수를 범했다. 이 때문에 어떤 작가들이, 배운 사람일지라도, 고전 문학을 해석하면서 저지르는 어이없는 기만은 사실 미친 짓에 가깝다. 나는 이 책 여기저기에서 이런 기만을 언급할 것이지만, 다만 독자들이

데시데리위스 에라스뮈스 로테로다뮈스

나의 지적을 읽고 저 스스로 "이름 높은 학자들도 그런 어처구니 없는 잘못을 저지르구나"라고 결론짓게 하는 것이 더욱 평화롭고 합목적적이라고 생각할 경우에는 언급하지 않으려고 한다.

고전 작가들은 때로 어떤 격언을 아주 은밀히 암시하곤 한다. 물론 격언을 모른다고 해도 내용이 불분명해지는 것은 아니지만, 격언을 알지 못할 경우 글에 숨겨진 즐거움을 얻지 못하게 될 수도 있다. "나를 태우는 말, 나를 먹이는 임금"이 그러하다. 베르길리우스에게는 "운명은 카마리나에게 움직이지 못하게 했다. 그 도시는 멀리서 나타났다"(I. i. 64)의 경우가 있다. 전자의 경우 "말은 나를 태우고 임금은 나를 먹인다"라는 격언이 있으며, 후자의 경우 "카마리나를 움직이지 마라!"라는 격언이 있다.

10. 격언의 난해함은 존경을 부른다.

"좋은 것은 어렵다"(II. i. 12)라는 격언에 따라, 그리고 쉬워 보이는 것은 곧잘 조롱받고 어리석은 백성들에게 싸구려라는 소리를 듣기 때문에 격언을 이해하기 쉽다거나 대화 가운데 꾸며넣기에 편리하다는 인상을 불러일으킬 말은 삼가도록 하자. 또한, 격언을 쓰는 일이 얼마나 많은 즐거움을 주는지도 말하지 말자. 보석으로 반지를 만드는 작업이 적지 않은 기술을 요하듯, 자주

색 옷감을 황금의 실로 꿰매는 작업에 숙련이 필요하듯, 내 믿거니와 아무나 자신이 일상에서 쓰는 말 가운데 적절하고 아름답게 격언을 사용할 수 있는 것은 아니리라.

퀸탈리아누스가 웃음에 관해 언급한 발언이 격언에도 정당하게 적용될 수 있다. 즉 그것을 얻으려는 것은 매우 위험한 일이다. 왜냐하면, 음악에 비유하자면 만약 당신이 자주 훌륭하게 연주하지 못하면, 오히려 비웃음만을 얻을 것이기 때문이다. 말인즉 최고의 칭찬을 받든지 아니면 최악의 웃음거리가 될 수밖에 없기 때문이다.

11. 격언의 사용은 얼마나 권장할 만한 것인가

이제 이 모든 것에 비추어 나는 격언이 어떤 정도까지 어떤 방식으로 사용되어야 하는지를 지적하고자 한다. 우선 격언을 사용하는 데 있어, 아리스토텔레스가 수사학에 관련된 그의 저서에서 별명에 관해 권하고 있는 규칙을 동일하게 적용할 수 있음을 기억해두기 바란다. 즉 별명은 사용할 때는 음식처럼 하지 말고 다만 양념처럼 해야 한다. 다시 말해 '충분히'할 것이 아니라 다만 '기쁘게' 사용해야 한다. 따라서 우리가 원하는 곳에 아무데나 격언을 삽입해서는 안 된다. 보석이라도 그것을 아무데나 덧붙이면 우습게 되는 경우가 있는 것처럼 마찬가지로 격언을 잘못된 곳에 되는 대로 쓰는 것은 어리석은 일이다.

사실 퀸틸리아누스가 그의 책 제8권에 교훈을 사용하는 것에 관해 만들어놓은 규칙을 우리는 격언을 사용하는 데 적용할 수 있다. 그의 말에 따르면 우리는 우선 격언을 너무 자주 사용해서는 안 된다. 과도하게 사용된 격언은 그 빛을 잃어버린다. 마치 아무것도 분명한 것이 없이 되는대로 그려진 그림이 우리의 시선을 끌지 못하는 것과 같다. 여러 형상을 하나의 화폭에 늘어놓는 경우 화가는 충분히 공간을 활용해 하나의 형상이 다른 형상에 그림자를 드리우지 못하도록 만들어야 하는 것과 같다.

격언은 그 각각이 독립되어 있으며 하나의 격언은 전혀 새로운 문맥을 요구한다. 이런 이유에서 격언은 문장을 전혀 다른 문맥으로 이끌게 되며, 그 결과에 여러 번 격언을 사용하면 한 문장이라도 여럿으로 조각조각 쪼개어 마침내 불명료해지며 구조를 상실하게 된다. 격언은 마치 자줏빛 띠 장식과 같아서 제대로 사용하면 옷을 더욱 아름답게 만들지만 여러 개의 띠 장식을 옷에 붙인다면 그 옷은 누구에게도 어울릴 수 없다.

또다른 단점은 여러 격언을 사용하는 사람은 반드시 진부하고 부자연스러운 격언도 함께 사용할 수밖에 없다는 것이다. 왜냐

67

격언집

하면, 격언을 많이 사용하려고 애쓰는 경우 선택의 여지가 없을 수도 있기 때문이다.

마지막으로 과장되거나 시의적절치 않으면 매력이 상실된다. 하지만 친구에게 편지를 보내는 경우 과장의 방식으로 마음대로 즐겁게 쓸 수도 있겠으나 신중한 편지를 쓰는 경우에는 더욱 드물게, 더욱 깊이 생각한 이후에 격언을 사용해야 한다.

12. 격언의 다양한 용례

내 생각에는 격언이 사용되는 다양한 용례를 짧게나마 언급하는 것도 나쁘지 않을 것 같다. 여러분은 그 다양한 용례에 따라 같은 격언이지만 서로 다른 문맥에서 다른 의미로 사용할 수 있기 때문이다. 예를 들어 "밑 빠진 독"(I, x, 33)이라는 격언은 건망증, 사치, 인색, 경박한 행동이나 배은망덕에 적용될 수 있다. 여러분이 잘 잊는 사람에게 말한 것은 그의 마음에서 쉬이 빠져나가며, 사치스러우면 아무것도 남아나지 않을 것이며, 인색한 욕심쟁이를 만족하게 할 수는 없을 것이며, 경박한 수다쟁이는 속에 담아두지 못하며, 배은망덕한 자에게 베푼 호의는 곧 사라져버리기 때문이다.

때로 똑같은 격언이 역설적이게도 정반대의 뜻을 가질 수도

데시데리위스 에라스뮈스 로테로다뮈스

있다. 악명 높은 거짓말쟁이에 관해 이야기하면서 "세 발 솥에 나오는 신탁을 들으시오"(I, vii, 90)라고 말할 수도 있다. 때로 격언 가운데 한 단어를 바꾸면 여러 의미로 쓰일 수도 있다. 예를 들어 "적에게서 받은 선물은 선물이 아니다"라는 격언에서 '적'을 '가난뱅이'로, '아첨꾼'으로, '시인'으로 바꿀 수 있다. 적들이 보낸 선물은 파멸을 불러온다고 믿었으므로, 가난뱅이, 아첨꾼, 시인이 무언가를 주었다면 그것은 무언가 더 큰 이익을 얻기 위한 것이지 순수한 호의는 아니다.

　한마디로 여러분은 자유롭게 이런 유사 용례를 여러분이 원하는 단어를 이용해 만들 수 있다. 이런 방식으로 거의 무한하게 당신은 예를 사람에게서 사물로, 사물에서 사람으로 바꿀 수 있다. 사람에게 적용된 사례를 하나 들어보자. "격언에 '헤라클레스도 한 번에 둘을 가질 수는 없다'(I, v, 39)라고 하지만 나는 헤라클레스라기보다 오히려 테르시테스[24]인데 내가 어떻게 두 가지 대답하겠는가?"라고 쓸 수도 있다. 이것은 좀 틀어서 사물에 적용할 수도 있다. "헤라클레스도 한 번에 둘을 가질 수는 없다. 내가 어떻게 가난과 병약을 동시에 맞설 수 있겠는가?" 또는 "헤라클레스도 한 번에 둘은 가질 수 없다고 하지 않더냐. 그런데 당신은 감히 두 명의 헤라클레스에게 맞설 수 있는가?" 또는 이런 식으로 가능하다. "그리스 격언과는 정반대가 되었네. 나는 석탄을 원했는데 보물을 찾았군그래." "나는 청동 대신 금을 얻은 것이 아니라, 금 대신 청동을 얻은 격이다."

때로는 이렇게 유사 용례를 통해 유용하게 쓰일 수 있으며 때로 관련된 단순한 비유를 통해 그럴 수 있다. 때로 격언을 생략된 형태로 사용할 수도 있다. 예를 들어 어떤 사람이 여러분에게 질문과는 동떨어진 대답을 했을 때, "내가 원했던 것은 낫이었다"(II, ii, 49)라고 말할 수 있다. 그리고 키케로에서 "잘해보게"(I, ii, 43)라는 형태로 쓰이기도 했다. 때로 단 한 단어만을 언급해 변죽을 울리는 것으로 충분한 경우도 있다. 예를 들어 아리스토텔레스는 "그런 종류의 사람들은 서로에게 옹기장이"(I, ii, 25)라고 했다. 격언을 사용하는 다른 용례도 있다. 그러나 더 많은 것을 원하는 사람들은 그들이 원하는 바를 내가 만든 주석서 『생각과 표현 능력을 두 배로 늘리는 방법에 관해De duplicicopia』에서 찾을 수 있다.

13. 격언에 쓰인 비유에 관해

이제 격언의 목록을 작성하는 일이 남았지만, 그전에 먼저 격언에 쓰인 비유에 관해 지적해야겠다. 왜냐하면, 명구 가운데는

데시데리위스 에라스뮈스 로테로다뮈스

딱 보기에 격언과 전혀 닮지 않은 것이 있지만 어떤 명구는 격언의 목록에 간단히 추가할 수 있을 만큼 분명한 격언의 모습을 띠고 있기 때문이다.

일반적으로 말해서 모든 금언은 격언의 종류에 가깝다. 게다가 비유, 특히 우의적 표현, 그 가운데 특히 우리가 늘 접하는 일상적인 것으로부터 생겨난 경우, 그러니까 항해와 전쟁에서 생겨난 우의적 표현도 그러하다. 우의적 표현의 예는 다음과 같다. 순풍을 타고 항해하다, 난파하다, 뱃머리를 돌리다, 키를 잡다, 배 밑창에 고인 물을 퍼내다, 돛을 바람에 맡기다, 돛을 접다 등이 있다. 또 효시를 날리다, 칼에 맞서 싸우다, 퇴각 신호를 보내다, 접전을 벌이다, 멀리에서 화살을 날리다, 전투를 시작하다, 전투에 합류하다, 등 이런 종류의 수많은 우의적 표현들이 있다. 이런 표현들은 약간만 손보면 격언에 넣을 수 있다.

또한, 아주 잘 알려지고 익숙한 일상적 경험으로부터 생겨난 표현들이 있다. 대체로 물리적인 것을 일컫는 말을 정신적인 영역에 적용한 경우이다. 엄지손가락을 누르다(응원을 보내다), 얼굴을 펴다(기쁘다). 또 육체적 감각에서 생겨난 표현들이 있다. 냄새 맡다(알아채다), 맛보다(조사하다). 이런 표현들은 격언의 모양새를 갖추고 있다. 어떤 기술에 고유한 표현들이 다른 의미로 쓰인 경우, 예를 들어, 음악에서 생겨난 말 "두 옥타브"(전체적으로 두 번)(I. ii. 63), 지리학에서 생겨난 말 "지름의 양편"(서로 극단적으로 반대되는)(I. x. 45), 또 지리학에서 생긴 말의 예로 '십 리나 되는 말', 대장장이에게서 "모루에 올리다"(I. v. 92), 석수장이의 일에서 '먹줄도 안 댔다', 화가의 일에서 '붓끝도 안 댔다', 연극으로부터 '대단원'이라는 말이 생겨났다.

때로 비유가 전혀 없이 변죽만 울려 격언의 속성을 부여하는 경우도 있다. 이런 변죽은 널리 알려져 누구나 알고 있는 사람이나 사실을 언급할 때 성공할 수 있다. 예로 그리스 문학에서 호메로스를, 로마 문학에서 베르길리우스를 들 수 있다. 플루타르코스의 글에 나오는 유사한 예를 하나 들어보자. "많은 선하고 진실한 사람들이 플라톤을 지지하기 위해 모였다." 이 예는 예배의 관례를 암시하고 있다. 희생을 바치며 제사장이 "거기 누구인가?"라고 물으면 운집한 사람들이 "많은 선하고 진실된 자들입니다"라고 대답했다. 또한, 키케로의 편지글에서 이런 문구를 찾을 수 있다. "두 사람이 함께", 루키아노스에게서 "의학의 아들들"이라는 말이 의사를 대신해 쓰였다.

때로 목가시에서 종종 접할 수 있는 문구 가운데 격언과 비슷한 것들이 있다. 불가능, 불가피, 불합리, 유사와 상이를 나타내는 문구들이다. 불가능의 예로 "그러나 그것은 바닷가에서 파도를 세는 일과 같다"(I, iv, 45)가 있으며, 베르길리우스에서 "사슴이 발걸음도 가볍게 하늘에서 풀을 뜯고 바닷물이 물고기를 발가벗겨 바닷가에 내놓기 전에"가 있다. 불가피의 예로 "멧돼지가 산을 좋아하고, 물고기가 물을 반긴다". 그리고 세네카에서 "이 낡은 세계의 밝은 별들이 일주하는 동안"이 있다. 불합리의 예로 "여우에게 멍에를 씌우고 숫양에게 젖을 짜다". 상이의 예로 "푸른 도마뱀이 풀섶에 숨어들지라도, 나는 사랑으로 타오른다"가 있다. 테오크리토스에서 유사한 예로 "격랑이 침묵하고 폭풍이 잠잠해도 나의 가슴은 전혀 고요할 줄 모른다"가 있다. 유사의 예로 "늑대는 염소를 쫓고, 그 늑대를 사나운 사자가 쫓는다"와 테오크리토스에서 "염소는 풀잎을 쫓고 늑대는 염소를 쫓는다"라는 말이 있다.

　격언과 매우 흡사한 수사법 두 가지가 있다. 그중에 하나는 동일한 말을 반복하는 경우이고 다른 하나는 반대되는 말을 가까이 붙여놓은 경우이다. 예를 들어보자. "악인은 악인을 낳는다." "사악한 까마귀는 사악한 알을 낳는다." "현명한 아이는 현명한 아버지를 가지고 있다." 이런 유형은 그리스의 극, 비극이나 희극에서 흔히 볼 수 있다. "그럴 만한 자가 그럴 만한 벌을 받는다.""친구가 친구에게""악인이 악인에게""선인이 선인에게""각자가 각자에게""모든 왕비에게 그녀의 남편은 늘 공정하다.""손이 손을 문지르다.""수다쟁이는 수다쟁이 옆에 앉는다."

반대되는 말이 나란히 하나로 붙어 있는 경우는 다음과 같다. 아리스토파네스에서 "정의롭게 그리고 불의하게""정당하게 또는 부당하게", 플라톤에서 "그는 원하며 원하지 않는다" 또 "말로도 행동으로도" 또한, 로마의 시인들에서도 이런 예를 볼 수 있다. "선악이 온통 뒤섞여""그녀는 진리와 거짓을 퍼뜨렸다." (발레리우스 막시무스는 원래의 뜻에서 벗어나서 단순히 강조 용법으로 이런 말을 사용했다. 왜냐하면, 그가 "선과 악에 반하는 일을 벌이는 자, 그가 비록 최고 통수권을 가진 자일지라도, 여러분은 그자를 살려두어서는 안 된다"라고 말했는데, 여기서 그 무도한 행동을 '악에 반하여'라고 말하는 것을 보면 분명하기 때문이다.) "어떤 정의와 어떤 불의로써""무슨 일이든 행하고 겪는다""가치 있으며 가치 없는""그는 무슨 말을 했으며 하지 않았는가?""평화시에나 전쟁시에도""공적으로 사적으로"" 당신이 알거나 모르거나""공개적으로 그리고 비밀리""농담으로 진담으로""손과 발로""밤낮""처음에나 마지막으로""늙으나 젊으나""신들과 인간들의 환호를 받으며".

이런 종류의 문장들은 시인들 여기저기서 수없이 발견된다. "처녀이면서 처녀가 아닌" "신부이면서 신부가 아닌" "결혼이면서 결혼이 아닌" "도시이면서 도시가 아닌" "파리이나 끔찍한 파리" "불행한 행복" "선물 아닌 선물" "두려움 없는 두려움" "전쟁 아닌 전쟁" "장식되지 않은 장식" "감사 아닌 감사" "부 아닌 부".

반대되는 말이 하나의 단어를 만드는 경우가 있다. 예를 들어 그리스어 'morosophos'는 '어리석은 지혜'이며 그리스어 'glukupikros'는 '달콤하며 쓰디쓴'이라는 형용사다. 이 단어는 플루타르코스에 따르면 사랑에 빠진 사람들이 고통과 즐거움이 섞여 있는 자신의 열정을 표현할 때 쓰는 말이며 이 사람들은 기꺼이 이런 감정을 열망한다. 수수께끼 같은 다음과 같은 말도 여기에 속한다. "나는 실어나르며 실어나르지 않으며, 가지고 있으며 가지고 있지 않다" "보면서 보지 않는 사람 아닌 사람 / 맞히면서 맞히지 않는 돌 아닌 돌 / 나뭇가지 아닌 나뭇가지 위에 / 앉으면서 앉지 않은 새 아닌 새". 이 수수께끼를 아테나이오스가 클레아르코스를 인용해 언급했으며 또한 트리폰과 플라톤도 언급하고 있다. 다른 예를 들어보자. "혀 없는 수다쟁이" "죽음을 죽는 불사신" "돼지털처럼 부드러운" "아들 아닌 아들"

아테나이오스의 책 제10권에는 이런 종류의 많은 예가 설명되어 있다. 마치 격언과 수수께끼 사이에 무슨 근친관계가 있는 듯 오히려 모호함이 환영받는다. 예를 들어 다음과 같이 어처구니없는 말도 격언에 포함될 수 있다. "안티퀴라로 항해한다" "돼지를 희생 제물로 바친다" "무덤에서 바다풀을 뜯는다" 첫번째 것은 호라티우스의 말이고, 두번째 것은 플루타르코스의 말이며 세번째 것은 테오크리토스의 말이다. 많은 수의 신탁들도 격언과 유사한 본성을 가지고 있다. 또 피타고라스의 가르침도 본성상 분명 격언에 속한다.

과장법도 격언에 특히 적합한 유형의 수사법이다. 예를 들어 "팔을 들어 하늘에 닿다" "고함에 바위가 깨지다" "웃음으로 사슬을 풀다" 등에서처럼 다른 종류의 비유와 함께 사용된다. 고유명사를 사용한다든지, 비교한다든지, 별명을 사용한다든지 여러 가지 방식으로 비유가 만들어진다. "제2의 아리스타르코스"(I, v, 57) "우리의 팔라리스"(I, x, 86) "스텐토르와 같이 시끄러운"(II, ii, 37) "칼자루 위의 사자처럼"(II, x, 82) "네스토르처럼 말을 잘하는"(I, ii, 56). 이런 비유법의 예를 여럿으로 나누어 살펴보도록 하자.

사물 자체로부터

우리가 어떤 사악한 사람을 일컬어 사악 그 자체로 할 때나, 악명 높은 사람을 악명 그 자체라고, 해로운 사람을 질병 그 자체라고, 대식가를 밑 빠진 독이라고, 침울한 자를 어둠이라고, 도덕적으로 타락한 사람을 쓰레기라고, 지저분한 사람을 땟국이라고, 비열한 사람을 쓰레기라고, 깨끗하지 못한 사람을 시궁창이라고, 흉측한 사람을 괴물이라고, 문제를 자꾸 일으키는 사람을 종양이라고, 감옥에 갇힌 사람을 콩밥 먹는 사람이라고 한다. 한편 여기에 비교를 덧붙여 말을 만들어낼 수 있다. "황금처럼 누런" "악만큼 악한" "어둠만큼 검은" "수다처럼 수다스러운" "추함처럼 추한" "가뭄만큼 목마른" "가난만큼 가난한" "불운처럼 불운한" "영아처럼 어린". 이런 범주에 또한 다음과 같은 말도 포함된다. "기근의 아버지" "말의 샘" "침묵보다 많은" "죽음보다 끔찍한".

유사한 사물로부터

앞선 것에 가장 가까운 것으로 유사한 사물로부터 생겨난 표현들이 있다. "꿀처럼 달콤한" "눈처럼 흰" "기름처럼 미끄러운"(I, vii, 35) "귓불처럼 부드러운"(I, ii, 36) "순금처럼 순결한"(I, ii, 43)

"납처럼 둔탁한""그루터기처럼 어리석은""바닷가처럼 대답 없는""아드리아 해처럼 폭풍 치는"(IV, vi, 89) "대양처럼 무심한""스펀지처럼 잘 빨아들이는""사막처럼 메마른""부석처럼 말라버린"(I, iv, 75) "도도나의 청동처럼 시끄러운"(I, i, 7) "유리처럼 깨지기 쉬운""공처럼 가만히 있지 못하는""장화처럼 편한"(I, i, 94) "이집트 클레마티스처럼 가느다란""오리나무처럼 높은""숫돌처럼 단단한"(I, i, 20) "태양처럼 밝은""별처럼 아름다운""회양목처럼 창백한""사르디아 약초처럼 신랄한"(III, v, 1) "해초처럼 끔찍한""아에트나 화산처럼 펄펄 끓는""근대뿌리처럼 맛없는"(II, iv, 72) "저울처럼 정의로운"(II, v, 82) "뿔처럼 굽은""물방울처럼 공허한""날개처럼 가벼운""바람처럼 변덕스러운""죽음처럼 증오스러운""심연처럼 깊은"(III, vii, 41) "미로처럼 꼬인"(II, x, 51) "푸른 별맞이꽃처럼 흔한"(I, vii, 21) "코르크처럼 가벼운"(II, iv, 7) "여기저기 금이 간 항아리처럼 줄줄 새는"(I, x, 33) "등잔불처럼 투명한""물시계처럼 물이 드는""샘물처럼 맑은""에우리포스 해협 물살처럼 자주 바뀌는"(I, ix, 62) "내 눈처럼 사랑스러운""빛처럼 환영받는""생명처럼 소중한""마른 들장미 넝쿨처럼 고집 센"(II, i, 100) "데친 양배추처럼 메스꺼운"(I, v, 38) "자주색 띠처럼 빛나는""플로라의 카니발처럼

데시데리위스 에라스뮈스 로테로다뮈스

음탕한".

살아 있는 생물로부터

앞서 비슷한 표현들이 살아 있는 생물로부터 생겨났다. "여자
처럼 수다스러운"(IV, i, 97) "염소처럼 음탕한" "사슴처럼 활기
넘치는" "까마귀처럼 장수하는" "늙은 까마귀보다 오래된"(I, vi,
64) "갈까마귀보다 성가신"(I, vii, 22) "꾀꼬리보다 말 많은" "뱀
보다 위험한" "독사보다 해로운" "여우보다 약아빠진"(I, ii, 28)
"고슴도치보다 날카로운"(II, iv, 81) "아카르나이아의 돼지보다 부
드러운"(II, iii, 59) "뱀장어보다 미끄러운"(I, iv, 95) "토끼보다 소
심한"(II, i, 80) "달팽이보다 느린" "물고기보다 건강한"(IV, iv, 93)
"물고기보다 말 없는"(I, v, 29) "돌고래처럼 장난치는" "불사조
처럼 드문"(II, vii, 10) "흰 암퇘지보다 애를 많이 낳는" "검은 고
니처럼 드문"(II, vii, 21) "히드라처럼 변화무쌍한"(I, i, 95) "흰 까
마귀보다 드문"(IV, vii, 35) "독수리보다 탐욕스러운"(I, vii, 14) "전
갈보다 잔혹한" "거북이보다 느린"(I, viii, 84) "들쥐보다 조용한"
"돼지보다 무식한" "당나귀보다 어리석은" "물뱀보다 잔인한"
"사슴보다 겁 많은" "거머리보다 목마른" "개보다 싸움질 잘하
는" "곰보다 털 많은" "물방개보다 가벼운". 루키아노스도 또한

이런 종류의 말들을 모아놓았다. 그는 "그들이 강아지처럼 보채고 토끼처럼 소심하고 원숭이처럼 아양 떨고 당나귀처럼 탐욕스럽고 고양이처럼 잘 훔치고 싸움닭처럼 잘 싸운다면"이라고 적고 있다. 플루타르코스는 그의 글에서 "까마귀처럼 의리 없고, 생선 자반처럼 조용하고 개처럼 미천하고 비굴하다"라고 적고 있다.

신적인 존재들로부터

신의 특징으로부터 만들어진 말이 있다. "디아나처럼 순결한" "그레이스 여신들처럼 우아한" "프리아푸스처럼 음탕한" "베누스처럼 사랑스러운" "메르쿠리우스처럼 말 잘하는" "몸모스처럼 신랄한"(I, v, 74) "베르툼누스처럼 잘 바뀌는" "프로테우스처럼 잘 변하는"(II, ii, 74) "엠푸사처럼 오락가락하는".

전설에 등장하는 인물로부터

"탄탈로스처럼 목마른"(II, iv, 14) "아트레우스처럼 잔혹한" "퀴클롭스처럼 야만적인"(I, iv, 15) "오레스테스처럼 미친" "율리시스처럼 꾀 많은"(II, vii, 79) "네스토르처럼 말 잘하는"(I, ii, 56) "클라우코스처럼 어리석은"(I, ii, 1) "이루스처럼 궁핍한"(I, vi, 76) "페

넬로페처럼 순결한"(I, iv, 42) "니레우스처럼 잘생긴" "티토노스처럼 오래 사는"(I, vi, 65) "에뤼시퀴톤처럼 굶주린" "니오베처럼 애 많은"(III, iii, 33) "스텐토르처럼 시끄러운"(II, ii, 37) "테이레시아스처럼 눈먼"(I, iii, 57) "부시리스처럼 악명 높은" "스핑크스처럼 수수께끼 같은"(II, iii, 9) "라비린토스처럼 복잡한"(II, x, 51) "다이달로스처럼 재주 좋은"(II, iii, 62) "거인족처럼 우쭐대는"(III, x, 93) "그퀼로스처럼 어리석은" "린케우스처럼 눈썰미가 있는" "히드라처럼 끈질긴"(I, x, 9).

희극의 인물로부터

희극의 인물로부터 생겨난 말들이 있다. "테렌티우스의 트라소처럼 큰소리치는" "데메아처럼 싸움질하는" "미키오처럼 좋은 성격의" "그나토처럼 알랑거리는" "포르미오처럼 자신만만한" "다부스처럼 약삭빠른" "타이스처럼 매력적인" "에우클리오처럼 불쌍한".

역사적 인물로부터

역사적 인물로부터 생겨난 말들이 있다. "졸리오스처럼 질투심 강한"(II, v, 8) "카토처럼 엄격한"(I, vii, 89) "티몬처럼 비정한"

"팔라리스처럼 잔인한"(I, x, 86) "티모테오스처럼 행복한"(I, v, 82)
"사르다나팔로스처럼 비루한"(III, vii, 27) "누마처럼 경건한" "포
키온처럼 정의로운" "아리스티데스처럼 청렴결백한" "크로이소
스처럼 부유한"(I, vi, 74) "크라수스처럼 풍요로운" "코드로스처
럼 불행한" "아이소포스처럼 방탕한" "헤로스트라소스처럼 야
심 많은" "파비우스처럼 조심스러운"(I, x, 29) "소크라테스처럼
인내심 강한" "밀로처럼 근육질의"(I, ii, 57) "크뤼십포스처럼 날
카로운" "트라칼로스처럼 좋은 목소리를 가진" "쿠리오처럼 건
망증이 심한" "우리 시대의 아리스타르코스" "기독교의 에피쿠
로스" "한물간 카토"(I, viii, 89).

사람의 이름으로부터

사람의 이름으로부터 생겨난 말이 있다. "카르타고 사람들처
럼 믿을 수 없는"(I, viii, 28) "스퀴티아 사람들처럼 거친"(II, iii, 35)
"스퀴토타우리아 사람들처럼 비호의적인" "크레타 사람들처럼
거짓말 잘하는"(I, ii, 29) "파르트아 사람들처럼 잘 도망치는"(I, i,
5) "그리스 사람들처럼 허영심 많은" "트라키아 사람들처럼 술
많이 마시는"(II, iii, 17) "테살리아 사람들처럼 신뢰할 수 없는"(I,
iii, 10) "카리아 사람들처럼 비열한"(I, vi, 14) "쉬바리테스 사람

데시데리위스 에라스뮈스 로테로다뮈스

들처럼 오만한"(II. ii. 65) "밀레토스 사람들처럼 유약한"(I. iv. 74)
"아랍 사람들처럼 부유한" "피그미 사람들처럼 작은" "아르카
디아 사람들처럼 어리석은"(II. iii. 27).

직업으로부터

직업으로부터 생겨난 말이 있다. "뚜쟁이처럼 거짓 맹세를 잘
하는" "남창처럼 여린" "군인처럼 허풍이 심한" "아레오파고스
처럼 준엄한" "독재자처럼 잔혹한" "망나니처럼 무자비한".

14. 격언을 조심스럽게 소개할 필요에 관해

다음에 언급할 말은 사실 사소해 어쩌면 언급하지 않을 수도
있었다. 그러나 내가 선생의 역할을 자처했으므로 아직 경험이
부족한 사람들을 위해 다음과 같은 경고를 남기지 않을 수 없다.
격언을 사용하는 데 있어 우리는 퀸틸리아누스가 남긴 말을 기
억해야만 한다. 새롭게 만들어진 문구나 과감한 비유를 사용하
는 경우에, 그리스인들이 아주 적절히 표현한 바와 같이 과도하
게 사용했다는 인상을 남기지 않도록 먼저 변죽을 울려야 한다.
우리는 퀸틸리아누스의 이 말을 격언의 사용에도 적용해, 모호
하게 보이는 격언이나 어긋나게 보이는 격언을 사용하기 전에

미리 변죽을 울려야 한다. 왜냐하면, 내가 곧 지적하거니와 다음과 같은 문구들은 종종 지나치게 대담한 비유나, 단어의 무리한 혁신이나, 염치없는 과장이나, 수수께끼 같은 비유를 사용할 수 있도록 돕는다.

예를 들어 격언을 언급하기 전에 "격언에 이르길" "격언에 전하는바" "옛말에 가르치길" "격언으로 풀어 말하자면" "이를 재치 있게 말하자면" 같은 말들을 앞서 집어넣어야 한다. 이와 유사한 말들이 라틴어에도 많이 전해진다. "사람들이 주장하는바 aiunt" "사람들이 말하는 것처럼 ut aiunt" "옛말에 전하는바 ut est in veteri proverbio" "사람들에게서 닳고닳은 말로 하자면 iuxta vulgo tritum sermonem" "사람들이 흔히 말하는 방식대로 quemadmodum vulgo dici consuevit" "옛말을 가져다 쓴다면 ut vetus verbum usurpem" "격언으로 표현하자면 ut adagio dictum est" "사람들이 말하는바 vere hoc dicunt".

4

이성과 빛과 미신

베네딕트 데 스피노자, 바뤼흐 스피노자(1632~1677)는 네덜란드의 철학자이다. '바뤼흐'는 '축복받은 자'를 뜻하는 유대식 이름이다. 스피노자는 라틴어 '베네딕투스'를 더 즐겨 사용했다. 유대계 집안에서 태어난 촉망받는 엘리트였지만 유대교 교리를 벗어나는 사상과 언행으로 혹독한 저주와 함께 파문 선고를 받았다. 그후 익명으로 출간한 『신학정치론』에서 스피노자는 사람들이 이성을 경시한 결과 미신을 신의 신탁으로 여기게 되었고, 두려움 때문에 광기에 내몰려 자발적인 노예 상태에 놓인다고 말한다. 자연법칙에 대한 무지가 공포스러운 신의 모습을 만들어내고, 권력은 그 잘못된 믿음과 미신을 이용해 대중을 통치한다고 본 것이다. 그의 눈에 사람들은 신에게 비천하게 '아첨'하고 있었을 뿐이다. 또한 자유로운 국가에서는 종교가 사람들을 박해하는 도구로 쓰이고 신념이 재판에 회부되어 비난받는 일이 있어선 안 된다고 썼다. 나아가 종교와 정치는 분리되어야 하며 소수가 권력을 과점하는 공화제가 아닌 민주제를 이룩해야 한다고 주장한 이 책은, 당시 사회에 큰 파장을 불러왔으며 폐기 선고를 받고 금서가 되었다.

신학 정치론

Tractatus Theologico-Politicus, 1670

　사람들이 자기 주위의 모든 상황을 완전히 통제할 수 있거나, 혹은 운 좋게도 항상 행운만을 누리게 된다면, 그들은 결코 미신의 제물이 되지 않을 것이다. 그러나 사람들은 자주 곤경에 빠져 속수무책이 되며, 운명의 변덕스러운 호의를 바라는 그들의 과도한 탐욕은 그들을 번갈아 생기는 희망과 공포의 비참한 희생물로 만들기 때문에, 대개 그들의 어수룩함은 끝이 없다. 위기 속에서 그들은 지극히 사소한 자극에 의해서도 이리저리 동요되

베네딕트 데 스피노자

며, 특히 희망과 공포의 감정 사이에서 흔들릴 때 그러하다.; 하지만 다른 때에는 자만심에 차 있고, 허풍을 떨고 오만하다.

사람들은 대체로 그들 자신을 알지 못하는 걸로 여겨지지만, 저러한 사실을 알아차리지 못할 사람은 아무도 없다. 왜냐하면 세상을 살아가는 사람은 누구나 알고 있듯이, 대다수의 사람들은, 행운이 자신들에게 미소지을 때에는, 사정에 전혀 정통하지 못할지라도, 자신들에게 제공되는 어떤 조언이든 모욕으로 간주할 정도로 지혜가 풍부한 반면, 역경 속에서의 그들은 사방에 조언을 간청하면서 어찌할 바를 모르며, 또 그때에는 어리석다거나 불합리하다거나 공허하다 하여 따르지 못할 조언이 없기 때문이다. 그때에는 극히 하찮은 이유조차도 그들의 희망을 불러일으키거나 또는 그들을 절망시키기에 충분하다. 왜냐하면 사람들은 두려움에 빠져 있는 동안, 과거에 좋았거나 나빴던 것을 상기시키는 어떤 일이 벌어지는 걸 보면, 이것이 행복하거나 또는 불행한 결과를 예고한다고 믿으며, 따라서 이것을 행운 또는 불운의 징조(설령 그것이 그들을 수없이 실망시킬지라도)라고 부르기 때문이다. 게다가, 그들이 어떤 이상한 현상을 접하고 경이감에 사로잡히면, 그들은 이것을 신들 또는 최고신의 노여움을 의미하는 전조라고 믿으며, 따라서 희생물과 서원(이것들은 미신의 영향을 받기 쉽고 종교에 반대되는 것들이지만)으로써 악을 피하는 것이 경건한 의무라고 생각한다. 그들이 상상하는 징조의 종류는 끝이 없으며, 마치 전체 자연이 그들의 광기의 파트너라도 되는 것처럼 자연 속에서 별스러운 것들을 읽어낸다.

사실이 이러하기 때문에, 온갖 종류의 미신에 가장 쉽게 희생당하는 사람들은 특히 운명의 호의를 탐욕스럽게 탐하는 사람들이며, 그들 모두가 기도와 여성적인 눈물로 신의 도움을 애원하는 것은 특히 그들이 위험에 처하여 의지할 곳이 없을 때임을 우리는 안다. 그들은 자신들이 탐하는 무의미한 것에 확실한 길을 보여줄 수 없다는 이유로, 이성理性을 장님으로 간주하고, 인간의 지혜를 공허하게 생각하지만, 환영과 몽상과 유치하고도 어리석은 짓은 신의 신탁들로 여긴다. 진실로 그들은, 신이, 현자들을 내쫓으면서, 인간의 정신이 아닌 짐승들의 내장 속에 자신의 명령들을 새겨넣었다거나, 바보, 광인 또는 새가 신성한 영감과 부추김에 의해 이러한 명령들을 예언한다고 생각한다. 사람들은 자신들의 두려움에 의해 이와 같은 광기에 이르기까지 내몰린다.

그렇기 때문에 미신을 발생시키고, 유지하고, 조장하는 것은 바로 두려움이다. 누구든 내가 말한 것을 확인하려 특별한 사례를 찾는다면, 알렉산더를 알아보면 된다. 그가 미신에 빠져 점술사를 고용한 것은 오직 수시디스 협곡(쿠르티우스, 5권 4장)에서 처음으로 운명을 두려워하게 되었을 때였다. 다리우스를 상대로 승리한 후 한번 더 곤경에 처하여 당황할 때까지 그는 예언가와 점술사에게 자문하지 않았다. 그 자신은 부상당해 병상에 누워 있는 동안 박트리아인들은 탈주해버리고 시디아인들은 공세를 취해오는 와중에, 그는 다시 "미신(인간의 지혜에 대한 조롱)에 한번 더 의지해, 자신의 어수룩함을 주입해놓은 아리스탠더에게 제물에 의한 결과를 알아보도록 명했다"(쿠르티우스, 7권 7장). 이런 종류의 수많은 사례들을 인용할 수 있는데, 그 사례들은, 오직 두려움이 지속되는 동안에만 사람들은 미신의 희생물이 되며, 모든 허구의 종교적 숭배의 대상들이 낙담과 소심함으로부터 생겨나는 환영과 망상에 불과하며, 마지막으로 점술사들이 국민들에 대해 가장 강력한 영향력을 보유하고 통치자에게는 비할 바 없이 무서운 존재가 되는 것은 국가가 중대한 위난에 처한 시기라는 사실을 아주 명확하게 예증하고 있다. 그러나 이러한 것은 아주 일반적인 지식이라고 생각하므로, 나는 더이상 말하지 않겠다.

이러한 것이 미신의 기원이므로―모든 인간이 소유한, 신성

〔신〕에 관한 혼란스러운 관념을 미신의 기원으로 여기는 일부 사람들의 견해에도 불구하고―모든 사람은 천성적으로 미신에 빠져들기 쉽다는 결론이 명확하게 내려진다. 또한 미신은, 다른 모든 환각과 광란의 경우들처럼, 매우 잡다하고 불안정한 모습을 띠도록 속박되어 있고, 마지막으로, 그것은 오직 희망, 증오, 분노, 기만에 의해서만 유지된다는 결론도 내릴 수 있다. 왜냐하면 그것은 이성이 아닌 감정으로부터, 또한 가장 유력한 성질의 감정으로부터 생겨나기 때문이다. 이와 같이 사람들이 어떤 종류의 미신에라도 희생물로 전락하려고 채비하고 있기에 그에 대응하여 그들이 유일하고도 똑같은 종류의 미신을 고수하도록 설득하는 것은 어렵다. 진실로 대중은 똑같은 수준의 불행에 내내 머무르기 때문에, 결코 오랫동안 만족해하지 않으며, 오로지 새롭고 아직까지 망상적인〔속임수인〕 것을 알지 못한 것에 대해서만 가장 많이 기뻐한다. 이러한 변덕이 수많은 끔찍한 폭동〔반란〕과 전쟁의 원인이 되어왔는데, 왜냐하면―이것은 위의 사실로부터 명백하고, 쿠르티우스도 역시, 4권 10장에서 마찬가지로 말한다―"대중에게는 미신보다 더 유력한 지배자가 없다"("the multitude has no ruler more potent than superstition"); 그러므로 대중은 한때는 통치자들을 신처럼 숭배하도록, 종교를 가장해, 쉽게 설

베네딕트 데 스피노자

득당하고, 그다음에는 다시 그들을 인류 공동의 해독害毒으로서 저주하고 비난하도록 쉽게 설득당한다. 이런 불행한 경향을 중화〔방해〕하기 위해, 모든 숭배자들에 대해 어떤 충격을 유지할 수 있고 가장 깊은 숭배를 끊임없이 불러일으킬 수 있는 화려함과 의식儀式을 종교—진짜든 가짜든—에 부여하려는 막대한 노력이 계속되어왔다. 이런 일에 터키 사람들은 엄청난 성공을 이루었다. 그들은 종교에 관한 논담조차도 죄가 된다고 생각하고, 많은 교리를 사용해 개인의 판단을 철저하게 장악함으로써 이성의 작용을 위한 정신 안에서의 여지나 의심하는 능력조차도 남겨두지 않는다.

게다가 독재정치의 최고의 불가사의—그것의 지지물 및 버팀대—는, 사람들이 마치 구원을 위해서 싸우는 것처럼 노예 상태를 위해 싸우며, 한 사람을 찬미하기 위해 자신들의 혈기와 일생을 소모하는 것을 수치가 아닌 최고의 영광으로 생각할 수 있도록, 사람들을 기만의 상태에 잡아두고, 허울 좋은 호칭의 종교로써 그들을 꼼짝 못하게 억제하는 두려움을 덮어 감추는 것이다. 그렇지만 자유로운 국가에서는 그처럼 비참한 정책을 생각해내거나 또는 시도할 수가 없다. 편견을 부여하는 것 또는 어떤 방식으로든 국민의 자유로운 판단을 위압하는 것은 국민의 자유와 전혀 양립할 수 없다. 종교를 빙자해 고무되는 박해에 관해서는, 법률이 사변적 사유의 영역에 침입하는 것과, 신념이 재판에 회부되고 범죄처럼 비난받는 것 안에 확실히 박해의 유일한 근원이 있다. 이러한 신념의 지지자와 추종자는 공공의 복리를 위해서가 아니라, 반대자들의 증오와 잔인함을 위해 희생당한다. 시민법 아래에서 '오직 행동만이 입건되고 말은 처벌되지 않는다면', 이런 종류의 박해는 합법성의 외양을 박탈당할 것이고, 불일치는 박해로 변하지 않을 것이다.

그런데 우리는 지금 개개의 국민에게 판단의 자유가 충분히 인정되고 각자가 바라는 대로 신을 숭배할 수 있으며, 자유를 그 무엇보다 귀하고 소중하게 여기는 나라에서 사는 흔하지 않은 행운을 누리고 있다. 때문에, 이러한 자유가 경건과 국가의 평화를 위태롭게 하지 않고 인정될 수 있다는 것뿐만 아니라, 국가의 평화와 경건이 이 자유에 의존한다는 사실 또한 증명함으로써 보람 있고 무익하지 않은 과업을 꾀하고 있다고 생각한다.

그러므로 이러한 것이 이 논문에서 내가 확립하려고 힘썼던 주요 목적이다. 이 목적을 위하여, 종교에 관련해서 유행하는, 잘못된 주요 가정들—즉, 인간의, 예로부터 전해진 예속의 잔재들—을 지적하고, 그리고 나서 다시 행정당국자의 권리에 관련

베네딕트 데 스피노자

된 잘못된 가정들을 지적하는 것이 나의 가장 긴급한 과제였다. 사람들을 다시 예속 상태로 만들기 위하여, 아주 파렴치하고 뻔뻔스럽게, 이러한 권리의 대부분을 강탈하려 애쓰고, 여전히 사교적邪教的인 미신에 빠져들기 쉬운 대중의 충성을, 종교를 가장하여, 정부로부터 멀어지게 하려고 힘쓰는 사람이 많다. 그러나 관련된 사항들을 간단하게 언급하기 전에, 이 글을 쓰게 된 몇 가지 동기들을 먼저 제시하겠다.

나는 사랑, 기쁨, 평화, 절제, 그리고 모든 사람에 대한 거짓 없는 태도의 종교인 기독교 신자로서 자부하는 사람들이 그토록 맹렬하게 싸우고 매일 서로에 대해 극심한 증오를 드러냄으로써 앞에 말한 것들보다 나중에 말한 특징들에 의해 더 쉽게 한 사람의 신조를 알아보게 되는 것을 종종 이상하게 생각해왔다. 사태가 오랫동안 그런 식으로 흘러왔기에, 기독교도, 터키 사람, 유대인, 또는 이교도는 일반적으로 신체의 외양 또는 의복, 또는 특별한 예배장소에의 참석, 또는 특별한 신앙의 고백과 몇몇 지도자에 대한 충성 등에 의해서만 분간될 수 있다. 그러나 그들의 삶의 방식은 어떤가 하면, 모두 동일하다. 이러한 불행한 사태의 원인들을 찾아보자면, 교회의 목사직을 고관대작으로, 목사의 직무를 보수직으로, 목사를 저명한 명사로 간주하는 정신자세가 대중에게 널리 퍼져 있음을 볼 수 있다. 나는 이것이 사태의 원인이라고 확신해 마지않는다. 왜냐하면 교회의 참된 역할이 이와 같이 왜곡되기 시작하자마자, 온갖 하찮은 자들이 성직을 차지하려는 격렬한 욕망을 느끼고, 비열한 탐욕과 야욕 속으로 타락한 신의 종교를 해외에 전파하려는 열망을 느꼈기 때문이다. 예배당은, 교회의 교사 대신에, 연설가들이 장황하게 말하는 극장이 되어버렸으며, 그들 중에는 사람들을 가르치려는 소망을 갖고 행동하는 사람이 아무도 없었다. 그러나 그들은, 사람들의 감탄을 받는 일에, 대중 앞에서 자신들의 적들을 비판하는 일에, 오로지 군중의 갈채를 받을 만한 이상하고 별스러운 교리에 대해서만 설교하는 일에, 열심이었다. 이러한 것이 필연적으로 시간이 경과해도 진정되지 않는 대단한 싸움과 질투, 증오를 야기했다. 그래서 오래된 종교 중에서 피상적인 형식 외에는 아무것도 남지 않고—그 점에서 보통 사람들은 신을 숭배한다기보다는 비천하게 신에게 아첨하는 것처럼 보인다—, 신앙이 어수룩함 및 편견적인 교리와 동일해졌다고 해도 거의 놀랍지 않다. 그러나—이성적인 인간을 짐승으로 타락시키고, 인간의 자유로운 판단과 거짓된 것과 참된 것을 구별하는 능력을 완전히 억압하며, 또한 명백하게 이성의 빛을 완전히 제거해버리려는 단호한

베네딕트 데 스피노자

목적을 가지고 고안된—참으로 잔혹한 교리! 경건과 종교가—
아 영원한 신이여—어리석은 불가사의의 모습을 가지고, 이성을
완전히 경멸하며 자연적으로 타락한 것으로서 지성을 거절하고
외면하는 사람들(이들이 신성한 빛을 소유하고 있다고 믿어지는—이것
이 모든 것 중에 가장 간악한 것이다—사람들이다)! 확실히, 그들이 오
직 신성한 빛의 불꽃만을 가지고 있다면, 그들은 그러한 거만한
헛소리들에 빠져들지 않을 것이며, 반대로 좀더 현명하게 신을
숭배하기 위해 공부하고, 사랑으로 동료들을 능가하려고—그들
이 지금 미움으로 그러려는 것처럼—연구할 것이다. 그들은 자
신들과 의견을 공유하지 않는 사람들을 그토록 지독하게 박해하
지 않을 것이다.; 그들은 오히려 동정을 보일 것이다. 그들의 관
심이 인간의 구원을 위한 것이고, 그들 스스로의 부귀영화를 위
한 것이 아니라면.

더욱이, 그들이 진실로 얼마간의 신성한 빛을 가지고 있다면,
그들의 가르침에서 이것이 확실하게 증명될 것이다. 그들이 성
서의 심오한 불가사의들에 대해 한없는 경이驚異를 표했다는 걸
인정하지만, 나는 그들이 아리스토텔레스주의자나 플라톤주의
자의 사변보다 우수한 어떤 것을 가르쳐왔다고 보지 않으며, 그
들은 이교도들의 추종자로 보이는 일을 피하려고 이것들에 성서

를 일치시켜왔다. 그들은 그리스인들의 망상을 공유하는 것으로 만족하지 않았으며, 예언자들도 똑같은 망상을 공유하는 것으로 나타내기 위해 힘써왔다. 이러한 것은 그들이 성서의 신성神性을 조금도 알아보지 못했음을 아주 명백히 보여주며, 이러한 불가사의들에 대한 그들의 감탄이 더욱 열광적일수록, 성서에 대한 그들의 자세가 신앙이라기보다 비굴한 노예근성의 일종임을 더욱 분명하게 드러낸다. 그리고 이것은, 성서를 이해하고 성서의 참된 의미를 이끌어내기 위한 기본원리로서 성서가 처음부터 끝까지 진실하고 신성하다는 것—이 결론은 연구와 엄격한 고찰의 최종결과가 되어야 한다—을 그들 대부분이 가정한다는 사실에 의해 더욱 명백해진다.: 인간의 거짓을 필요로 하지 않는 성서 자체로부터 훨씬 더 적절하게 이끌어내졌을 것을 그들은 해석의 원리로 최초에 주장한다.

많은 사람들이 이성의 빛을 경멸할 뿐만 아니라 불경함의 근원으로서 비난한다는 사실, 그리고 단지 인간의 상상에 불과한 것들이 신성한 교리로 생각된다는 사실 및 어수룩함이 신앙으로 간주된다는 사실들에 관해 숙고했을 때; 그리고 여기에서 자세히 말하기에는 너무나도 많은 다른 악들과 함께, 철학자들의 논쟁이 교회와 법정에서 거칠게 벌어지고 있으며, 그들의 논쟁이

베네딕트 데 스피노자

쉽사리 사람들의 폭동을 유발하는 지독한 증오와 파벌 싸움을 일으키고 있기도 한 것을 보았을 때, 나는 성서를 새로이 양심적으로, 또한 자유롭게 고찰할 것을, 그리고 그것으로부터 극히 명확하게 이끌어내지 못한 것은 아무것도 그것의 가르침으로 인정하지 않을 것을 신중하게 결심했다. 이렇게 조심하면서 나는 성서를 해석하는 방법을 공식화했으며, 그에 따라 준비를 마친 나는 모든 것에 앞서 우선 다음과 같은 질문에 대한 답을 구하기 시작했다.

예언이란 무엇인가? 어떤 방법으로 신은 그 자신을 예언자들에게 계시했는가? 이 사람들은 어찌하여 신에게 받아들여질 수 있었는가? 그것은 신과 자연에 대한 그들의 이해가 보기 드물게 탁월했기 때문인가? 아니면 그것은 단지 그들의 경건함 때문이었는가? 이러한 질문들에 답하면서 나는 예언자들의 권위가 오직 도덕성과 참된 덕에 관련된 문제들에서만 중요하고, 다른 문제들에서는 그들의 믿음이 우리와 무관하다고 판정하는 것이 어렵지 않았다.

그다음에 나는 어째서 헤브라이 사람들이 신의 선택받은 사람들로 불리는지 계속하여 질문했다. 이러한 것은 신이 그들을 위해 그들이 안전하고 행복하게 살아갈 일정한 영토를 선택했다는 것 말고 다른 이유 때문이 아니었다는 걸 인식했을 때, 신이 모세에게 계시했던 율법은 단지 헤브라이 국가만의 법률이었으며, 따라서 헤브라이인을 제외한 아무도 구속하고 있지 않았고, 그들에 대해서조차도 그들의 나라가 여전히 건재한 동안에만 그들을 구속하고 있었다는 것을 이해하게 되었다. 게다가 성서에서 인간의 지성이 자연적으로 타락한 것이라고 가르쳤는지 어떤지를 확인하기 위해, 나는 일반적인 종교—즉, 예언자들과 12사도를 통하여 전 인류에게 계시된 신정법칙—가 이성의 자연적인 빛이 가르치는 것과 다른지 어떤지를; 그리고 또 기적들이 자연의 질서를 위반하는지 어떤지를, 또한 기적들이 우리가 최초의 원인들을 통하여 뚜렷하고 명확하게 이해하는 사건들보다 더 많은 명확함과 확실성을 갖고서 신의 존재 및 섭리를 증명하는지 어떤지를 알아보려고 결심했다.

그런데 나는 지성과 일치하지 않거나 지성을 부정하는 것으로서 성서에서 명백히 가르치는 것은 아무것도 없다는 것을 발견했으며, 또한 나는 예언자들이, 신에 대한 사람들의 헌신을 십중팔구 일깨웠을 만한 양식으로 말하고 그랬을 만한 논법으로 교리들을 확증하면서, 모두가 쉽게 이해할 수 있는 매우 단순한 교리만을 가르쳤음을 알게 되었다. 따라서 성서는 그 어떤 방식으

베네딕트 데 스피노자

로도 이성을 억제하지 않으며 철학과는 전혀 관계가 없다는 것 (왜냐하면 각각은 독자적인 기초 위에 서 있기 때문에)을 나는 전적으로 확신하게 되었다. 이러한 것을 논리적인 순서로 증명하고 전체 문제를 명확하게 해결하기 위해 나는, 어떤 방법으로 성서가 해석되어야 하는지, 그리고 성서와 영적인 문제들에 대한 우리의 모든 지식이, 이성의 자연적 빛으로부터 유래한 지식의 종류에 의해서가 아니라, 전적으로 성서에 의해서 어떻게 구해져야 하는지를 밝힐 것이다. 그러고 나서 나는 보통 사람들이 미신에 빠져들기 쉽고 시간의 유산을 영원성 자체보다 높게 평가하며, '신의 말씀'보다 오히려 성서의 책들을 숭배한다는 사실로부터 생겨난, 편견이 있는 신앙들을 지적하기 위해 옮겨간다. 그후 나는 계시된 '신의 말씀'이 책들의 어떤 번호로 확인되는 것이 아니라, 예언자들에게 계시된 신성한 정신의 단순한 개념—즉, 정의와 박애를 실행함으로써 충심으로 신에게 복종하는 것—이라는 사실을 밝힌다. 이 가르침이 성서에서 예언자들과 12사도들이— 사람들이 기꺼이 충심으로 신의 말씀을 받아들이게 하려는 목적을 갖고서—신의 말씀을 공포公布하기 위해 늘 상대했던 사람들의 이해력과 믿음에 어떻게 적용되었는지 지적한다. 그러면, 이제 신앙의 기본원리들이 명확하게 되었으므로, 나는 계시에 의

한 인식의 목적이 순종에 불과하며, 따라서 그것이 목적과 근거와 방법에 있어서 자연적 인식과 완전히 다르므로, 이 둘은 공통적인 것이 전혀 없고, 그것들 각각은 서로에게 끼어들지 않는 분리된 영역을 갖고 있으며, 둘 중의 어느 것도 상대편에 대해 보조적인 것으로서 간주되어서는 안 된다는 결론에 도달한다.

게다가, 사람들의 생각하는 방식은 서로 상당히 다르고, 서로 다른 신앙이 서로 다른 사람들에게 더 잘 적응되어 있으며, 누군가에게 숭배받는 것이 다른 사람에게는 조롱을 유발하기 때문에, 나는 이미 말했던 결론(모든 사람에게 판단의 자유와 자신이 적당하다고 생각하는 대로 자기 신앙의 기본 신조를 해석할 권리가 허용되어야 하고, 개인적 신조의 도덕적 가치는 오직 그 사람의 소행만으로 판단되어야 한다)을 되풀이한다. 이런 식으로 모든 사람은 전심전력으로, 자유롭게 신에게 복종할 수 있을 것이며, 오직 정의와 자선만이 일반적으로 존경을 받게 될 것이다.

이렇게 신성법칙의 계시에 의해 모든 사람에게 인정된 자유를 명확하게 해둔 다음에, 우리의 주제의 두번째 부분으로, 즉, 이 자유가 공공의 평화와 행정당국의 권리를 손상시키지 않고 인정될 수 있으며, 그렇게 인정되어야 하고, 이 자유를 억압하면 불가피하게 평화에 대한 커다란 위험과 전체 국가에 대한 심각한 위해危害가 초래된다는 주장으로 넘어간다. 이러한 주장들을 확증하기 위해, 나는 개인의 자연권부터 시작한다.: 이것은 개인의 욕망 및 능력과 동일 범위에 있다. 다른 사람이 바라는 대로 살아가도록 자연권에 의해 구속되는 사람은 아무도 없으며, 각자는 자기 자유의 수호자이다. 나는 계속하여, 자신의 자기방어 능력을 남에게 이양하지 않고서는 아무도 이 권리와 단절될 수 없고, 각자에게서 자신이 원하는 대로 살아갈 권리와 자기방어의 능력을 양도받은 사람은 필연적으로 이러한 자연권에 관한 절대적 통제력을 유지해야만 한다는 것을 증명한다. 그러므로 나는, 주권을 소유한 사람들은 자신들의 능력 안에 있는 모든 것에 관하여 권리가 있고 법과 자유의 유일한 수호자라는 것을, 그리고 국민들은 모든 문제에서 오로지 주권자의 명령[법령]에 따라서 행동해야만 한다는 것을 밝힌다. 그러나 인간이기를 그만두어야 할 정도로 자기방어의 능력을 양도할 수 있는 사람은 아무도 없기 때문에, 나는 아무도 자신의 자연권을 절대적으로 박탈당할 수 없으며, 또한 준-자연권에 의해 국민들은 국가를 위태롭게 하지 않고서는 빼앗길 수 없으며, 따라서 묵시적으로 인정되거나 또는 명백하게 통치자들의 동의를 얻은 약간의 권리를 보유한다는 결론을 내린다.

이러한 것들을 고려한 후에 나는 헤브라이 연합국가로 옮겨가서, 수많은 다른 부수적 관심사들과 더불어, 어떤 방식으로 또한 누구의 결정에 의해 종교가 법률의 힘을 얻기 시작했는지를 밝히기 위해 헤브라이 연합국가를 상세하게 기술한다. 그후에 나는 정부가 시민법과 마찬가지로 종교적 법의 수호자이고 해석자라는 것과, 오직 정부만이 공정한 것과 불공정한 것, 경건한 것과 불경한 것을 결정할 권리를 갖고 있다는 것을 증명한다. 나는 마지막으로 정부가 오로지 개개의 국민들에게 독자적인 의견을 갖고 자신이 생각한 것을 표현할 권리를 인정함으로써만 이러한 권리를 가장 잘 유지하고 국가를 안전하게 보존할 수 있다고 결론을 내린다.

학식 있는 독자여, 당신이 고찰할 수 있도록 내가 여기에 제출한 논제들은 이와 같으며, 이 책의 전체와 각각의 분리된 장에서 논해진 문제들의 중대함 때문에 당신이 이 논제들을 흥미 있게 생각할 것으로 나는 확신한다. 더 말할 수도 있겠으나, 나는 이 서론이 길게 늘어지기를 원하지 않는다. 특별히 주요 주장들이 철학자들에게 아주 익숙한 것들이기 때문에. 다른 사람들에게는 이 논문을 추천하고 싶지 않다. 어떤 식으로든 그들이 이것을 시인하리라고 기대할 이유가 없기 때문이다. 나는 경건을 가

베네딕트 데 스피노자

장하여 채용된 편견들이 정신 안에서 얼마나 깊게 뿌리내렸는지 알고 있다. 나는 또한 대중이 두려움에서와 마찬가지로 미신에서 자유로울 수 없다는 것을 안다. 마지막으로, 나는 그들이 완고함에 있어서 불변이며, 이성에 의해 인도되지 않는다는 것과, 그들의 칭찬과 비난이 충동에 의해 좌우된다는 것을 안다. 그러므로 나는 보통 사람들에게 이 책을 읽도록 권하지 않으며, 그와 동일한 감정적 자세의 희생양인 모든 사람들에게도 마찬가지다. 진실로, 나는 그들이 습관에 따라서 이 책을 그릇되게 해석함으로써 스스로 성가신 존재가 되려고 하기보다는 철저하게 이 책을 무시했으면 좋겠다. 왜냐하면 그들 자신에게는 아무런 이익도 없는데, 그들이 이성은 신학의 하인이 되어야만 한다는 믿음에 의하여 철학적 문제들에 대해 좀더 자유롭게 접근하고자 하는 사람들을 방해할 것이기 때문이다. 후자의 이 사람들이―확신하건대―커다란 이익을 이끌어낼 것이다.

그러나, 이 책의 전체를 읽기에는 여가가, 혹은 아마도 의향이, 없을 사람이 많기 때문에, 나는 이 대목에서, 이 논문의 결말에서와 마찬가지로, 조국 정부의 정밀한 조사와 판단에 기꺼이 제출하지 못할 것은 아무것도 쓰지 않았음을 말해야만 하리라고 느낀다. 내가 말한 것 중에 조국의 법을 위반하거나 또는 공공의 선에 유해하다고 간주되는 것이 있다면, 그것이 무엇이든 취소할 준비가 되어 있다. 나는 내가 인간이고 실수했을 수도 있다는 것을 알고 있다. 그러나 나는 오류를 피하고 나의 저술이 조국의 법률, 경건, 도덕과 완전히 일치한다는 것을 보증하기 위해 많은 수고를 아끼지 않았다.

베네딕트 데 스피노자

5

독자들은 만족을 얻을 것이다

조너선 스위프트(1667~1745)는 아일랜드의 소설가이자 성직자이다. 당시 유명 정치인이었던 W. 템플의 비서로 일하면서 정계에 대한 관심과 풍자적 성향을 갖게 된 듯하다. 그가 익명으로 발표한 『드레피어의 편지』는 영국정부가 현상금을 걸 정도로 아일랜드에 대한 영국의 악랄한 착취와 통화 정책을 강하게 비판했다. 풍자소설의 꽃이라고 불리는 『걸리버 여행기』는 민감한 내용 탓에 저자도 신분을 숨기고 출판을 의뢰했으며 당시 출판업자도 저자의 허락 없이 내용 일부를 변경하고 축소해 출간했다. 이 책은 1736년에야 그 가치를 인정받고 온전한 내용으로 2판을 찍게 되었다. 그는 총 4부로 구성된 『걸리버 여행기』를 통해 인간 사회의 위선과 모순을 신랄하게 풍자했다. 말년에는 정신병을 앓았다.

Jonathan Swift

걸리버 여행기

Gulliver's Travels, 1726

이 『걸리버 여행기』의 저자인 레뮤엘 걸리버는 나의 오래되고 친근한 벗이다. 걸리버는 지금부터 약 3년 전에, 호기심이 많은 사람들이 레드 리프 지방에 있는 그의 집으로 찾아오는 일에 지쳐버려, 고향인 노팅엄셔 주 뉴어크 근처에 집 한 채와 땅을 조금 사서 이사를 하게 되었다. 그곳에서 걸리버는 은둔 생활을 하고 있으며, 주변에 살고 있는 이웃들에게서 존경을 받고 있다.

비록 걸리버가 노팅엄셔에서 태어났으며, 그의 아버지가 그곳에서 살았음에도 불구하고, 그는 자신의 가족이 옥스퍼드 주 출신이라고 아직까지 말하고 있다. 그리고 벤버리에 위치한 조상들의 묘와 비석은 내가 돌보고 있을 것으로 믿고 있다.

레드 리프를 떠나기 조금 전인 적당하다고 여겨지는 시기에 걸리버는 자신이 쓴 여행기의 원고를 나에게 주고 갔다. 그것들을 내가 자유롭게 처리할 수 있는 권리와 함께 말이다. 나는 그것을 세 번이나 주의깊게 숙독하였다. 여행기의 문체는 매우 평이하면서도 간결하게 이루어져 있었다. 하나의 결점이 있다면 여행자들의 행동 뒤에 나오는 작가의 설명이 지나치도록 상세하다는 것이다.

걸리버는 대단히 성실한 사람이었다. 나는 그 작품 전체에 조용하게 흐르는 분명한 진실을 느낄 수 있었다. 레드 리프에 있는 그의 이웃들 사이에서는 어떤 사람이 확신에 가득 차 있을 때, 걸리버가 마치 그것을 말하는 것처럼 이야기하는 것이 널리 퍼져 있었다.

작가의 동의와 몇몇 가까운 사람들의 충고에 힘입어, 나는 이제 『걸리버 여행기』를 감히 세상에 내보인다. 최소한 얼마 동안이라도 우리의 훌륭한 젊은이들에게 정치와 정당의 추잡한 잡문들보다 훨씬 더 나은 즐거움을 주리라는 것을 확신하면서.

바람과 조수, 몇몇 항해에서의 변주곡과 방패 문장, 선원들의 옷차림, 폭풍우 속에서의 배의 조종에 관한 상세한 묘사, 경도와 위도에 관한 설명 등의 수많은 구절을 내가 과감히 삭제하지 않았더라면 이 책의 부피는 지금의 두 배 정도로 늘어났을 것이다. 걸리버가 약간 불만스러워할 것이라고 염려되나 독자들의 일반적인 능력에 어울리도록 작품을 맞추기로 결정했다. 그러나 바다의 일에 대한 나의 무지가 얼마간의 실수를 범한다면, 그에 대한 책임은 전적으로 나에게 있다. 어떤 독자가 보다 상세하게 작품 전체를 보기 원한다면, 나는 그것을 기꺼이 환영할 것이다.

　이제, 책의 첫 페이지에서부터 독자는 만족을 얻을 것이다.

6

나는 이 책을 20년 동안 썼다

샤를 루이 드 스콩다 몽테스키외(1689~1755)는 프랑스의 대표적인 계몽주
의 시대 정치사상가이다. 스물일곱 나이에 고위 법관이 되었고, 법·역사·
물리 등 다양한 분야에서 박학다식했다. 그는 20년에 걸쳐 완성한 『법의 정
신』에서 입헌군주제와 삼권분립, 양원제 등을 주장했다. 몽테스키외는 주
권 행사 방식에 따라 정부 형태를 구분하고, 정치권력을 입법권·행정권·사
법권으로 나누어 독립성을 가진 서로 다른 개인이나 집단에게 맡겨야 한다
고 주장했다. 프랑스의 사상 탄압을 피해 스위스에서 익명으로 출판한 이
책은 '모든 시대에 걸쳐 칭송받을 책'이라는 격찬을 받았다. 2년 동안 22쇄
를 찍을 정도로 폭발적인 반응을 불러일으켰으며 로마 가톨릭 교회에 의해
금서로 지정되기도 했다. 저자는 읽는 이에게 '조국과 평등에 대한 사랑'이
라 말할 수 있는 정치적 덕성을 요구한다. 모든 사람에게 권력이 평등하게
나누어져 있다는 사실을 전제한 이 개념을 민중이 소홀히 할 경우 민주정은
타락하게 된다는 것이다. 이 책에 담긴 사상은 인권선언과 미국헌법의 토대
가 되었다.

Charles-Louis de Secondat Montesquieu

법의 정신

De l'Esprit des lois, 1748

혹여 이 책에 실려 있는 무수히 많은 내용 가운데 내 예상과는 달리 불쾌감을 불러일으킬 수도 있는 것이 있을지 몰라도, 어쨌든 나쁜 의도로 일부러 집어넣지는 않았다. 원래 나는 반대를 위한 반대 따위를 하는 사람이 아니다. 플라톤은 자기가 소크라테스 시대에 태어난 것을 하늘에 감사했다. 나는 내가 지금 살고 있는 공화국에서 태어나게 해주신 데 대해, 그리고 내가 사랑하는 사람들에게 복종하도록 해주신 데 대해 하늘에 감사한다.

샤를 루이 드 스콩다 몽테스키외

한 가지 양해를 구할 점이 있는데, 혹시라도 사람들이 양해를 안 해줄까봐 걱정된다. 20년에 걸쳐 이루어진 작업을 잠깐 동안 읽고 판단하지 말아달라는 것이다. 겨우 몇 문장을 읽고 나서 인정하거나 비난하지 말고 처음부터 끝까지 책을 다 읽은 다음 그렇게 하라는 말이다. 만일 작가의 의도가 무엇인지 알고 싶다면, 그가 책을 쓴 목표부터 알아야만 그 의도를 알아낼 수가 있다.

나는 우선 인간에 대해 검토했으며, 이처럼 무수히 많은 법률과 풍습 가운데 그들이 오직 자신의 환상에 따라서만 행동하지는 않는다고 믿었다.

나는 원칙들을 정했고, 개별적 경우들이 마치 스스로 알아서 그러는 것처럼 이 원칙에 따르는 것을 보았다. 모든 민족의 역사는 이 원칙들이 만들어낸 결과에 지나지 않는다. 그리고 각각의 개별적 법률은 다른 법률과 연관돼 있거나, 더 일반적인 또다른 법률에 종속돼 있다.

아주 오래전 시대를 언급할 때 나는 그 시대의 정신을 이해하려고 애썼는데, 전혀 다른 경우들을 유사한 것으로 간주하지 않기 위해, 그리고 유사한 경우들의 차이를 모르고 넘어가지 않기 위해서였다.

나는 원칙들을 내 편견이 아니라 사태의 성격에서 이끌어냈다.

여기서 독자들은 진실을 또다른 진실과 연결하는 연쇄관계를 보고 나서야 수많은 진실을 알게 될 것이다. 세부에 대해 더 많이 생각하면 할수록 원칙의 확실성이 더 잘 느껴질 것이다. 나는 이 세세한 부분을 전부 다 기술하지는 않았다. 미치도록 지겨워 하면서 모든 것을 다 말하려고 하는 사람이 도대체 어디 있겠는가?

이 책에서는 지금 나오는 저서들[1]의 특색을 나타내는 그 두드러진 특징들이 단 한 가지도 발견되지 않는다. 범위를 조금만 더 넓혀 생각해보면 그같이 두드러진 특징들은 흔적도 없이 사라져버린다. 보통 그러한 특징들이 생기는 것은 오직 정신이 다른 모든 방향은 포기한 채 한쪽 방향으로만 뛰어들기 때문이다.

나는 그 어떤 나라에서 이미 정립된 바를 비판하고자 이 책을 쓰는 것은 결코 아니다. 각 나라 국민은 자기들이 왜 자기네만의 원칙을 갖게 되었는지 그 이유를 이 책에서 발견하게 될 것이다. 그리고 거기서 당연히 얻게 되는 결론은 다음과 같다. 즉 변화를 제안하는 것은 오직 아주 행복하게 태어나 재능을 발휘함으로써 한 국가의 조직 전체를 정확히 이해할 수 있는 사람들에게 주어진 권한이다.

어떤 민족이 식견을 갖추고 있다는 것은 대단한 일이다. 행정관의 편견은 우선 민족의 편견에서 시작되었다. 무지의 시대에는 심지어 극악무도하기 짝이 없는 악행이 저질러져도 사람들이 전혀 회의懷疑를 품지 않았다. 계몽 시대에는 천사 같은 선행을 베풀고도 두려움으로 몸을 떨었다. 옛날 폐습이 느껴지고, 그것이 정정되는 것을 본다. 그러나 정정 그 자체가 남용되는 것도 알 수 있다. 최악이 두려우면 악을 그냥 내버려둔다. 최선에 대해 의심이 들면 선을 그냥 내버려둔다. 우리가 부분을 관찰하는 것은 오직 전체를 함께 판단하기 위해서다. 또 모든 원인을 검토하는 것은 모든 결과를 알기 위해서다.

만일 내가 모든 사람으로 하여금 그들의 의무와 그들의 군주, 그들의 조국, 그들의 법률을 사랑할 새로운 이유를 갖게 할 수 있다면, 각 나라와 각 정부, 자기가 있는 각 부서에서 행복을 더 잘 느끼게 할 수 있다면, 나는 내가 인간들 가운데 가장 행복한 인간이라고 믿을 것이다.

만일 내가 명령을 내리는 사람들로 하여금 그들이 명령을 내려야 하는 것에 대한 지식을 더 많이 갖게 하고, 복종하는 사람들로 하여금 복종하는 데서 새로운 즐거움을 느끼도록 할 수 있다면, 나는 내가 인간들 가운데 가장 행복하다고 믿을 것이다.

만일 내가 인간들로 하여금 그들의 편견에서 벗어나도록 할 수 있다면, 나는 내가 인간들 가운데 가장 행복하다고 믿을 것이다. 여기서 내가 편견이라고 부르는 것은 사람들로 하여금 무엇에 대해 모르도록 만드는 것이 아니라, 자기 자신을 모르도록 만드는 것을 가리킨다.

우리는 인간들을 깨우쳐주려고 애씀으로써 모든 사람에 대한 사랑을 포함하는 이 보편적 덕성을 실천할 수 있다. 사회에서 다른 사람들의 생각과 느낌에 따르는 유연한 존재인 인간은 또한 누군가가 자신의 성격을 보여주면 그것을 알 수도 있고, 또 누군가가 그것을 자신에게서 훔쳐가면 그것에 대한 감정까지 잃어버릴 수도 있다.

나는 이 책을 수도 없이 시작했고, 수도 없이 포기했다. 써놓은 원고를 수도 없이 바람에 날려 보냈다. 아버지의 손이 내려뜨려지는[2] 것을 매일같이 느꼈다. 나는 구상 따위는 안 짜고 그냥 내 목표만 따랐다. 나는 규칙도 모르고 예외도 몰랐다. 내가 진실을 발견한 것은 오직 그것을 잃어버리기 위해서였다. 그러나 내 원칙을 발견하면 내가 찾는 모든 것이 내게로 왔다. 그리고 20년 동안 나는 내 책이 시작하고, 커지고, 앞으로 나가고, 끝나는 것을 보았다.

만일 이 책이 성공을 거둔다면 주제가 훌륭한 덕분이라고 생

샤를 루이 드 스콩다 몽테스키외

각할 것이다. 그렇다고 내 재능을 전혀 발휘하지 않은 것은 아니다. 프랑스와 영국, 독일에서 여러 위대한 인물들[3]이 나보다 먼저 썼다는 사실을 알았을 때 나는 감탄했다. 하지만 나는 조금도 용기를 잃지 않았다. 나는 코레조처럼 이렇게 말했다. "나도 화가인데."[4]

7

헌법 이외의 다른 지배자는 없다

장 자크 루소(1712~1778)는 프랑스의 계몽주의 철학자이자 사회계약론자
이다. 『인간 불평등 기원론』은 프랑스 디종 아카데미의 논문 공모전, '인간
불평등의 기원은 무엇이며, 그것이 자연법에 의해 정당화되는가?'에 응모한
것이었다. 공모전에서는 낙선했으나 후에 정식 출간되었으며, 그의 대표작
『사회계약론』의 기초가 된다. 루소는 인간 불평등의 기원은 사유재산 제도
에 있으며, 자연 상태의 인간은 평등한 '자연인'이라고 했다. 국가는 계약을
통해 형성된다는 그의 주장은 프랑스혁명에 사상적 기반을 제공했다. 같은
해에 출간한 『에밀』에서는 '자연주의 교육론'을 내세웠지만, 정작 자신은 다
섯 명의 자녀를 모두 고아원에 맡겨 비난받았다.

Jean Jacques Rousseau

인간 불평등 기원론

Discours sur l'origine et les fondements de
l'inégalité parmi les hommes, 1755

제네바 공화국에 바침

너그럽고 훌륭하신 존경하는 국정회의[1] 위원님들께.

자신의 조국에 바로 그 조국이 인정할 수 있는 경의를 표하는 일이야말로 훌륭한 시민의 의무임을 확신하는 제가 위원님들께 이렇게 공적으로 경의를 표할 만한 자가 되기 위해 노력해온

장 자크 루소

지 어언 30년[2]이 됩니다. 그동안의 노력에도 불구하고 제가 다하지 못한 것에 대해 이 좋은 기회가 부분적으로 보충해줄 것이므로, 여기에서는 제게 마땅히 주어져야 할 권리에 따르는 것보다는 저를 부추기는 열의에 따르는 것도 괜찮지 않을까 생각했습니다. 위원님들의 공화국에 태어난 행운을 얻은 제가 자연이 인간들 사이에 부여한 평등과 인간이 그들 사이에 생겨나게 한 불평등에 관해 고찰하면서, 이 공화국에 그 둘(평등과 불평등)이 적절히 결합[3]되어 자연법에 가장 근접하고 사회에 가장 유리하게 공공질서 유지와 각 개인의 행복에 기여토록 하고 있는 그 지혜를 어찌 생각하지 않을 수 있겠습니까? 한 정체政體에 대해 상식적으로 용납될 수 있는 최상의 원칙들을 탐구하면서 저는 그 원칙들이 모두 위원님들의 나라에서 실천되고 있는 것을 발견하고 너무 깊은 감명을 받은 나머지 설령 제가 이 나라에서 태어나지 않았다 할지라도 인간 사회에 대한 이 그림을, 세상의 모든 국민들 중 인간 사회에 대한 가장 훌륭한 장점들을 갖고 있으며, 또한 사회의 악습을 가장 성공적으로 예방했다고 생각되는 국민에 대한 그림이라고 생각하지 않을 수 없었을 것입니다.

만일 제가 스스로 저의 출생지를 선택해야 했다면 그 크기가 인간의 능력이 미치는, 다시 말해 잘 다스려질 수 있는 규모의 사회를 택했을 것입니다. 그 사회에서는 각자 자신의 일을 감당할 수 있기에 아무도 자신의 임무를 남에게 맡기지 않아도 될 것입니다. 그런 국가에서는 또 각 개인이 서로를 잘 알기에 악덕의 음흉한 술책도 미덕의 겸허함도 공중의 이목과 판단을 피하지 못할 것이며, 서로 만나면서 잘 알고 지내는 그 기분 좋은 교제는 자신의 소유지에 대한 열의보다는 동료 시민들에 대한 사랑이야말로 조국에 대한 참된 사랑이 되게 만들었을 것입니다.[4]

저는 국가기구의 모든 활동이 항상 공동의 행복을 추구하도록 주권자와 국민이 똑같이 하나의 이해관계만을 가질 수 있는 나라에서 태어나기를 바랐을 것입니다. 그렇지만 국민과 주권자가 동일한 인격이 아닌 이상 그런 일은 있을 수 없기에 저는 분별 있게 절제된 민주정체民主政體에서 태어나기를 바랐을 것입니다.

저는 이를테면 저를 비롯하여 아무도 그 명예로운 굴레에서 벗어날 수 없는 바로 그 법에 복종하면서 자유롭게 살다가 죽기를 바랐을 것입니다. 그 굴레는 이롭고 기분 좋은 것이어서, 도무지 다른 굴레는 참아내지 못하는 아주 자존심 강한 사람들조차도 순종적으로 참아냅니다.

그러므로 저는 국가 안의 누구도 자신이 법 위에 있다고 말할 수 없기를 바랐을 것이며, 마찬가지로 국가 밖의 누군가가 법

장 자크 루소

을 강요하여 국가가 그것을 인정하게 만드는 것도 바라지 않았을 것입니다. 정체가 어떤 것이든 만일 법에 따르지 않는 사람이 단 한 명만 있어도 나머지 모두는 필연적으로 그 사람의 지배를 받지 않을 수 없기 때문입니다.[5] 그리고 또, 한 명의 국내 통치자 외에 또 한 명의 국외 통치자[6]가 있을 경우 그들이 권력을 어떻게 분배하든 백성들은 그들 누구에게도 제대로 복종하지 않을 것이기에 국가를 잘 다스리기는 불가능할 것입니다.

저는 새로 수립된 공화국의 법이 아무리 훌륭하다 할지라도 그 나라에 살고 싶지 않았을 것입니다. 왜냐하면 그 정체는 새로운 시민들에게 적합하지 않거나 반대로 시민들이 그 새로운 정체에 적합하지 않은, 어쩌면 현재 필요로 하는 정체와는 다른 정체여서 국가가 태어나기 무섭게 자칫 흔들려 무너져버리기 쉽지 않을까 두렵기 때문입니다. 맛 좋고 영양가 많은 음식과 포도주 그것들에 익숙한 튼튼한 체질을 더욱 튼튼하게 하는 데는 알맞지만, 그것들에 전혀 맞지 않는 허약하고 술에 약한 체질에는 견딜 수 없게 하여 되레 건강을 해치고 취하게 하듯이 자유도 마찬가지입니다. 국민들은 한번 지배자에게 익숙해지면 이제 지배자 없이는 지낼 수 없습니다. 설령 그들이 그 굴레로부터의 해방을 기도할지라도 자유에 상충되는 제멋대로의 방종을 자유로 착각하여 그들의 혁명은 거의 항상 그들의 굴레를 더욱 옥죌 뿐인 사기꾼들에게 자신들을 넘겨주는 만큼 자유로부터 더욱더 멀어질 뿐입니다. 자유로운 국민의 모범이 되는 로마 국민은 타르퀴니우스Tarquinius 왕가[7]의 압제를 벗어나자 스스로 자신들을 다스릴 수가 없었습니다. 그들은 그 왕가에 의해 강요당한 예속과 굴욕적인 고역에 의해 비천해진 우둔한 대중[8]일 뿐이어서 처음에는 극도로 신중하게 대하고 다스릴 필요가 있었습니다. 폭정 아래서 기력이 다 빠진, 아니 좀더 정확히 말해 바보가 된 그 영혼들이 유익한 자유의 공기를 호흡하는 데 조금씩 익숙해짐으로써 마침내 세상에서 가장 존경할 만한 국민이 되게 한 그 엄격한 사회도덕과 자랑스러운 용기를 서서히 가져다주기 위해서는 말입니다. 그러므로 저는 말하자면 그 역사가 아득한 옛날로 거슬러올라갈 정도로 길며 국민들에게는 용기와 조국에 대한 사랑을 보이고 길러주기에 적합할 정도로만 적으로부터 공격을 받은, 그리고 오래전부터 시민들이 절도 있는 자유에 익숙해져서 자유를 향유할 뿐만 아니라 자유를 향유할 만한 자격이 있는 그런 행복하고 평화로운 공화국을 저의 조국으로 찾았을 것입니다.

저는, 다행스럽게도 무력해서 강렬한 정복욕이 없으며 더욱더 다행스럽게도 지리적 위치상 타국에 정복당할 두려움도 없는 조국을, 여러 공화국 사이에 끼어 있으면서도 침략이 서로에게 이롭지 못하여 서로를 견제케 함으로써 침략을 피하는 자유 도시를, 요컨대 이웃 공화국들의 야심을 자극하지 않으면서 필요한 경우에는 그들의 도움을 적절히 받을 수 있는 그런 공화국을 선택하기를 원했을 것입니다. 따라서 그처럼 다행스러운 지리에 위치한 그 조국은 두려운 것이라고는 자기 자신밖에 없을 것이기에 혹시 시민들이 무기를 들고 훈련을 했다면 그것은 그들 자신의 방어에 대비할 필요성에서보다는 그들에게 군인다운 열정과, 자유에 아주 잘 어울리며 자유에 대한 취향을 함양시키는 자랑스러운 용기를 간직하도록 하기 위함이었을 것입니다.

저는 모든 시민이 입법권을 공유하는 나라를 찾았을 것입니다. 왜냐하면 같은 사회 속에서 함께 살 때 어떤 조건에서 사는 것이 자신들에게 유익한지 누구도 자신들보다 더 잘 알지 못하기 때문입니다. 하지만 저는 국가의 통치자들이나 국가의 자기 보존에 가장 깊이 관련된 사람들이 국가 안녕이 달린 표결에서 자주 제외되었으며, 터무니없는 모순이지만 평민들도 가지고 있는 권리들이 행정관들에게는 없는 로마인들의 그 평민 투표 같은 표결 방식은 찬성하지 않았을 것입니다.

반대로 저는 결국 아테네인들을 멸망시킨 그런 이기적이며 잘

못 고안된 계획들 그리고 위험한 개혁들을 중지시키기 위해, 누구에게나 제멋대로 새로운 법안을 제출하는 권한이 주어지는 것을 원치 않았을 것입니다. 그 권한은 행정관들만 가져야 하는데 그들조차도 아주 신중하게 그 권한을 사용해야 하며, 국민들 또한 그 법에 대한 동의에 아주 신중을 기해야 합니다. 법의 공포는 아주 엄정히 행해지지 않으면 안 됩니다. 법을 신성하고 존엄한 것이 되게 하는 것은 무엇보다 그 법의 아주 오랜 역사이기에, 법이 매일 바뀌는 것을 보면 국민은 곧 그 법을 무시하며, 개선이라는 이름을 빌려 옛 관행을 무시하는 데 익숙해지면 극히 작은 악을 바로잡으려다 되레 더 큰 악을 부른다는 사실을 깨달을 여유를 갖지 않는 한 정체는 흔들릴 것입니다.

저는 무엇보다 국민이 자신들의 행정관들 없이 스스로 해나갈 수 있다거나 그들에게 임시 권력만 허락해도 된다고 생각하면서 어리석게도 공무 행정과 그들 자신들의 법 집행권을 자신들이 쥐고 있는 공화국은 틀림없이 제대로 다스려지지 않을 것이므로 그 공화국을 떠났을 것입니다. 자연 상태에서 갓 벗어난 최초 정체들의 조잡한 구성은 틀림없이 그런 식이었을 것이며, 아테네 공화국을 망하게 한 결점들 중의 하나도 또한 그런 것이었습니다.

그에 반해 저는 이런 공화국을 택했을 것입니다. 즉, 개인들은

장 자크 루소

법을 비준하고 통치자들의 보고에 기초하여 아주 중요한 국사를 그들 모두가 함께 결정하는 것에 그치고, 존경받는 법정을 세운 뒤 주의를 기울여 여러 관할로 나누고, 재판을 하고 국가를 다스리기 위해 동료 시민들 가운데 가장 능력이 있고 공정한 사람들을 매년 선출하며, 행정관들의 덕망이 그처럼 국민의 지혜로움을 입증해 보임으로써 국민과 행정관들이 서로 존경하는 그런 공화국을 말입니다. 그리하여 비록 언젠가 치명적인 불화가 국민적 화합을 방해하기에 이를지라도 그 무분별과 과오의 시대조차 절도와 상호 존중과 일반의 법 준수의 증거들이 눈에 띌 것입니다. 그리하여 그 증거들은 영구적이고 진실한 화해의 전조이자 보증이 될 것입니다.

너그럽고 훌륭하신 존경하는 국정회의 위원님들, 이상의 것들이 바로 제가 선택했을 조국이 지녔을 장점들입니다. 게다가 신께서 만일 이 장점들에 매력적인 환경과 온화한 기후, 기름진 땅, 그리고 하늘 아래에서 가장 아름다운 경치를 더해주셨다면 저는 저의 행운을 마음껏 누리기 위해 행복을 낳는 조국의 품속에서 그 온갖 혜택을 향유하는 일 외에 더이상 아무것도 원하는 것이 없었을 것입니다. 동료 시민들과 다정한 교제를 즐기며 평화롭게 살면서 그들이 제게 그러는 것처럼 그들에 대해 저 또한

인간 불평등 기원론

인정과 우정과 온갖 선행을 행할 것이며, 죽고 난 뒤 덕이 있고 성실하며 훌륭한 애국자였다는 명예로운 평판을 남길 것입니다.

그다지 행복하지 못하거나 아니면 너무 늦게 철이 들어, 제가 다른 나라에서 젊음을 경솔하게 보냄으로써 빼앗긴 마음의 안정과 평화를 애석해하지만 아무 보람도 없이 결국 병약하고 초췌한 생애를 마감했을지라도 적어도 저는 저의 나라에서 표현할 수 없었던 그런 감정들을 마음속에 품고 살았을 것입니다. 그리고 멀리 떨어져 있는 저의 동료 시민들에 대해 다정하고 사심없는 애정에 잠겨 마음 깊숙한 곳으로부터 대략 이런 말을 그들에게 해주었을 것입니다.

"친애하는 시민들이여, 아니 법과 피라는 끈이 우리 모두를 맺어주기에 좀더 정확히 말해 형제들이여, 당신들을 생각할 때마다 저는 당신들이 누리고 있는 그 모든 혜택을 생각하지 않을 수 없으니 기쁩니다. 아마 여러분들 가운데 그 혜택을 잃은 저보다 그 가치를 더 잘 느끼는 사람은 아무도 없을 것입니다. 당신들의 정치적·시민적 상황에 대해 숙고하면 할수록 저는 인간사의 본질이 그보다 더 나은 상태를 허용할 수 있으리라는 상상은 하지 못합니다. 여타의 모든 정부에서 국가의 최대 이익을 보장하는 것이 문제가 될 때, 언제나 관념상의 계획이나 아니면 기

장 자크 루소

껏해야 단순한 가능성에 그치는 것이 고작입니다. 이미 행복이 당신들 앞에 있으니 당신들은 향유하기만 하면 됩니다. 그러므로 완전히 행복해지기 위해 당신들에게 필요한 것은 행복한 것에 만족할 줄 아는 일밖에 없습니다. 온갖 노력 끝에 획득한 또는 되찾은 당신들의 주권은 용기와 지혜를 다 발휘하여 두 세기 동안 지켜져와 마침내 전적이자 보편적으로 인정되었습니다. 명예로운 조약들이 당신들 나라의 국경을 정하거나 당신들의 권리를 보장하거나 당신들의 안전을 강화해주었습니다. 가장 숭고한 이성에 의해 규정되고, 존경할 만한 우방 강대국들에 의해 보장된 당신들의 헌법은 훌륭합니다. 당신들의 국가는 평화롭습니다. 당신들에게는 두려워해야 할 전쟁도 침략자도 없습니다. 당신들이 만들고, 당신들이 뽑은 청렴한 행정관들에 의해 시행되는 분별 있는 법 이외의 다른 지배자는 없습니다. 당신들은 나태로 인해 무기력해지고 덧없는 환락에 빠져 진정한 행복과 건실한 미덕에 대한 취향을 잃을 만큼 부유하지도 않으며, 당신들이 일을 하여 얻는 것이 모자라 외국으로부터 도움을 필요로 할 만큼 가난하지도 않습니다. 그리고 대국에서는 그 소중한 자유가 과도한 세금에 의해서만 유지될 뿐인데 당신들의 나라에서는 그 자유를 보존하는 데 거의 돈이 들지 않습니다.

시민의 행복을 위해, 그리고 여러 나라 국민의 본이 되도록 아주 분별 있고 안정된 공화국으로 영원히 지속될 수 있기를! 그것이야말로 당신들이 유일하게 빌어야 할 소원이며, 신경을 써야 할 일입니다. 당신들을 행복하게 만드는 것은 당신들의 일이 아닙니다. 당신들의 조상이 당신들이 그런 수고를 할 필요가 없게 만들어놓았으니까요. 이제부터 당신들은 그저 지혜롭게 그 행복을 잘 이용하면서 지속시키기만 하면 됩니다. 변함없는 단결과 법의 준수, 법의 집행자들에 대한 당신들의 존경심에 당신들의 생존과 안전은 달려 있습니다. 당신들 사이에 조금이라도 앙심이나 불신의 씨앗이 남아 있다면 서둘러 제거하세요. 그것은 조만간 당신들에게 불행을 가져오고 국가를 파멸로 몰고 갈 치명적인 누룩곰팡이와 같기 때문입니다. 저는 당신들 모두가 마음 깊은 곳을 들여다보아 은밀한 양심의 목소리에 귀기울이기를 간청합니다. 당신들 중에 이 세상에 당신들의 행정관들보다 더 청렴하고 식견을 갖추었으며, 그리고 또 존경할 만한 사람들 집단을 알고 있는 사람이 있습니까? 그분들은 하나같이 절도와 정직한 품성과 법 준수와 진심에서 우러나오는 화해의 귀감이 되고 있지 않습니까? 그러니 이성이 미덕에 빚지고 있는 그 유익한 신뢰를 그토록 현명한 지도자들에게 전폭적으로 보내주세

장 자크 루소

요. 그분들은 당신들이 선출한 분들이라는 사실을, 당신들의 선출의 타당성을 그분들이 입증해 보이고 있다는 사실을, 또한 당신들 자신이 고위직을 수여한 그분들에게 표시해야 하는 경의는 반드시 당신들 자신에게로 되돌아온다는 사실을 잊지 마십시오. 당신들 중에는 법의 시행과 법의 수호자들의 권한이 상실되는 곳에서는 안전이나 자유가 보장될 수 없다는 점을 모를 만큼 양식이 없는 사람은 없을 것입니다. 실제의 이익이나 의무에 의해서든, 아니면 이성 때문이든 어쨌든 하지 않을 수 없는 일을 기꺼이 그리고 당연한 신뢰를 갖고 행하는 것 외에 도대체 당신들 사이에 중요한 일이 무엇이 있습니까? 필요한 경우, 정체의 유지에 죄를 짓는 일이자 치명적인 무관심이 당신들 가운데 가장 식견을 갖추고 있으며 헌신적인 사람들의 슬기로운 의견을 무시하지 못하도록 하십시오. 그렇지만 공평과 절도와 아주 정중한 단호함이 변함없이 당신의 모든 행동 방식을 지배하게 하고, 이 세상 만방에 자신들의 명예와 자유를 소중히 여기는 용감하고 겸손한 국민의 본보기가 되어주십시오. 저의 마지막 조언은, 흔히 결과로 나타나는 행동보다 그 뒤에 감추어진 동기가 더 위험한 그런 음흉한 해석과 악감을 품은 말에 절대로 귀기울이지 말라는 것입니다. 도둑이 다가올 때에만 짖어대는 충성스러운 좋은 개가 짖으면, 곧 그 집 전체는 잠에서 깨어 경각심을 갖습니다. 하지만 공중의 평온을 끊임없이 깨는, 계제에 맞지 않게 줄곧 경각심을 갖게 하여 정작 필요할 때에는 귀기울이지 않게 하는 그런 동물들의 짖음은 성가실 뿐입니다."

너그럽고 훌륭하신 존경하는 국정회의 위원님들, 자유로운 국민의 존경받을 만한 훌륭한 행정관님들, 제가 드리는 각별한 경의와 감사를 받아주십시오. 만일 세상에 그 지위를 가진 사람들을 빛나게 하기에 적절한 어떤 한 지위가 있다면 그것은 아마도 재능과 덕망이 부여하는 지위일 텐데, 당신들에게 부여받을 만한 자격이 있기에 당신들의 동료 시민들이 부여한 바로 그 지위가 그렇습니다. 그들의 덕망은 당신들의 덕망에 새로운 광채를 더해줍니다. 다른 사람들을 다스릴 능력이 있는 사람들이 자신들을 다스려달라고 선택한 당신들이 다른 행정관들보다 더 훌륭하다고 저는 생각합니다. 자유로운 국민, 무엇보다 영광스럽게도 당신들이 이끄는 자유로운 국민은 지혜와 이성에 있어 다른 나라 국민들보다 더 우수하기 때문입니다.

실례를 무릅쓰고 한 예를 들어보겠습니다. 그에 대한 더 나은 기록들이 남아 있을 테지만, 어쨌든 이 예는 저의 마음에 영원히 남을 것입니다. 저는 저를 낳아준, 어린 시절 자주 당신들이 당

장 자크 루소

연히 받을 존경에 관해 말해준 훌륭한 시민[9]에 대한 기억을 떠올릴 때마다 가장 감미로운 감동을 받습니다. 저는 자신의 두 손으로 일하여 생활비를 벌며, 아주 숭고한 진리들로 영혼을 살찌운 그분을 아직도 생생하게 기억합니다. 저는 그분 앞에 그분의 작업 도구들과 뒤섞여 놓여 있던 타키투스Cornelius Tacitus, 플루타르코스Ploutarchos, 흐로티위스Hugo Grotius의 책들을 기억합니다. 저는, 성과는 너무 미약했지만 세상에서 가장 훌륭한 아버지로부터 애정 어린 가르침을 받는 사랑스러운 한 아들을 기억합니다. 비록 청년 시절의 경솔한 일탈이 그토록 현명한 가르침을 한동안 망각하게 만들었지만, 마침내 다행히도 저는 인간에게 아무리 악에 대한 성향이 있다 할지라도 애정이 담긴 교육은 실패하지는 않는다는 것을 항상 경험했습니다.

너그럽고 훌륭하신, 존경하는 국정회의 위원님들, 당신들이 다스리는 국가에서 태어난 시민들은 물론이려니와 보잘것없는 주민들[10]까지도 이렇습니다. 즉, 다른 나라들에서는 직공이나 하층계급 하면 너무도 저속하고 그릇된 관념을 갖게 하는데 이곳에서는 그들까지도 배워서 분별이 있습니다. 기꺼이 고백하지만, 저의 아버지는 자신의 동료 시민들 사이에서 전혀 뛰어나지 못했습니다. 그분은 다른 사람들과 조금도 다를 바가 없었습니다. 그렇지만 있는 그대로의 모습으로 어느 고장을 가나 아주 성실한 사람들이 다가와 교제하기를 원했을 것입니다. 그 교제는 돈독히 유지되었으며 좋은 결실을 거두기도 했을 것입니다. 저의 아버지와 같은 사람들, 교육이나 출신상의 권리 및 자연의 권리에 의해 당신들과 대등한 사람들, 자신의 의지나 선택에 의해서 당신들의 재능을 인정하고 그 재능의 덕을 보지만 당신들도 그에 대해 일종의 고마움을 표해야 하는, 당신들보다 낮은 지위의 사람들이 당신들에게서 기대할 수 있는 경의에 대해 말하는 것은 저의 몫이 아닙니다. 아니, 다행히도 말할 필요가 없습니다. 당신들이 얼마나 부드럽고 친절하게 법의 집행자로서의 근엄함을 그들 앞에서 누그러뜨리고 있는지, 당신들에 대해 그들에게 의무지어진 복종과 존경에 대해 얼마나 경의와 친절로 그들에게 보답하고 있는지를 알고 저는 너무도 만족스럽습니다. 그것은 다시 떠올리지 않기 위해 잊어야 하는 불행한 사건들에 대한 기억을 점점 더 물리치는 데 적절한 정의와 지혜로 가득한 행위입니다. 또 공정하고 인간적인 이 국민이 자신들의 의무에 대해 즐겁게 생각하는 만큼, 그들이 자연스럽게 당신들을 존경하기를 좋아하는 만큼, 그들의 권리를 주장하는 데 아주 열정적이지만 당신들의 권리를 존중하는 데도 모자람이 없는 만큼 그

장 자크 루소

것은 더욱더 현명한 행위인 것입니다.

시민사회의 지도자들이 그 사회의 영화와 행복을 바라는 것에 대해 놀라워할 필요는 없습니다. 그렇지만 자신들을 보다 신성하고 숭고한 조국의 행정관[11]으로 생각하는, 좀더 정확히 말해 지배자로 생각하는 사람들이 자기들을 길러주는 지상의 조국에 대해 어떤 사랑을 표시하는 것은, 사람들의 마음의 평화라는 관점에서 보면 너무도 놀라운 일입니다. 우리에게 유리하게도 그토록 보기 드문 예외 하나를 만들 수 있는 것과, 법에 의해 허락된 신성한 교리의 그 열성적인 수탁자들, 이를테면 그 존경할 만한 영혼의 목자들(그분들의 힘차고 부드러운 웅변술은 항상 스스로 실천하는 것에서부터 시작하는 만큼 사람들의 마음속에 복음서의 원리들을 새겨넣는 데 더욱더 효과적입니다)을 우리의 가장 훌륭한 시민 대열에 위치시킬 수 있는 것이 저로서는 얼마나 즐거운 일인지 모릅니다! 제네바에서 훌륭한 설교 기술이 얼마나 성공적으로 개발되었는지는 모두가 다 압니다.[12] 하지만 말은 이렇게 하고 행동은 저렇게 하는 것을 보는 데 너무 익숙해진 제네바 사람들도 우리의 성직자 집단에 기독교 정신과 풍속의 고결함, 자기 자신에 대한 엄격함, 그리고 타인에 대한 상냥함이 얼마나 널리 배어 있는지를 아는 사람은 별로 없습니다. 아마도 신학자 단체와 문인 단체 사이에 그토록 완벽한 단결을 이룩하고 있는 예를 보여주는 곳은 제네바 도시밖에는 없을 것입니다.[13] 제가 갖는 그 도시의 지속적인 평화에 대한 확신은 잘 알려진 그분들의 지혜와 절도, 그리고 국가의 번영에 대한 열정에 대부분 바탕을 두고 있습니다. 게다가 저는 소위 신의 권리, 다시 말해 그분들의 이익을 주장하기 위해 자신의 피가 언제나 존중될 것이라고 우쭐해하는 만큼 인간의 피를 흘리는 데는 그다지 인색해하지 않는 그 성스럽고 야만적인 사람들의 끔찍한 준칙들(그 예는 역사 속에서 여럿 볼 수 있습니다)에 대해 얼마나 혐오하는지를 놀라움과 존경이 뒤섞인 기쁜 마음으로 언급하고자 합니다.

다른 절반을 행복하게 해주며, 그들의 친절과 지혜가 평화와 미풍양속을 유지시켜주는 공화국의 그 소중한 절반인 여성들을 제가 어찌 망각할 수 있겠습니까? 상냥하고 정숙한 여성 시민들이여, 우리 남성들을 다스리는 일이 바로 당신들 여성의 운명일 것입니다. 결혼 생활에서만 행사되는 당신들의 정숙한 힘이 오로지 국가의 영광과 국민의 행복을 위해서만 쓰이게 할 때 우리는 행복할 것입니다! 스파르타에서 여성들이 그렇게 명령을 내렸듯이 제네바에서는 당신들이 명령을 내릴 자격이 있습니다. 어떤 야만적인 남자가 사랑스러운 아내의 입에서 나오는 명예와

장 자크 루소

이성의 목소리에 저항할 수 있겠습니까? 당신들을 화사하게 보이게 함으로써 당신들의 아름다움을 더욱 북돋워주는 소박하고 검소한 몸치장을 보면서 허영심 많은 사치에 대해 경멸하지 않을 사람이 누가 있겠습니까? 상냥하고 순결한 영향력과 좋은 말솜씨로 나라 안에서는 법에 대한 사랑을 그리고 시민들 사이에서는 화합을 지속적으로 유지하는 것과, 불화가 생긴 가문들을 행복한 결혼으로 화해시키는 것은 당신들의 몫입니다. 무엇보다 설득력 있는 부드러운 충고와 겸허하고 상냥한 대화로 우리 젊은이들이 나라 밖에서 배워올 나쁜 버릇을 당신들이 교정해주어야 합니다. 그들은 자신들에게 유익한 것을 많이 배워 오기는커녕 그르친 여인들에게서 유치한 말투와 우스꽝스러운 태도 그리고 뭔가 알 수 없는 소위 영예에 대한 찬미만 배워 돌아오는데, 그것은 예속 상태에 대한 시시한 대가일 뿐으로 숭고한 자유에는 절대로 비길 만하지 못합니다. 그러니 지금의 당신들처럼 변함없이 미풍양속의 정숙한 수호자이자 온화한 평화의 끈이 되어주십시오. 어떤 경우라도 의무와 미덕을 위해서 마음과 자연의 권리를 행사하는 것을 그치지 말아주십시오.

시민 공동의 행복과 공화국의 영광에 대한 저의 확신은 그런 보증들에 입각하고 있기에 뜻밖의 사건에 의해 저의 그 확신이 무너져내리지는 않을 것이라 자신합니다. 이 공화국은 그런 온갖 유리한 조건들을 가지고 있다 할지라도 대부분의 사람들의 눈을 현혹시키는 그런 광채로는 빛나지 않으리라는 것을 저는 인정합니다. 그와 같은 광채에 대한 유치하고 아주 위험한 취향은 행복과 자유에 가장 치명적인 적입니다. 문란한 젊은이들에게는 다른 곳에 가서 값싼 쾌락을 추구하게 하십시오. 오래도록 그 행동을 후회할 것입니다. 자칭 취미가 고상한 사람들에게는 다른 곳에 가서 웅장한 궁중과 아름다운 마차와 멋진 가구와 화려한 공연과 온갖 세련된 유약함과 사치를 찬미하게 하십시오. 제네바에서는 인간들밖에 발견할 것이 없을 것입니다. 하지만 그 광경은 분명 큰 가치가 있습니다. 따라서 그 가치를 추구하는 사람들은 그 밖의 다른 어떤 것을 찬미하는 사람들보다 더 가치가 있을 것입니다.

너그럽고 훌륭하신 존경하는 국정회의 위원님들, 위원님들 모두의 번영에 관해 갖는 저의 정중한 관심의 표시를 받아주시면 고맙겠습니다. 혹시 제가 이 강렬한 심정의 토로에서 분별없는 흥분으로 불행히도 어떤 잘못을 저질렀다면 진정한 한 애국자[14]의 온화한 애정과, 자기 자신에 대한 행복보다는 위원님들 모두가 행복해하는 것을 보는 행복을 더 생각하는 한 인간의 정당하고

장 자크 루소

뜨거운 열정에서 그런 것이니, 용서해주시기를 간청합니다.

깊은 존경심과 함께

너그럽고 훌륭하신, 존경하는 국정회의 위원님들께

1754년 6월 12일 샹베리에서

동료 시민 장 자크 루소 올림

8

우리의 감정과 그것들의 원천에 대한 이론

에드먼드 버크(1729~1797)는 아일랜드 출신의 정치사상가이자 영국 정치인이다. 처음에는 온건개혁파인 휘그당에 소속되어 그 맥락을 같이했으나, 프랑스혁명을 기점으로 보수주의로 돌아선다. 후에 '보수주의의 아버지'로 불리게 된다. 『숭고와 아름다움의 이념의 기원에 대한 철학적 탐구』에서 그는 아름다움과 숭고함이 대상의 속성이 아니라, 대상을 경험하는 사람의 심리적 상태에서 비롯된다고 주장했다. 이는 근대 미학의 시작으로 볼 수 있다.

Edmund Burke

숭고와 아름다움의 이념의 기원에 대한 철학적 탐구

A Philosophical Enquiry into the Origin of our Ideas
of the Sublime and Beautiful, 1757

나는 이 책의 제2판을 제1판보다 좀더 만족스럽게 만들기 위해 노력했다. 이를 위해 내 견해에 가해진 모든 비판들을 아주 주의깊게 찾아 읽어보았다. 이런 과정에서 나는 자신의 생각을 솔직하게 말해준 친구들에게서 많은 도움을 받았다. 그 덕분에 나는 이 책의 결함을 더 잘 발견할 수 있었다. 이런 결함에도 불구하고 이 책은 독자들로부터 관대한 평가를 받았다. 다른 한편, 내 이론을 실질적으로 바꿀 만한 이유는 발견하지 못했지만, 내

에드먼드 버크

용을 더 명확히 하기 위해서 여기저기 부연설명하거나 예를 들고 논의를 보강할 필요가 있다고 느꼈기에 이러한 결함을 고치기 위해 최선의 노력을 다하겠다고 새롭게 다짐하였다. 그래서 취미에 관한 서론을 앞에 첨부하였다. 취미는 그 자체로도 흥미로운 주제이면서 자연스럽게 우리를 이 연구의 주된 주제로 이끌어주기 때문이다. 이 서론과 그 외에 여기저기 덧붙여진 설명들로 인해서 이 책은 제1판보다 훨씬 두꺼워졌다. 그런데 이렇게 되면서 오류가 더 많아져서—내가 기울인 세심한 주의에도 불구하고—지난번보다 이번 책이 독자들의 더 많은 관용을 필요로 할지도 모르겠다.

우리가 연구하는 많은 대상들은 그 자체로 애매모호하고 난해하며, 어떤 대상들은 그것을 연구하는 사람들이 논리적 치밀함이 부족하거나 대상에 대해 잘못된 정보를 가지고 있기 때문에 모호하고 난해해진다. 따라서 이런 종류의 연구에 익숙한 사람들은 연구의 특성상 이 책에 많은 오류가 있으리라 짐작할 것이고 그럴 수밖에 없었던 사정을 이해할 것이다. 또 그들은 주제 자체나 다른 사람들의 선입견, 심지어는 자신의 선입견이 방해가 되어서 자연의 진정한 모습을 선명하게 보여주기가 결코 쉽지 않다는 사실도 알고 있을 것이고, 사물의 전체적인 틀에 집중

숭고와 아름다움의 이념의 기원에 대한 철학적 탐구

할 때는 특수한 부분들은 무시되어야 한다는 사실, 주제 자체를 제대로 다루기 위해서는 종종 자신만의 독특한 문체를 포기해야 하고 명확하게 자신의 생각을 표현하는 데 만족하는 대신 글이 유려하다는 찬사를 포기해야 한다는 사실도 알고 있을 것이다.

자연의 여러 가지 특징들을 우리가 읽어낼 수는 있다. 하지만 그것들이 그렇게 단순하지는 않기 때문에 아무렇게나 대충 해도 읽어낼 수 있는 건 아니다. 조심스럽게, 심지어는 거의 소심할 정도로 대상에 접근해야 한다. 겨우 기는 척이나 할 수 있을 정도인데 날려고 해서는 안 되는 법이다. 복잡한 문제에 접근할 때 우리는—우리 스스로가 자연적 조건으로 인해 엄격한 규칙과 좁은 테두리 속에 갇혀 있으므로—그 문제를 구성하고 있는 각각의 요소들을 구별해 하나씩 자세히 조사해보아야 하며 모든 것을 아주 단순화시켜 고찰해야 한다. 원리들이 미치는 영향에 따라 이 복잡한 문제를 고찰할 뿐만 아니라 이 문제가 미치는 영향에 비추어 다시 원리들을 고찰해야 한다. 우리가 다루는 주제를 그와 유사한 것들과, 심지어는 그와 반대되는 성질을 가진 것들과도 비교해보아야 한다. 하나만 보아서는 포착되지 않는 것을 다른 것과의 대비를 통해 발견할 수 있고 실제로도 종종 그런 경우가 있으니까. 이런 비교를 많이 하면 할수록 우리

에드먼드 버크

의 지식은—더욱 광범위하고 완전한 귀납적 추리에 근거를 두
게 될 것이기에—훨씬 더 보편적이고 확실해진다고 말할 수 있
을 것이다.

어떤 연구든 이렇게 주의깊게 수행하게 되면—진리를 발견하
는 데는 결국 실패한다 할지라도—우리 자신의 오성이 얼마나
연약한가를 보여준다는 점에서는 유용할 것이다. 이러한 연구는
우리에게 지식을 제공해주지는 못해도 우리를 겸손하게 만들어
줄 수는 있다. 또 실수를 하지 않게는 못하겠지만 최소한 잘못된
자세에서는 벗어나게 해주고, 아무리 많은 노력을 기울여도 모
든 게 불확실한 상황에서는 단정적으로 말하거나 섣부르게 말하
는 걸 삼가게 해줄 것이다.

이 이론을 세우면서 내가 지키려고 노력한 방법론을 이 이론
을 검토하는 사람들도 따랐으면 한다. 반론을 제기하려면 이 책
에서 언급된 여러 가지 원리들을 따로따로 고찰하고 그 원리들
에 대해서 반론을 제기하든가, 아니면 그러한 원리들로부터 도
출된 결론이 정확한가에 대해 반론을 제기해야 한다는 게 내 생
각이다. 하지만 실제 비판들을 살펴보면 내 이론의 전제와 결론
들에 대해서는 아무런 언급도 하지 않은 채 그냥 건너뛰고, 내
가 이 책에서 확립하려고 애쓴 원리들에 입각해서는 쉽게 설명

될 수 없어 보이는 시구들을 늘어놓는 게 보통이다. 이런 식의 접근방식들은 매우 부적절하다고 생각한다. 시인이나 연설가 들의 글 속에 나타나는 복잡한 문채文彩나 표현 들을 미리 다 해명해야만 어떤 원리를 확립할 수 있다면 그 작업은 무한정의 시간을 요구할 것이다. 내가 세운 이론은 이론異論의 여지가 없는 확실한 사실들에 근거한 것이기에, 이런 문채들과 우리가 세운 원리들을 화해시킬 수 없다 해도 그 이론 자체가 뒤집힐 수는 없다. 가정이 아니라 실험에 근거한 이론은 언제나 그것이 설명하는 만큼은 훌륭한 이론이다. 그 이론을 무한정으로 밀고 나갈 수 없다고 해서 그것이 곧 그에 대한 반론이 될 수는 없는 것이다. 우리가 그렇게 할 수 없는 것은 이 이론을 그 시구들에 적용하기 위해 필요한 매개개념들mediums을 모르고 있거나 그 이론을 제대로 적용하지 못했기 때문일 수도 있고, 우리가 채택한 원리 자체의 결함이 아닌 다른 이유들 때문일 수도 있으니까. 실제로 이 문제는 우리가 그것을 다루면서 주장하는 것보다는 훨씬 더 각별한 주의를 요한다.

나는 이 책을 숭고와 아름다움에 대한 본격적인 이론서로 의도하고 쓰지 않았다. 겉으로는 그렇게 보이지 않더라도 원래 생각은 그랬다는 것을 독자들이 알아주었으면 좋겠다. 이 연구는

에드먼드 버크

이러한 개념들의 근원만을 다루고 있다. 만일 내가 숭고의 속성이라 열거한 것들이 모두 서로 모순되지 않으면서 아름다움의 속성이라 열거한 것들과는 다르고 반대로 아름다움의 속성들도 서로 모순되지 않으면서 숭고의 속성들과는 다른 것이라면, 나는 다른 사람이 내가 사용하는 용어들을 그대로 받아들여 사용하든 말든 상관하지 않는다. 내가 이렇듯 서로 다른 항목 아래 분류한 속성들이 실제로도 본질적으로 서로 다른 것이라고 그가 인정한다는 전제하에서 말이다. 내가 사용한 단어들이 너무 좁거나 너무 광범위한 의미로 사용되고 있다고 누군가 나를 비난할 수도 있다. 하지만 그 단어를 사용할 때 내가 염두에 두고 있는 것이 무엇인지를 잘못 이해할 수는 없다.

결론적으로 말하자면, 이 주제에 관한 진리를 발견하는 데 약간의 진전이라도 이루어졌다면 내가 이 연구에 쏟은 모든 수고는 전혀 아깝지 않다. 이 연구의 결과는 매우 폭넓게 활용될 수 있을 것이다. 우리의 영혼으로 하여금 자신의 내면을 살피게 하는 모든 것은 영혼의 힘을 한군데로 집중시키고 그를 통해 학문의 힘찬 비상을 위해 적합한 것이 될 수 있다. 물리적 원인의 연구를 통해서는 우리의 정신이 활짝 열어젖혀지고 넓어질 것이고, 이 연구에서 성공하든 실패하든 이러한 노력에는 분명히 대가가 있을 것이기 때문이다. 키케로는 플라톤주의적 철학 Academic philosophy에 충실했고 그 결과로 자연에 관한 물리적 지식뿐 아니라 다른 모든 유형의 지식의 확실성도 부정하기는 했지만, 물리적 지식이 인간 오성에 매우 중요하다는 사실을 거리낌 없이 인정하였다. "자연을 고찰하고 그에 대해 깊이 생각해 보는 것은 우리의 마음과 지성에게는 자연의 양식과도 같다." 이렇게 고상한 사색으로부터 얻어낸 지식을—우리의 감정의 원천과 그 궤적을 살펴보면서—그보다 낮은 단계인 상상력에 적용하게 되면 취미에 철학적 견실성을 부여해줄 수 있을 뿐만 아니라 반대로 취미가 갖고 있는 우아함이나 세련됨을 보다 더 엄밀한 학문에 부여해줄 수도 있을 것이다. 이러한 우아함과 세련됨이 없으면 이런 엄밀한 학문에 아무리 정통한 사람이라도 어느 정도는 교양이 없다는 인상을 주게 될 것이다.

에드먼드 버크

9

온정과 인도애가 극형보다 낫다

체사레 보네사나 마르케세 디 베카리아(1738~1794)는 이탈리아의 법학자, 경제학자이자 계몽사상가이다. 그는 익명으로 출판한 『범죄와 형벌』에서 18세기의 가혹한 형벌과 권력남용 등을 비판하고 형벌 역시 사회계약으로 이루어져야 한다고 주장했다. 범죄자 개인에 대한 사적인 복수가 아닌 범죄행위로 잃게 된 사회 선익의 회복을 형벌의 일차 목적으로 삼았던 저자는 처형이 중범죄를 예방할 수 없으며 사회에 이익이 되는 것도 아니라고 생각했다. 베카리아는 도덕적·종교적인 '죄악'과 세속적인 '범죄'를 구분하고, 형벌의 목적을 완전히 새롭게 설정했다. 그의 주장 이전엔 개인의 문제로 다뤄지던 죄와 벌을 『범죄와 형벌』 이후엔 사회문제로 취급하게 되었다. 프랑스 사상가 볼테르는 이 책을 계몽주의 전 시대를 통틀어 가장 중요한 저서라고 평가했다.

Cesare Bonesana Marchese di Beccaria

범죄와 형벌

Dei delitti e delle pene, 1764

오늘날 유럽에서 법의 이름으로 통용되고 있는 것은 무엇인가.[1] 지금으로부터 12세기도 더 된 6세기에 콘스탄티노플에서 통치했던 한 군주[2]는 고대 정복민족인 로마의 법의 잔해를 편찬했다. 거기에 이태리 북부의 롬바르디아의 관습[3]이 뒤섞였고, 학문적 권위가 모호한 사적 주석가들이 몇 권의 법서를 엮어냈다. 이런 것들이 모여 법학의 전통을 형성하여 유럽 대부분에 통용되어온 것이다.

인간의 생명과 재산을 다스릴 막중한 책임을 지고 있는 자들이 주저 없이 시행하고 있는 법은 무엇인가. 16세기의 법률가인 카프조우의 학설,[4] 클라로가 인용한 낡은 관습들,[5] 파리나시우스가 잔혹한 희열을 갖고 제안한 혹형[6] 등이다. 이는 개탄스럽지만 오늘날 보편적이다. 극도로 야만적인 시대의 잔재에 불과한 이러한 법들이 본서의 검토 대상이다. 다만 형사제도에 관련된 부분만 여기서 다루어질 것이다. 본서는 몽매하고 흥분 잘하는 군중들과는 거리를 두고, 오직 공공복리의 담당자들을 위해 그들이 혼동하고 있는 점들을 지적하고자 한다. 본서는 진리를 진지하게 추구하고, 통념적 견해로부터의 독립을 추구한다. 이러한 추구가 가능해진 것은 현 정부의 관용과 계몽 덕분이다.[7] 우리에게 은혜를 베풀어온 위대한 군주는 진리를 갈구한다. 비록 이름 없는 사상가라 할지라도, 그가 폭력과 간계에 호소하는 자들이 보여주는 그 열정을 갖고, 그러나 광신적이지는 않은 이성의 열정을 갖고 진리를 펼친다면, 위대한 군주들은 그 진리에 귀를 기울일 것이다. 현 상황의 원인을 철저히 검토해보면, 지금의 폐단을 지적하는 것은 지난 시대를 풍자하고 질책하는 것이지, 현 시대 그리고 현 입법자에 대한 풍자와 질책일 수 없다.

본서에 대해 비평의 영광을 베풀려고 하는 인사들은 우선 본서의 의도를 충분히 이해했으면 한다. 어떤 권력이 폭력보다 설득을 더 중시하고, 만인의 눈에 온정과 인도애로 정당화될 수 있다면, 본서는 그러한 합법적인 권력을 훼손하지 않고 오히려 보강하는 데 기여하고자 한다. 본서의 초판에 대해 이루어진 악의적인 비평[8]들은 매우 혼동된 관념에 입각하여 쓰여졌다. 때문에 나는 계몽된 독자와의 대화를 잠시 멈추고, 속 좁은 열망에서 나온 오류와 사악한 질투심으로부터 생겨난 중상모략이 통할 수 있는 여지를 영원히 차단시키고자 한다.

인간을 규율하는 도덕과 정치의 원리들은 세 가지 원천에서 도출된다. 신의 계시, 자연법, 그리고 인위적인 사회계약이 그것이다. 그 궁극적 목적과 관련하여, 계시는 다른 두 원천과 비교될 수 없다. 하지만 인간의 행복에 이바지하려는 점에서 이 셋은 동일하다. 사회계약의 여러 측면을 논의하는 것은 계시와 자연법을 배척하는 것이 아니다. 계시와 자연법 그 자체는 신성불변한 것이라 해도 잘못된 신앙과 자의적인 선악관념으로 인해 너무나 타락해 있고 불온한 사람들에 의해 왜곡되어 있다. 그 때문에 다른 논의는 일단 제쳐놓고 순수히 인간 사이의 사회계약으로부터 무엇을 도출할 수 있는가를 검토할 필요가 있다. 사회계약은 사람들의 공통의 필요와 효용에 무엇이 이로운지를 구성원

체사레 보네사나 마르케세 디 베카리아

들이 도덕의 하나하나에 이르기까지의 모든 내용을 동의할 것을 요하는 관념이다. 명시적으로 동의하든지 묵시적으로 그에 따르든지 모두의 합의가 표현되거나 가정되는 것이다. 가장 완고한 자와 가장 불신앙인 자까지도 인류사회 공존의 원리를 준수하도록 하는 것은 언제나 칭찬받을 만한 일일 것이다.

덕행과 악행 사이에는 세 가지의 서로 다른 유형이 있다. 종교적, 자연적, 그리고 정치적 유형이 그것이다. 이 세 유형들은 서로 충돌되지는 않겠지만, 어느 하나의 유형으로부터 도출되는 결과 및 의무가 언제나 다른 유형으로부터도 도출되는 것은 아니다. 즉 계시에서 나오는 계명들이 모두 자연법에서 나올 수 있는 것은 아니며, 자연법의 명령들 모두가 순수하게 사회적인 법에서도 나올 수 있는 것은 아니다. 그중에서도 가장 중요한 것은 인간들 사이의 명시적·묵시적 계약으로부터 도출되는 것을 별도로 다루는 일이다. 왜냐하면 사회계약에서는 지존자[신]의 특별한 명령이나 위임이 작용하지 않기에, 한 인간이 다른 인간에 대해 정당하게 행사할 수 있는 폭력의 한계를 설정할 수 있기 때문이다.

정치적 덕의 관념은 가변적이라 해도 크게 무리가 없다. 반면 자연적 덕의 관념은 인간의 어리석음이나 욕망에 가려지지 않는

한 언제나 명백할 것이다. 종교적 덕의 관념은 신에 의해 직접 계시되고 신에 의해 유지되는 까닭에 영구불변한 것이다.

따라서 사회계약 및 그 귀결에 대하여 논의한다고 해서 그를 자연법 혹은 계시의 원리에 반대하는 자로 탓하는 것은 잘못이다. 왜냐하면 자연법이나 계시는 그가 논의하는 대상이 아니기 때문이다. 또한 사회의 성립에 앞서 있었던 전쟁 상태를 말한다고 그것을 홉스적[9]인 의미로 이해하여 사회의 성립에 선행하는 의무와 속박의 존재를 부인하는 것이라 비판하는 일은 잘못이다. 저자는 (『범죄와 형벌』 제1장에서 말하는) 전쟁 상태는 인간성의 타락과 명시적인 제재의 결여로 인해 생겨난 사실로 이해하고 있다.

사회계약의 결과를 검토하는 저자에 대하여, 그 계약에 선행하는 의무와 구속의 존재를 인정하지 않았다고 비난하는 것도 잘못이다.[10]

신의 정의와 자연의 정의는 그 본질상 영구불변이다. 늘 변함 없는 두 대상 간의 관계는 언제나 동일하기 때문이다. 하지만 인간적 정의, 다시 말해 정치적 정의는 인간의 행위와 가변적인 사회조건 사이의 관계를 말하는 것이어서, 문제의 행위가 그 사회에 얼마나 필요한가 혹은 유용한가에 따라 가변적일 수 있다. 이

체사레 보네사나 마르케세 디 베카리아

정치적 정의의 성질은 인간적 결합관계의 복잡다기함을 주의깊게 분석하는 자가 아니면 충분히 식별할 수도 없다.

이같이 본질적으로 명백한 원칙들을 혼동하고서 공공적 문제를 제대로 판단할 수 있기를 기대할 수 없다. 특정한 행위의 본질적인 선악과 관련하여 정의와 불의의 경계를 설정하는 작업은 신학자의 몫이다. 그 행위가 정치적으로 정의인가 불의인가, 다시 말해 그 행위가 사회적으로 유용한가 아니면 유해한가를 결정하는 일은 법률가와 국가의 몫이다. 정치적 정의를 추구하는 과제가 신적 정의를 추구하는 과제를 손상시킬 수 없으며, 반대의 경우도 마찬가지다. 순수히 정치적 덕은 신으로부터 나오는 불변의 덕 앞에 양보하지 않으면 안 된다는 것은 누구의 눈에도 분명하기 때문이다.

다시 말한다. 본서에 대해 비평의 영광을 베풀고자 하는 자는 누구든 나를 가리켜 도덕과 종교를 파괴하는 원리를 만들어낸 자로 비난해서는 안 된다. 이미 서술하였듯이 나는 그 같은 원리를 신봉하고 있지 않다. 나를 불신자 혹은 선동자로 매도하는 대신, 논리적으로 취약하고 정치적 쟁점에 대해 경솔한 자임을 입증함으로써 나를 논박해야 할 것이다. 다만 인류의 이익을 옹호하는 모든 제안에 전율할 일이 아니라, 내가 주장한 원리가 쓸모

없다든가 정치적으로 유해한 결과를 초래할 것이라는 점을 설득하면서 기존 관습의 이점을 입증하는 편이 바람직할 것이다.

(파치나이 수사의) 상세한 비평에 대한 답변서[11]를 통해, 나의 신앙과 군주에 대한 충성심에 아무 문제가 없음을 공언한바 있다. 따라서 같은 종류의 비난에 대해 더이상 답변할 필요는 없을 것이다. 그러나 명예로운 인간에 걸맞는 품위와 나의 제1원리가 무엇인지 증명하라고 재삼 강요치 않을 정도의 충분한 지성을 지니고 저술하는 인사들이 나로부터 발견할 수 있는 것은 자기 변호를 열망하는 한 인간이 아니라, 진리를 사모하는 벗의 모습일 것이다.

10

허울 좋은 경의에 바침

메리 울스턴크래프트(1759~1797)는 20세기 이후 여성의 권리와 자유를 위해 노력한 최초의 여권운동가이다. 20세기 이전 인류의 역사에서 여성은 인간의 범주에 들지 못했다. 당시 여성은 남성의 소유물로 참정권도 경제적 권리도 행사할 수 없었다. 출판사에서 일하며 당대의 지식인들과 교유했던 저자는, '여성은 열등한 이성을 지녔기에 남성에게 종속되는 것이 마땅하다'라고 주장한 루소에게 '여성과 남성은 동등한 이성을 가졌고, 여성이 복종할 대상은 아버지나 남성이 아닌 인간 고유의 이성'이라고 반박했다. 나아가 딸도 아들과 동등하게 교육받아야 한다는 주장을 펼쳤는데 이는 당시 프랑스의 정치인 탈레랑이 프랑스 국민 의회에 제출한 보고서 속 "여성은 오직 가사 교육만을 받아야 한다"라는 내용에 반발한 것이다. 그녀에게 기존의 여성 교육은 남성의 욕망을 자극하는 용모와 행실을 갖추는 훈련일 뿐이었다. 메리 울스턴크래프트는 여성 스스로 인간으로서 존엄성을 갖고 남성과 동등한 수준의 교육을 받는다면 자립해서 살 수 있으며 사회는 더 살기 좋아지리라 전망했다. 인종 및 계급 의식의 부재, 주체적이지 못한 여성상 등의 한계에도 불구하고 이후 여성 참정권 운동에 영향을 준 의미 있는 저작으로 평가받는다.

Mary Wollstonecraft

여권의 옹호

A Vindication of the Rights of Woman:
with Strictures on Political and Moral Subjects, 1792

역사책에 그려진 과거와 오늘날의 현실을 살펴볼 때 내 가슴은 서글픈 분노로 무너질 듯했고, 남녀가 애초부터 전혀 다르게 태어났든지, 지금까지 세계 역사가 아주 불평등했든지 둘 중 하나라는 생각을 하자 한숨이 절로 나왔다. 그리고 그동안 갖가지 교육 이론서와 부모들의 자녀 양육법, 각급 학교의 운영 방식을 면밀히 살펴본 결과, 이 비참한 현실의 가장 큰 원인은 바로 잘못된 여성 교육이라는 사실을 절감하게 되었고, 단 하나의 편견에서 비롯된 갖가지 원인 때문에 여성이 나약하고 가엾은 존재로 전락했음을 알 수 있었다. 하긴 요즘 여성의 처신이나 행동거지를 보면 정말 머리가 정상이 아니라는 생각이 들기도 한다. 아름다워 보이기 위해 병약하고 무익한 삶을 살아가는 요즘 여성을 보면 마치 지나치게 비옥한 땅에 심어져 그 화려한 꽃잎으로 잠시 호사가의 눈을 즐겁게 해주다가 결국 다 크지도 못하고 시드는 화초를 보는 듯하다.

여성이 이렇게 아름답지만 무익한 존재로 전락한 것은 잘못된 교육 때문이다. 이런 교육의 이론적 토대가 된 것은 우리 여성을 하나의 인격체가 아니라 암컷으로 보고, 현모양처보다는 매력적인 연인으로 만들려고 한 남성학자들의 저술들이었다. 오늘날 문명 세계의 거의 모든 여성이 드높은 이상을 품거나 능력과 미덕을 발휘해 세상의 존경을 받으려 하기보다는 남자의 사랑만을 탐내는 존재로 살아가는 건 바로 여성을 성적인 존재로만 보는 이 허울 좋은 경의 때문이다.

나는 이 책에서 여성의 권리와 습속을 다루면서, 그들의 정신이 나약해진 것은 잘못된 교육 때문이고, 저명한 남성학자들의 작품들 역시 그보다 열등한 책들과 매한가지로 위에서 묘사한 여성관을 피력했음을 지적하고 있다. 그런 저작들은 인간이 동물과 달리 자신의 삶을 개선할 이성을 갖고 있고, 여성 역시 그 이성을 갖고 있는데도 이슬람 사회에서처럼 여성을 인류 사회의 일원이 아니라 일종의 이류 시민으로 취급한다.[1] 그렇다면 여성 교육을 다룬 그런 책들에 대해 여기서 몇 마디 하고 넘어가는 게 좋을 것 같다.

하지만 나 자신이 여자이니만큼 남녀의 평등·불평등 문제를 격렬히 따지고 들 생각은 없다. 다만 이왕 내가 이 문제를 다루고, 독자들이 내 말을 터무니없이 오해할 소지도 있는 만큼 내 의견을 간단히 밝히려는 것이다. 생태계 전체를 볼 때 일반적으로 수컷이 암컷보다 힘이 세다는 것은 누가 봐도 분명한 사실이고, 이 자연 법칙은 인간에게도 해당된다. 따라서 남성이 여성보다 어느 정도 힘이 세다는 것은 분명한 사실이고, 그 자체가 하나의 고귀한 특권이다.[2] 그런데 남성은 이에 족하지 않고 우리 여성을 더 비천하게 만들고, 일시적 희롱의 대상으로 삼으려 한다. 그런가 하면 여성 또한 욕정에 사로잡힌 남성의 밀어에만 정신이 팔려 그들과 지속적인 사랑이나 우정을 가꾸려 하지 않는다.

이렇게 말하면 독자 여러분이 어떻게 나올지 짐작이 간다. 요즘 남자 같은 여자에 대한 비판이 사회를 떠들썩하게 했다. 그런데 그런 여자가 정말 있기는 한가? 그런 비판이 사냥하는 여자

메리 울스턴크래프트

들을 겨냥한 거라면 나도 얼마든지 동의할 수 있다. 하지만 그게 남성의 미덕을 모방하는 여자, 다시 말해 우리의 인격을 드높이고 더 고귀한 인간으로 만들어주는 재능과 미덕을 갖추려는 여성을 향한 거라면, 나 자신은 물론 양식 있는 이들 모두 그들이 더욱더 남성적으로 변하기를 바랄 것이다.

이 문제는 물론 몇 가지 주제로 나누어 검토해야 할 것이다. 나는 먼저 사회에서 여성이 차지하는 위치를 다루려고 한다. 여성은 남성과 마찬가지로 자신의 천부적 재능을 계발하기 위해 이 세상에 태어났기 때문이다. 그다음에는 여성 특유의 임무에 대해 얘기하려 한다.

나는 또한 『샌퍼드와 머튼』[3]에 들어 있는 몇 가지 교훈담을 제외하고 지금까지 여성 교육을 다룬 저자들이 한결같이 범한 오류, 즉 상류층 여성들ladies만을 다루는 걸 피하고, 대신 좀더 강한 어조로 중산층 여성을 주로 다루려고 한다. 그것은 중산층 여성이야말로 가장 자연스러운[4] 상태에 있다고 생각되기 때문이다. 거짓된 세련, 부도덕, 허영의 씨앗을 뿌린 것은 아마 항상 상류층의 짓이었을 것이다. 상류층은 원래 평범한 사람들이 느끼는 욕구나 정서 너머에 존재하기 때문에 지나치게 일찍 세속에 물들고, 나약하고 거짓된 존재로서 미덕의 토대 자체를 무너뜨리고 사회 전체를 타락시켜왔다! 그들은 인간 사회에서 가장 불쌍한 계층이다. 그들이 받는 교육은 그들을 나약하고 무력한 존재로 만들고, 인격 도야를 돕는 의무의 이행 없이 정신만 발달시키기 때문이다. 이들은 자신의 즐거움만을 위해 살고, 그런 경우에 그렇듯이 이들의 쾌락은 결국 허망한 즐거움으로 변하고 만다.

그러나 나는 각 계층의 삶과 그것이 여성의 정신에 미치는 영향을 검토할 것이기 때문에 여기서는 이 정도로 해두려 한다. 원래 서문에서는 책에 실린 내용을 대강만 소개하면 되기 때문이다.

여성 독자들에게 하나 부탁할 것은, 내가 그들의 매혹적인 아름다움을 찬미하거나 혼자서는 아무것도 못하는 영원한 어린아이로 취급하지 않고 이성적인 존재로 대하는 것을 양해해달라는 것이다. 나는 진정한 위엄과 참된 행복의 원천을 다루고 싶고, 여성에게 심신의 힘을 기르라고 말하고 싶다. 달콤한 말씨, 감상적인 정신, 민감한 감정, 세련된 취미 등은 실은 나약함의 또 다른 이름에 지나지 않고, 남자에게서 연민이나 거기서 비롯된 사랑을 얻은 여성은 얼마 안 가 경멸의 대상으로 전락할 것이기 때문이다.

그래서 나는 여성이 처한 비굴한 의존 상태를 위장하기 위해

메리 울스턴크래프트

남성이 선심 쓰듯 내뱉는 귀엽고 여성스러운 어구들과, 여성의 성적 특징으로 간주되어온 나약하고 부드러운 정신, 예민한 감정, 유순한 행동거지 등을 거부하고, 아름다움보다 덕성이 낫다는 걸 밝히려고 한다. 남자든 여자든 한 인간으로서 자기만의 개성을 만들어가는 것이야말로 가장 중요한 목표이므로, 모든 것이 이를 기준으로 평가되어야 할 것이다.

이상이 이 책의 주제인데, 이런 확신을 평소에 이에 대해 느낀 강렬한 감정에 실어 표현한다면, 독자들도 나의 이런 주장이 경험과 성찰에서 나왔다는 걸 느끼게 될 것이다. 주제가 워낙 중요한 만큼 이 책에서 미사여구나 세련된 문체를 구사할 생각은 없다. 독자에게 도움을 주는 것이 목적이니만큼 진실한 마음을 미사여구로 꾸미지는 않을 것이다. 나는 그럴 듯한 말로 독자를 현혹하거나, 문장을 매만지거나,[5] 머리에서 나왔기에 얼핏 보기에는 그럴 듯해도 마음을 움직이지는 못하는 과장되고 거짓된 감동을 꾸며내기보다는 논리를 통해서 독자를 설득하고 싶다. 나에게 중요한 것은 언어가 아니라 현실이기 때문이다! 여성이 인간 대접받는 사회를 만드는 게 내 소원이니만큼, 요즈음 수필에서 소설로, 그리고 거기서 다시 편지와 일상 대화로 파급되는 만연체는 가급적 피하려 한다.

유창한 미사여구는 독자의 안목을 타락시킬 뿐 아니라 감성을 지나치게 예민하게 만듦으로써 소박한 진실을 외면하게 한다. 거짓된 감상의 충일充溢과 지나친 정서적 자극은 인간 본연의 감정을 억누르고, 불멸의 영혼과 이성을 지닌 인간을 더 고귀한 삶으로 이끄는 더 엄숙한 의무의 수행을 도와주는 가정의 즐거움을 무색하게 만든다.

최근 여성 교육에 관심이 높아졌지만 아직도 여성은 경박한 존재로 간주되고 있고, 풍자나 교훈으로 여성을 교육하려는 작가들은 여전히 이들을 비꼬거나 동정한다. 여성은 몇 가지 기예를 익히면서 어린 시절을 허송하고, 관능적인 심미안을 기르고, (그 외에는 다른 출세길이 없는 관계로) 자기보다 나은 상대와 결혼하겠다는 욕망을 추구하느라 심신의 힘을 잃어간다. 이 욕망은 여성을 일종의 동물로 전락시키기 때문에, 결혼한 여성은 옷을 차려입고, 화장하고, 아양을 떠는 등[6] 그야말로 아무 생각 없는 어린아이같이 행동하게 된다. 하렘에나 적합할 이 나약한 여성이 과연 현명하게 가정을 이끌고 자기가 낳은 가엾은 아이들을 제대로 길러낼 수 있을까?

여성의 그런 행태, 영혼의 개화開化와 성숙을 돕는 드높은 욕구와 야망 대신 쾌락만을 추구하는 모습을 보면, 현 사회의 구성은 물론 지금까지의 여성 교육이 이들을 하찮은 욕망의 대상, 바보들의 어머니로 만들어왔음을 알 수 있다. 기존의 여성 교육은 합리적 사고 대신 재예才藝만을 강조하고, 그들이 마땅히 해야 할 일들을 가르치지 않았기에, 금방 시들어버리는 청춘의 아름다움을 상실하면 여성은 아무짝에도 못 쓸 우스꽝스러운 존재로 전락해버린다.[7] 그러니 합리적인 남성이라면 여성을 더 남성적이고 유용한 존재로 만들자는 내 주장에 공감할 수밖에 없을 것이다.

'남성적'이라는 말에 대해 일반인이 갖는 반감은 그야말로 근거 없는 편견이다. 육체적으로 남성보다 약하기 때문에 삶의 여러 분야에서 어느 정도는 의존적일 수밖에 없는 여성이 더 많은 용기와 담력을 기르는 게 왜 나쁜가? 그런 편견 때문에 미덕의 분배에서 남녀를 구별하고, 관능적인 몽상 때문에 명백한 진리를 간과함으로써 타고난 불균형을 더 심화시키면 안 될 것이다.

사실 여성은 부덕婦德에 대한 그릇된 편견으로 너무도 심하게 타락해 있기 때문에 이런 역설까지 더하기는 뭐하지만, 이 인위적인 나약함은 그들을 독재자로 만들고, 힘없는 자의 무기인 교활함만을 길러준다. 이 교활함은 여성을 어린아이처럼 행동하게 만드는데, 이런 행동은 남자의 욕망을 자극하지만 동시에 그들로 하여금 여성을 경멸하게 만든다. 남성이 좀더 점잖고 정숙해지면 여성도 그만큼 현명해질 것이다. 만약 그렇지 않으면 여성의 머리가 열등하다는 증거가 될 것이다. 이는 물론 아주 일반적인 얘기다. 어떤 여성은 오빠나 남동생보다 훨씬 더 영리하기 때문이다. 양쪽이 비슷해서 두 사람이 늘 우위를 다투는 경우에는[8] 그 누구도 승자가 될 수 없고 지성이야말로 가장 분명한 우월함의 근거이기 때문에 어떤 여성은 애교나 술수 없이 머리만으로 남편을 지배하기도 한다.

메리 울스턴크래프트

11

인간이 소설을 쓰는 두 가지 이유

도나시앵 알퐁스 프랑수아 드 사드(1740~1814). 흔히 사드 후작으로 알려져 있다. 프랑스의 작가였으며, 가학증을 뜻하는 '사디즘Sadism'은 그의 이름에서 유래했다. 성적 문란과 신성 모독 등 다양한 스캔들을 일으키며 생의 1/3을 감옥에서 보낸 그의 저서는 사후 백년간 금기의 대상이었다. 생전에 그가 자기 이름으로 정식 발표한 『사랑의 범죄』는 완곡어법이 지배적인 소설집으로, 익명으로 발표한 작품과는 달리 현실원칙을 충실히 따르고 있다. 하지만 겹겹이 드리워진 이 고전주의 미학의 장막 뒤에서도 '검은 태양'은 빛나고 있다.

Donatien Alphonse François de Sade

사랑의 범죄

Les Crimes de l'amour, 1800

인간 삶의 가장 독특한 모험에 기초하여 구성한 '가공의' 작품을 소설이라 부른다.

그런데 왜 이런 종류의 작품을 소설이라 불렀을까?

소설의 기원은 어느 민족에게 있으며, 어떤 소설들이 가장 유명할까?

그리고 완벽한 글쓰기의 기술에 이르기 위해 따라야 하는 규칙은 무엇일까?

우리는 이 세 가지 질문을 다루고자 한다. 단어의 어원에서 시작해보도록 하자.

고대의 민족에게는 소설의 명칭에 대해 시사하는 것이 없으므로, 소설이란 명칭의 유래에 대해 살펴보는 것이 좋을 듯하다.

알다시피, '로망'어langue romane는 켈트어와 라틴어의 혼합물로, 초기의 두 프랑스 왕가의 치하에서 사용되었다. 로망어로 쓰인, 우리가 말하고 있는 이런 종류의 작품들은 당연히 이름을 가지고 있었을 것이다. 사람들은 동일한 장르의 애가를 로망스romance라고 불렀듯이, 사랑의 모험을 다른 작품을 '로만romane'이라고 칭했을 것이다. 이 단어의 다른 어원을 찾는 것은 헛된 일일 것이다. 다른 어원이 없다는 것이 자명해 보이므로 이 어원을 취하는 것이 간단해 보인다.

그러니 두번째 질문으로 넘어가자.

어느 민족에게서 이런 종류의 작품의 기원을 찾아야 하며, 어떤 작품들이 가장 유명한가?

일반적인 견해에 따르면 그리스 사람들에게 그 기원이 있다고 한다. 이후 그리스인에게서 무어인에게로 넘어갔고, 스페인 사람들이 배워 다시 우리의 트루바두르[1]에게 전해주었으며, 트루바두르로부터 우리의 기사도 소설가들이 물려받았다.

비록 내가 이러한 유래를 존중하고 또 종종 따른다 할지라도, 전적으로 받아들이는 것은 아니다. 사실 거의 여행을 하지 않고 교류가 활발하지 않았던 시기에 이러한 유래가 형성되기란 상당히 힘들지 않았을까? 어떤 기호와 습속과 취향 들은 전수된 것들이 아니라 모든 인간에게 내재된 것으로 인간과 함께 자연스럽게 생겨나기도 한다. 이러한 종류의 기호와 습속과 취향의 흔적은 인간이 존재하는 곳 어디에서나 발견되게 마련이다.

최초로 신을 인식한 지역에서 소설이 생겨났다는 것은 의심의 여지가 없다. 그러므로 모든 종교의 요람인 이집트에서 소설은 태어났다. 신의 존재를 '추측'하기 시작하자마자 인간은 그들을 움직이고 말하는 존재로 만들었다. 그때부터 변신 이야기와 신화와 우화와 소설이 생겨나게 된다. 한마디로, 허구가 인간 정신을 사로잡자 허구의 작품들이 생겨난 것이다. 환영이 문제되는 순간 가공의 책이 생겨난 것이다. 사제 집단의 인도하에 있던 민족들이 환상적인 신성을 위해 서로를 참살하고 난 후, 어느 날 마침내 왕과 국가를 위해 무장을 하게 되었을 때, 영웅에게 바치는 찬사가 미신에 대한 찬사를 흔들게 된다. 그때, 사람들은 현명하게도 신들의 자리에 영웅들을 갖다놓을 뿐만 아니라, 하늘의 자녀들을 찬송했듯이 군신軍神의 자식들을 찬미한다. 군신의

168

도나시앵 알퐁스 프랑수아 드 사드

자녀들의 위대한 행위를 이야기하는 데 지치게 되면, 거기다 그들과 닮은…… 그들을 능가하기도 하는 인물들을 만들어내 첨가하기도 한다. 그렇게 되면 이내 좀더 사실임 직한vraisemblable 새로운 소설들, 환영만을 찬양하던 소설보다 훨씬 더 인간을 위한 새로운 소설들이 생겨나게 된다. 위대한 장군 헤라클레스[2]는 당연히 적과 용감하게 싸워야 했다. 여기에 영웅이 있고 이야기가 있다. 괴물을 격퇴하고 거인을 단칼에 베어버리는 헤라클레스, 여기에 신이 있고…… 신화와 미신의 기원이 있다. 그러나 이 미신은 이성적인 미신이라 할 수 있다. 이성적인 미신이 영웅적 행위를 보상하고 한 국가의 해방자들에게 감사하기 위해 생겨났다면, 결코 본 적이 없는 초월적인 존재들을 마구 지어내는 미신은 그 동기가 두려움과 희망과 정신착란이라 할 수 있다. 각 민족은 자신의 신, 반신, 영웅, 진짜 이야기와 신화를 가지고 있었다. 방금 살펴본 대로, 영웅과 관련된 어떤 이야기들은 실제 일어난 일이기도 했다. 나머지는 모두 지어낸 가공의 것으로 창작품이자 소설이었다. 왜냐하면 신들은 인간의 신체를 통해서만 말하기 때문이고, 다소간 이 우스꽝스러운 책략에 흥미를 느낀 인간이 스스로 환영의 언어를 만들어내었고, 더 나아가 유혹하고 놀라게 하기 위해 그들이 상상한 모든 것, 결국 가장 공상적인 언어를 만들어내기에 이르렀다. 박학한 위에[3]는 다음과 같이 말했다. "통념에 따르면, 이전에 소설이란 명칭은 이야기를 지칭했다. 그 이후에는 허구의 이야기만을 지칭하게 되었는데, 이는 허구의 이야기들이 이야기에서 나왔다는 명백한 증거이다."

그러므로 소설은 모든 언어로 모든 국가에서 씌어졌고, 그 양식과 현상은 각 나라의 풍속과 통념을 따랐다.

인간은 두 가지 약점을 가지고 있는데, 그것은 인간의 실존과 관련이 있으며 인간의 특성이기도 하다. 즉, 어느 곳에서든 인간은 '기도'해야 하고 '사랑'해야 한다는 점이다. 이것이 바로 소설의 토대가 된다. 인간은 '탄원'을 올려야 할 존재를 그리기 위해, 또 '사랑'하는 존재를 노래하기 위해 소설을 만들었다. 공포와 희망으로부터 생겨난 첫번째 종류의 소설은 어둡고 거대했으며 거짓과 허구로 넘쳐났다. 바빌론 포로 시절 에스라[4]가 쓴 작품이 이러한 종류의 소설이다. 두번째 종류의 소설은 아주 섬세하고 감정이 넘쳐나는 것으로, 헬리오도로스의 테아게네스와 카라크레이아의 이야기[5]를 그 예로 들 수 있다. 그런데 인간이 살고 있는 지구의 모든 곳에서 인간은 '기도'하고 '사랑'했기에, 소설 즉 허구의 작품은 어디에나 존재했다. 그것은 때로는 자신이 숭배하는 가공의 대상들을 그리기도 했고 때로는 좀더 현실적인

170

사랑하는 대상들을 그렸다.

그러므로 이런 종류의 글쓰기의 기원을 어떤 특정한 나라에 두어서는 안 된다. 방금 말한 것처럼, 모든 나라에서 사랑 혹은 미신에 대한 각각의 성향에 따라 다소간 이러한 글쓰기를 해왔기 때문이다.

이제 이러한 작품들을 가장 환영했던 나라, 작품, 작가에 대해 간단히 살펴보기로 하겠다. 그리고 그 끈을 지금 우리 작품에까지 끌어와 독자들이 비교해볼 수 있도록 하겠다.

밀레토스의 아리스티데스[6]는 고대인이 말하는 가장 오래된 소설가이다. 그러나 지금까지 남아 있는 그의 작품은 없다. 우리는 다만 사람들이 그의 콩트를 '밀레지아류의 패설'이라고 불렀다는 것을 알 수 있을 뿐이다. 『황금 당나귀』의 서문에서 아풀레이우스[7]가 "나는 이런 식으로 쓰겠다"고 말한 것으로 미루어보건대 아리스티데스의 작품은 음란했던 것 같다.

알렉산더 대왕과 동시대인인 안토니우스 디오게네스Antonius Diogenes는 좀더 세련된 문체로 허구와 마법, 여행담과 믿을 수 없는 모험담으로 가득 찬 소설 『디안느와 데르실리스의 사랑』을 썼고, 1745년 르쇠르Le Seurre가 이를 모방해 아주 독특한 소품을 만들었다. 그는 디오게네스처럼 주인공을 이미 알고 있는 나라로 여행 보내는 데 그치지 않고 달이나 지옥을 산책하게 만들었다.

그뒤를 이어 얌블리쿠스[8]가 쓴 시노니스와 로다니스의 모험, 또 앞서 인용한 테아게네스와 카라크레이아의 사랑 이야기, 크세노폰[9]의 『키로파이디아』, 롱고스[10]의 다프니스와 클로에의 사랑 이야기, 이스멘과 이스메니의 사랑 이야기 등 오늘날 번역되어 있거나 혹은 완전히 잊혀진 많은 소설들이 줄을 이었다.

사랑이나 기도보다는 비판과 악의에 더 끌렸던 로마인들은 페트로니우스[11]와 바로[12] 같은 이가 쓴 몇몇 풍자에 만족했는데, 이를 소설로 분류해서는 안 될 것이다.

앞에서 말한 인간의 두 가지 약점을 더 많이 가지고 있었던 골족에게는 바르드barde라고 불린 음유시인들이 있었는데, 우리는 이들을 오늘날의 유럽에 해당하는 지역에 등장한 최초의 소설가들로 간주할 수 있다. 루카누스[13]가 말하길, 이 음유시인들은 국가 영웅들이 보여준 불멸의 행위에 대해 시를 짓고 리라와 비슷한 악기를 타면서 그 시를 노래했다. 그러나 지금까지 전해지는 그들의 작품은 거의 없다. 이어 튀르팽Turpin 대주교의 작품으로 간주되는 샤를 대제의 무훈, 원탁의 기사들에 관한 온갖 소설들, 트리스탄, 호수의 기사 랑슬로, 페르스 포레의 이야기들이 이어졌는데, 이는 모두 알려진 영웅의 이야기를 영원히 후세에 전할 목적으로 제작되었거나, 혹은 이 영웅들을 모방했으나 상상력이 가미되었기 때문에 초자연적 현상에 있어 그들을 능가하는 영웅을 만들기 위해 제작되었다. 그런데 앞선 시대인 그리스 소설과 비교해볼 때, 지나치게 길고 지루하며, 미신에 중독되어 있는 이 작품들의 수준은 한심하기 그지없다! 그리스인들이 모범을 보여준 고상한 취향과 우아한 허구로 가득한 소설에 뒤이어 이토록 거칠고 조잡한 작품들이 나오다니! 어쩌면 이 작품들 이전에 다른 작품들이 존재했을 수도 있다. 하지만 그 당시 사람들은 이 작품들만을 알았을 뿐이다.

　이윽고 트루바두르가 등장했다. 우리는 그들을 소설가라기보다는 시인으로 간주해야겠지만, 그들이 운문으로 쓴 수많은 아름다운 콩트를 염두에 둘 때 충분히 그들을 소설가 집단에 넣을 수 있을 것이다. 이 사실을 확인하려면 위그 카페[14] 시절 '로망'어로 쓴 그들의 파블리오fabliaux를 살펴보도록 하라. 이탈리아는 파블리오를 재빨리 모방했다.

　유럽의 이 아름다운 지역은 그때까지 사라센족의 지배 아래서 신음하고 있었고, 예술 르네상스의 요람이 되기까지 아직 많은 세월을 기다려야 했다. 10세기에 이르기까지 이탈리아에는 소설가가 전무했다고 할 수 있다. 프랑스에 트루바두르가 나타난 것과 거의 동일한 시기에 이탈리아에 소설가가 나타나 트루바두르를 모방했다. 이 영광스러운 사실을 받아들이기로 하자. 라아르프[15]의 지적처럼 우리의 스승이 이탈리아인이었던 것이 아니라, 반대로 그들이 우리에게서 배워갔다. 단테, 보카치오, 타소, 그리고 미미하긴 하지만 페트라르카조차 우리의 트루바두르에게서 작문하는 법을 배웠던 것이다. 보카치오 소설의 거의 대부분이 이미 우리의 파블리오에 실려 있던 것들이다.

스페인 사람들의 경우는 달랐다. 그리스인에게서 소설을 전수받았고 아랍어로 번역된 이러한 종류의 작품들을 모두 가지고 있었던 무어인들 덕분에 허구의 예술을 연마한 스페인인들은 감미로운 소설들을 썼고 우리 작가들이 이를 모방했다. 이 점은 뒤에 다시 언급하기로 하겠다.

프랑스에서 갈랑트리[16]가 새로운 양상으로 전개되면서 소설은 기술적으로 개선되었다. 뒤르페가 『아스트레』를 쓴 시기도 바로 그때, 즉 지난 세기가 시작될 때였다. 뒤르페의 소설을 읽고 우리는 정당하게도 11, 12세기의 기상천외한 기사들보다 리뇽[17]의 매력적인 양치기들을 더 좋아할 수 있게 되었다. 그때부터 이런 종류의 취향을 가진 사람들이 모두 대대적으로 그를 모방했다. 현 세기의 중반까지도 읽히고 있는 『아스트레』가 놀라운 성공을 거두며 사람들을 열광시켰고, 그 수준에 이르지 못한 수많은 모방작을 낳았다. 공베르빌,[18] 라칼프르네드,[19] 데마레[20] 그리고 스퀴데리[21]가 리뇽의 양치기 대신 왕자나 왕을 등장시키면서 원작을 능가했다고 믿었으나, 모델이 피해갔던 결점에 도로 떨어졌을 뿐이다. 스퀴데리 양[22] 역시 자기 오빠와 동일한 잘못을 저질렀다. 자기 오빠처럼 그녀도 뒤르페의 장르를 고상하게 만들고자 했으나 아름다운 양치기 대신 권태로운 주인공들을 보여주었을 뿐이다. 헤로도토스가 그린 키루스 대왕 같은 인물을 재현하는 대신 그녀는 『아스트레』의 모든 인물들보다 더 정신나간 아르타멘…… 아침부터 저녁까지 울기만 하는, 그 우울함이 흥미를 끌기는커녕 도를 넘어버린 연인을 하나 만들어냈다. 동일한 폐단이 그녀의 『클레리』에서도 발견되는데, 그녀가 왜곡시킨 로마인들에게 그녀는 자신이 따른 모델들의 기상천외함이란 기상천외함은 모두 부여했다. 그 모델이 이보다 더 심하게 일그러진 적은 없었을 것이다.

스페인에 대해 살펴보겠다고 한 약속을 지키기 위해 잠시 시간을 거슬러올라가보겠다.

물론, 프랑스에서 소설가들에게 영감을 준 기사도는 피레네 산맥 너머의 사람들을 거의 정신을 차릴 수 없을 정도로 열광시켰다. 미겔 세르반테스가 흥미롭게 제시하는, 돈키호테의 서가에 꽂혀 있던 책의 목록이 이를 잘 보여준다. 한 소설가가 생각해낼 수 있는 가장 위대한 광인의 회고록을 쓴 이 유명한 작가에게 필적할 자는 그 어디에도 없었다. 세계 각국의 언어로 번역되어 전 세계에 알려진, 최고의 소설로 간주되어야 할 그의 불후의 작품은 어떤 소설보다 뛰어난 서술 기법과 모험을 흥미롭게 배열하는 기법, 특히 즐겁게 하면서 교훈을 주는 기법을 보여준다. 생테브르몽[23]은 이 책을 두고 "내가 지겨워하지 않고 읽은 유일한 책이며, 내가 써보고 싶은 유일한 책이다"라고 했다. 흥미진진하고 섬세하며 재치가 넘치는, 그의 열두 편의 단편소설이 마침내 이 스페인의 유명 작가를 대가의 반열에 앉혔다. 세르반테스가 없었다면 아마도 스카롱[24]의 매력적인 작품도 르사주[25]의 작품 대부분도 있을 수 없었을 것이다.

뒤르페와 그의 모방자들을 뒤이어 아리아드네, 클레오파트라, 파라몽, 폴릭상드르 같은 등장인물을 뒤이어, 마침내 처음부터 9권까지 내내 괴로워하던 주인공이 다행히 10권에서 결혼하는 그 모든 작품들이 나타났다. 감히 말하건대, 지금은 도저히 이해할 수 없는 이 잡동사니들이 쏟아진 다음에 라파예트 부인[26]이 나타났다. 비록 그녀가 앞선 작가들이 정착시켰다고 생각한 사랑을 호소하는 듯한 어조에 매료되긴 했지만, 그녀의 작품은 대폭적으로 양이 줄었고 좀더 간결해졌고 좀더 흥미로워졌다. 그녀가 여자였기 때문에 사람들은 (천성적으로 남성보다 섬세하기에 소설 제작에 더 적합한 여성이 이 장르에서 남성보다 더 큰 영광을 누릴 수 없다는 듯이) 라로슈푸코[27]와 세그레[28]로부터 각각 생각과 문체에 있어 전폭적인 도움을 받지 않았더라면 라파예트 부인이 소설을 쓸 수 없었을 것이라고 주장했다. 어쨌든 『자이드』만큼 재미있는 것도 없으며, 『클레브 공작부인』만큼 잘 쓴 작품도 없다. 사랑스럽고 매혹적인 여인이여, 미의 여신들이 당신의 붓을 잡았다면, 가끔은 사랑이 그 붓을 인도하지 않았을까?

페늘롱[29]이 나타나, 결코 그의 충고를 따르지 않을 군주들에게 시적으로 교훈을 읊조리면서 스스로를 흥미로운 사람이라고 생각했다. 귀용 부인의 관능적인 연인이여, 당신의 영혼은 사랑을 필요로 했고 당신의 정신은 묘사할 필요를 느꼈다. 당신이 현학적인 태도와 통치법을 가르치려는 자만심을 버렸다면, 이제 그 누구도 읽지 않는 책 대신 걸작을 만들 수 있었을 텐데. 매혹적인 스카롱, 당신의 경우는 이와 다를 것이다. 세상이 끝날 때까지 당신의 불후의 소설은 사람들을 웃게 만들고, 당신의 묘사는 결코 낡지 않을 것이다. 한 세기 동안만 살아남았던 『텔레마크』

는 지난 세기의 폐허 아래 묻히겠지만, 광기의 사랑스러운 아이인 그대의 르망[30]의 배우들은 지상에 인간이 살아 있는 한 가장 근엄한 독자들까지도 즐겁게 해줄 것이다.

지난 세기 말, 유명한 푸아송Poisson의 딸인 고메즈 부인[31]은 앞선 여성 작가들과 아주 다른 방식으로 작품들을 썼고, 그 점에서 그녀의 작품들은 흥미롭다. 그녀의 『백 개의 새로운 이야기』와 마찬가지로 『즐거운 나날들』은 많은 결점에도 불구하고 이 장르 애호가들의 서가를 영원히 장식할 것이다. 고메즈 부인은 자신의 예술을 잘 이해하고 있었고, 우리는 이 점에서 칭찬을 아끼지 말아야 한다. 뤼상Lussan 양, 탕생Tencin 부인, 그라피니Graffigny, 엘리 드 보몽Élie de Beaumont과 리코보니Riccoboni가 그녀와 경쟁했다. 섬세하고 세련된 그녀들의 글들은 확실히 여성의 영광을 드높였다. 그라피니의 『페루인의 편지』는 영원히 사랑과 감정의 모델을 제공할 것이고, 리코보니가 쓴 『카트스비 부인의 편지』 역시 우아하고 가벼운 문체를 좋아하는 사람들에게 영원한 모델이 될 것이다. 이 장르에서 남성들에게 훌륭한 교훈을 준 사랑스러운 여성들을 칭찬하고 싶은 급한 마음에 서둘러 우리가 떠나온 세기로 다시 돌아가자.

니농 드 랑클로Ninon de Lenclos, 마리옹 드 로름Marion de Lorme,

셰비네Sévigné 후작부인, 라파르La Fare 후작, 쇼리외Chaulieu, 생 테브르몽과 같은 매혹적인 부류의 작가들이 보여준 쾌락주의는 시테르 섬의 신의 나른함을 버리고 뷔퐁[32]처럼 '육체적인 것만이 사랑에 있어 좋은 것이다'라고 생각하기 시작했고 곧 소설의 어조를 바꿔놓았다. 뒤이어 등장한 작가들은 섭정으로 타락한 세기, 기사도의 광기와 종교적 기괴함과 여성에 대한 숭배를 버린 한 세기를 무미건조한 작품을 가지고는 더이상 즐겁게 해줄 수 없다고 보았다. 여성에게 봉사하고 여성을 찬미하기보다는 즐겁게 해주고 타락시키는 것이 더 쉽다는 사실을 간파한 작가들은 시대정신을 만족시키는 사건과 장면과 대화를 만들어내었다. 그들은 유쾌하고 경쾌하며 때로 철학적이기조차 한 문체로 냉소주의와 반도덕주의를 은폐했고, 사람들에게 교훈을 주지는 못했지만 적어도 그들을 즐겁게 만들어주었다.

크레비용[33]은 『소파』『탄자이』『마음과 정신의 방황』등을 썼다. 이 소설들은 모두 악을 부추기며 미덕으로부터 멀어져간 내용을 담고 있지만 일단 출판되자 대대적인 성공을 거두었다.

묘사의 방식에 있어 보다 독창적이고 긴장감을 유지할 줄 알았던 마리보[34]는 적어도 성격을 창조했고 마음을 사로잡았으며 눈물을 흘리게 했다. 하지만 어떻게 그토록 대단한 힘을 가진 작가가 그토록 겉멋 부리는 자연스럽지 못한 문체를 지닐 수 있었을까? 그의 경우를 보면, 자연은 결코 소설가에게 예술의 완성에 필요한 모든 재능을 선사하지 않는다는 사실을 알 수 있다.

볼테르의 목적은 전혀 달랐다. 철학을 소설 속에 위치시키겠다는 계획만을 지녔던 그는 이를 위해 모든 것을 포기했다. 그는 능란하게 그 계획을 성공시켰고, 모든 비판에도 불구하고 『캉디드』와 『자디그』는 영원히 걸작으로 남을 것이다!

자연이 볼테르에게는 정신에만 선사했던 것을 섬세함과 감정에도 부여받은 루소는 소설을 아주 다른 방식으로 대했다. 『엘로이즈』는 얼마나 힘이 넘치는가! 모모스[35]가 볼테르에게 『캉디드』를 받아쓰게 했다면, 『엘로이즈』의 그 타오르는 듯한 페이지들을 모두 써내려간 것은 바로 사랑의 불꽃이다. 이 숭고한 책을 모방할 수 있는 자가 없을 것이라고 말해도 과언은 아닐 것이다. 30년 전부터 끊임없이 이 불멸의 원작을 서투르게 모방하고 있는 하루살이 작가들의 무리가 사실을 직시하고 제발 붓을 꺾어주었으면 한다. 루소에 필적하려면 그와 같은 불의 영혼을, 그와 같은 철학적 정신을 가져야 한다는 사실을 좀 알았으면 한다. 그런데 자연은 한 세기에 두 번씩이나 이 두 가지를 한 인물에게 부여하지는 않는다.

그 와중에, 마르몽텔[36]이 스스로 '모럴'하다고 이름 붙인 콩트들을 선보였다. 이때 '모럴'하다는 것은 (존경받는 한 문학가가 말하듯) 도덕을 가르치려 하기 때문이 아니라, 마리보처럼 약간 지나치게 꾸민 듯한 방식이긴 하지만 우리의 풍속을 그린다는 의미이다. 그런데 이 콩트들은 어떤가? 오로지 여자들과 아이들을 위해 쓴 유치한 작품으로, 그 하나만으로도 저자의 영광에 충분할 『벨리세르』를 쓴 바로 그 손이 썼으리라고 도저히 믿기지 않는 작품이다. 이 책의 15장을 쓴 자는 '장미수水'류의 콩트를 우리에게 제공하는 그런 하찮은 영광을 도대체 꼭 주장했어야 할까?

마침내 영국 소설들, 리처드슨[37]과 필딩[38]의 힘찬 작품이 나타나, 지긋지긋한 사랑의 번민이나 규방의 권태로운 대화나 그리는 것으로는 이 장르에서 성공할 수 없다는 것을 프랑스인들에게 가르쳐주었다. 사랑이라 불리는 동요하는 마음의 노리개이자 희생자로서 그 위험과 불행을 동시에 보여주는 남성적 성격들을 그려야 이 장르에서 성공할 수 있다. 그래야만 영국 소설들이 뛰어나게 그려낸 전개와 정열을 얻어낼 수 있다. 리처드슨과 필딩은 우리에게, 진정한 자연의 미로인 인간의 영혼에 대한 심오한 연구만이 소설가에게 영감을 줄 수 있다는 것과 소설은 역사가가 하듯이 있는 그대로 혹은 보이는 대로의 인간만이 아니라 그렇게 될 수 있는 대로의 인간, 죄악으로 인한 변화와 온갖 종류의 격정을 겪고 난 인간을 보여주어야 한다는 것을 가르쳐주었다.

그러므로 소설 장르에서 글을 쓰고 싶으면 정열에 대해 모든 것을 알아야 하고, 모든 정열을 사용해보아야 한다. 바로 이 점에서 우리는 또한 반드시 미덕이 승리하도록 해야 흥미를 끌 수 있는 것은 아니라는 사실을 알 수 있다. 물론 가능한 한 미덕을 향해 나아가야겠지만, 자연에서도 아리스토텔레스에게서도 찾아볼 수 없는 이 규칙은 단지 우리의 행복을 위해 모든 인간이 복종하길 바라는 것일 뿐이며, 소설에 있어 결코 본질적인 것이 아니며, 흥미를 이끌어내는 규칙은 더더욱 아니다. 왜냐하면 미덕이 승리하면 만사는 당연히 그래야 하는 대로 될 뿐이므로 눈물이 흐르기도 전에 말라버리기 때문이다. 그러나 가혹한 시련을 겪었음에도 불구하고 결국 악이 미덕을 때려눕히는 것을 보게 되면 우리의 마음은 어쩔 수 없이 찢어진다. 우리를 엄청나게 감동시킨, 디드로의 표현을 빌리자면 '우리 마음의 뒷면까지 피로 물들인' 작품은 의심할 여지 없이 흥미를 유발시킬 것이고, 또 흥미만이 성공을 보장해준다.

대답해주기 바란다. 만약 불멸의 리처드슨이 '덕성스럽게'

도나시앵 알퐁스 프랑수아 드 사드

12권 혹은 15권쯤에 러브레이스를 개심시키고 그를 '평화롭게' 클라리스와 결혼시켰다면, 사람들이 이 소설을 읽고 눈물을 흘렸을까? 그 반대였기 때문에 이 소설이 많은 다정다감한 존재들을 달콤하게 울게 만들지 않았을까? 그러므로 이 장르에서 일을 할 때 잘 파악해야 하는 것은 바로 자연이며, 자연의 작품 중에서도 가장 독특한 작품인 인간의 마음이지, 결코 미덕이 아니다. 왜냐하면 아무리 아름답고 아무리 필요하다 할지라도 미덕은 소설가가 반드시 깊이 연구해야 하는 마음의 여러 놀라운 양태 중 하나일 뿐이기 때문이고, 또 마음의 충실한 거울인 소설은 반드시 마음의 모든 주름들을 비추어 보여주어야 하기 때문이다.

리처드슨의 뛰어난 역자 프레보. 당신은 이 유명한 작가의 아름다운 작품을 우리말로 잘 살려주었다는 치하를 들을 자격이 있을 뿐 아니라, 당신 자신의 작품으로도 그에 해당하는 찬사를 받을 자격이 있지 않을까? 당신을 '프랑스의 리처드슨'이라 부르는 것이 정당하지 않을까? 비록 흥미가 분산된다 할지라도, 오직 당신만이 줄곧 흥미를 유지시키면서 줄거리가 복잡한 이야기로 오랫동안 재미있게 만드는 기술을 보여주었다. 얽히고설킨 에피소드에 파묻혀 주요 줄거리가 사라지게 하기보다는 더욱 돋보이게 하는 방법을 잘 알고 있었던 작가는 당신뿐이었다. 라아르프의 비판을 받았던 지나치게 많은 사건이 당신의 작품 속에 서는 오히려 뛰어난 효과를 가져왔을 뿐 아니라, 동시에 당신의 넉넉한 정신과 뛰어난 재능을 입증해준다(다른 사람들이 프레보를 어떻게 생각하는지도 한번 들어보자). "『어느 귀족의 회상록』『클리 브랜드』『어느 그리스 여인의 이야기』『도덕적 세계』, 특히 『마 농 레스코』[39]는 충격을 주고 또 저항할 수 없게 애착을 갖게 하 는 감동적이면서도 끔찍한 장면들로 넘쳐난다. 이 작품들의 잘 짜여진 장면들은 자연이 공포로 전율하는 그런 순간들을 야기한 다. 등등." 이런 것이 바로 소설을 쓴다는 것이고 또 그의 경쟁 자들이 후대에 결코 넘볼 수 없는 자리를 프레보에게 보장해준 것이다.

그후 이 세기 중반의 작가들이 나타났다. 마리보만큼 꾸민 듯하 고 크레비용만큼 차갑고 비도덕적인 도라[40]는 그러나 이 두 작가 보다 호감이 가는 작가이다. 세기의 경박함이 그의 경박함을 용 서해주고 또 그는 그 경박함을 파악하는 기술을 가지고 있었다.

『골콩드의 여왕』의 매력적인 작가인 당신에게 월계관을 바치 고 싶다. 그처럼 쾌적한 정신을 가지기란 쉽지 않고, 동 세기의 가장 아름다운 콩트들도 당신을 불멸의 작가로 만든 콩트에 비 교할 수 없다. 프랑스의 영웅—구원자가, 조국 한가운데에서 당신을 부르며 자신이 마르스의 친구이자 아폴론의 친구임을 증명하고, 당신의 아름다운 알린의 가슴에 몇 송이 아름다운 장미를 선사하면서 이 위대한 인간의 희망에 답하고 있기 때문에, 당신은 오비드보다 더 사랑스럽고 행복한 사람이다.

프레보의 경쟁자인 다르노[41]가 심심찮게 프레보를 능가한다고 주장할 수도 있다. 두 사람은 모두 지옥의 강에다 자신의 붓을 담갔던 작가들이다. 그러나 때때로 다르노는 그 붓을 천국의 화원에서 부드럽게 만들었다. 한층 힘이 넘치는 프레보는 『클리브랜드』를 쓸 때의 필치를 결코 바꾸지 않았다.

R***[42]의 작품으로 대중은 침수당했다. 그의 침대 머리맡엔 인쇄기가 놓여 있을 것이다. 제발 그의 '끔찍한 생산'으로 고통받는 것이 다행스럽게도 그 인쇄기 하나뿐이었으면 한다. 천박하고 기는 듯한 문체, 항상 가장 나쁜 집단에서 뽑아낸 구역질 나는 사건들, 장황함의 장점 외에는 어떤 장점도 없는…… 후추 장사들이나 그에게 감사할 것이다.

이제 우리는 새로운 소설들을 분석해야 할 것 같다. 마법과 환상 효과가 장점의 전부라고 할 수 있는 이러한 종류의 소설들 중 최고의 것으로 『수도사』[43]를 꼽을 수 있을 텐데, 이 작품은 모든 점에서 래드클리프[44]가 보여주는 화려한 상상력의 기묘한 도약을 능가한다. 그러나 이야기가 길어질 우려가 있으니, 누가 뭐라 해도 이 장르에 분명 어떤 장점이 있다는 사실만 인정하고 넘어가도록 하자. 이 장르는 전 유럽이 겪은 혁명적 동요의 필연적인 소산이었다. 악인들이 인간에게 가할 수 있는 모든 불행을 겪고 난 사람들에게 소설 쓰기가 힘들어진 만큼 읽는 것도 지루해졌다. 가장 유명한 소설가가 그린다 할지라도 백 년 이상이 소요될 그런 불행을 지난 4, 5년 동안 겪지 않은 사람이 없었다. 그래서 흥미로운 제목이라는 느낌을 주기 위해서 지옥에다 도움을 청해야 했고, 공상의 세계를 제시하면서 철의 시대의 인간의 역사를 뒤져야만 자세히 알 수 있을 것들을 보여주어야 했던 것이다. 이러한 방식의 글쓰기는 너무도 많은 폐단을 보여준다! 『수도사』의 저자라고 해서 래드클리프보다 그러한 폐단을 더 잘 막을 수는 없었다. 두 가지 중 한 가지 폐단이 필연적으로 생겨날 수밖에 없기 때문이다. 즉 마법을 전개시켜야만 하는데, 그러면 당신의 이야기는 더이상 흥미를 끌지 못할 것이다. 아니면 결코 비밀의 장막을 걷지 않아야 하는데, 그러면 당신의 이야기는 세상에서 가장 있을 법하지 않은 이야기가 되어버린다. 이 두 암초 중 어디에도 부딪혀 부서지지 않고 이 장르에서 목적을 달성하는 좋은 작품이 나오길 바라며, 그때 우리는 그 방법을 비난하기

도나시앵 알퐁스 프랑수아 드 사드

는커녕 그 작품을 하나의 모델로 제시할 것이다.

'소설 작법의 규칙들은 무엇인가?'라는 세번째 질문이자 마지막 질문에 들어가기 전에, 성미가 까다로운 몇몇 분들이 끊임없이 제기하는 질문에 답변해야 할 것 같다. 정작 마음은 도덕과 멀리 떨어져 있기 일쑤지만 도덕으로 겉치레하기를 좋아하는 그들은 끊임없이 묻는다. '소설이 어디에 소용됩니까?'

소설이 무슨 소용이 있느냐고? 위선적이고 타락한 자들이여, 당신들만이 이런 우스꽝스런 질문을 한다. 소설은 당신들을 그리는 데, 붓이 가져올 결과를 두려워하기 때문에 그로부터 벗어나길 원하는 거만한 인간들인 당신들을 있는 그대로 그리는 데 쓰인다. '유구한 풍속의 그림'이라고 할 수 있을 소설은 인간을 알고자 하는 철학자에게 역사만큼이나 필수불가결하다. 역사의 끝은 자신을 보여주는 인간을 새길 뿐이다. 그런데 이때 인간은 더이상 자기 자신이 아니다. 야망과 자만이라는 가면이 그의 얼굴을 덮고 있기 때문에 우리는 이 두 정열만을 볼 뿐 인간 그 자체는 볼 수 없다. 반대로 소설의 붓은 인간을 내면에서 파악하기 때문에…… 가면을 벗은 순간의 인간을 포착한다. 그러므로 그 그림은 보다 흥미로울 뿐 아니라 동시에 훨씬 더 사실임 직하다. 자, 이것이 바로 소설의 유용성이다. 소설을 좋아하지 않는 차가

운 검열관들이여, 당신들은 '왜 초상화를 그리는 것이지?'라고
묻는 앉은뱅이를 닮았다.

소설이 유용하다는 것이 사실이라면, 이제 이 장르를 완성시
키기 위해 필요하다고 생각되는 몇 가지 원칙을 밝히기를 두려
워하지 말자. 그런데 나 자신을 겨누게 될 무기를 넘겨주지 않
고 내가 이 일을 완수하기란 쉽지 않으리라는 느낌이 든다. '잘
만들기' 위해 필요한 것을 내가 알고 있다는 사실을 보여준다면,
'잘 만들지' 못한 나는 이중으로 잘못을 저지르는 것이 아닐까?
아! 쓸데없는 생각일랑 던져버리자. 예술에 대한 사랑을 위해
이러한 생각은 과감히 지워버리자.

소설이 요구하는 가장 근본적인 지식은 분명 인간의 마음에
대한 지식이다. 그런데 훌륭한 사람들이 모두 동의하듯이, 이 중
요한 지식은 '불행'이나 '여행'을 통해서만 얻어질 수 있다. 인간
을 제대로 이해하기 위해서는 많은 나라의 사람들을 보아야 하
고, 그들을 올바로 평가하기 위해서는 그들의 피해자가 되어보
아야 한다. 불운은 자신이 박해하는 자의 성격을 고양시키면서,
인간을 연구하기에 적절한 거리에 그를 위치시킨다. 마치 폭풍
우로 인해 조난당한 여행자가 암초 위에 서서 격노하는 파도가
암초에 부딪쳐 부서지는 것을 바라보듯이, 불운의 희생자는 적

절한 거리를 두고 인간을 바라본다. 그런데 자연이나 운명이 그를 어떠한 상황에 놓을지라도, 그가 인간을 이해하고자 한다면 말을 아껴야 한다. 말을 할 때 우리는 아무것도 배울 수 없다. 반면 경청하면서 우리는 많은 것을 알게 된다. 일반적으로 수다쟁이가 바보인 것은 이러한 이유에서이다.

아, 이 험난한 길을 가고자 하는 그대여! 소설가란 자연인이라는 사실을 명심하기 바란다. 자연은 자신의 화가로 소설가를 창조했다. 세상에 태어나자마자 자기 어머니의 연인이 되지 않은 자는 결코 한 줄도 쓰지 말 것이며 우리는 그의 작품을 읽지 않을 것이다. 그러나 그가 모든 것을 그리려는 불타는 갈증을 경험했다면, 자신의 예술을 찾고 또 모델을 길어오기 위해 전율하며 자연의 가슴을 갈라보았다면, 뜨거운 재능과 열정적인 천재성을 가지고 있다면, 그는 자신을 인도하는 손을 따라야 할 것이다. 그는 인간을 꿰뚫어 보았고, 인간을 그려낼 것이다. 상상력을 펼치며 그가 자신이 본 것을 더욱 돋보이게 제시하길 바란다. 바보는 장미를 꺾어 꽃을 따지만, 천재는 그 향기를 맡고 그것을 그린다. 바로 이런 사람의 글을 우리가 읽게 된다.

그런데 돋보이게 만들라고 충고한다고 해서, 사실임 직함에서 멀어지라는 이야기는 아니다. 독자는 너무 많은 것을 요구받고 있다고 느낄 때 화를 낼 권리가 있다. 독자는 작가가 자기를 속이려 하는 것을 잘 알아차리며, 또 그로 인해 자존심에 상처를 입는다. 자기를 속이려 한다는 것을 의심하게 되는 순간부터 그는 더이상 아무것도 믿지 않는다.

우리에게 즐거움을 주기 위해 그 재갈을 벗어버리는 것이 필요하다면, 어떤 장애에도 굴하지 말고 또 역사의 모든 일화들을 훼손할 수 있는 권리도 마음껏 행사하라. 다시 한번 말하지만, 우리는 있는 그대로를 그리라고 그대에게 요구하지 않는다. 다만 있을 수 있는 것, 사실임 직함을 보여달라고 요구할 뿐이다. 그대에게 너무 많은 것을 요구하면 우리가 누릴 수 있는 즐거움이 줄어들지도 모르겠다. 어쨌든 사실을 불가능한 것으로 대체하지는 말며, 그대가 창조하는 것이 잘 표현되도록 하라. 아름답게 장식하고 마음을 사로잡아야 하는 절박한 상황에 처할 때에만 진리의 자리에 그대의 상상력을 놓도록 하라. 원하는 것을 모두 말할 수는 있을지라도 서투르게 말할 권리는 결코 인정되지 않는다. 그대가 만약 R***처럼…… '모든 사람이 알고 있는 것'만 쓴다면, 그처럼 한 달에 네 권씩 우리에게 안겨준다면, 고생스럽게 펜을 들 필요가 없다. 아무도 그대에게 이 직업을 선택하라고 강요하지 않았다. 그러나 일단 그대가 이 일을 시작했다

도나시앵 알퐁스 프랑수아 드 사드

면, 제대로 해야 한다. 무엇보다 이 일을 그대의 생계와 관련짓지 말라. 그렇게 되면 그대의 작업은 그대의 곤궁함으로부터 자유로울 수 없을 것이고, 그대의 약점이 그 속에 드러날 것이다. 그대의 작품은 기아의 창백함을 띠게 될 것이다. 그대가 선택할 수 있는 직업이 널려 있으니, 구두를 만들지언정 책은 쓰지 말라. 그렇다고 해서 우리가 그대를 무시하지는 않을 것이다. 그대가 우리를 지겹게 만들지 않는다면 아마 우리는 그대를 더 좋아할지도 모른다.

초안이 일단 완성되면, 초안을 넓히기 위해 열심히 작업하라. 초안이 규정하는 한계 안에 갇히게 되면 그대는 빈약하고 차가워질 것이다. 우리가 그대에게 바라는 것은 도약이지 규칙들이 아니다. 초안을 뛰어넘고, 다양하게 만들고, 확장시켜라. 생각은 작업을 하는 도중에 떠오르는 법이다. 그대가 글을 쓸 때 그대를 압박하는 생각이 초안이 강요하는 생각만큼 좋지 않으리란 법은 없다. 내가 그대에게 요구하는 것은 마지막 페이지까지 흥미를 유지시키라는 것, 그 한 가지뿐이다. 만약 이러저러한 사건으로 이야기의 흐름을 끊어놓거나, 지나치게 사건들을 반복하거나, 주제와 상관없는 사건들을 늘어놓는다면 목표를 달성할 수 없다. 그러므로 기초가 된 사건보다 그대가 덧붙일 사건들에 더 정성을 들여야 한다. 새로운 사건을 보여주면서 독자의 흥미를 끌던 이야기를 중단했으니, 독자에게 보상을 해주어야 한다. 독자는 당신이 이야기를 잠시 중단하는 것을 허용해줄 수는 있지만 자신을 지겹게 만드는 것은 용서하지 않을 것이다. 일화들은 언제나 주제에서 생겨나 다시 주제로 귀결하도록 하라. 그대는 주인공들이 여행하는 나라를 잘 알아야 하며 또 독자가 그들과 자신을 동일시할 정도로 마술을 부려야 한다. 주인공의 발길이 닿는 어디에나 독자가 그와 함께 산책하고 있다고 그대는 생각해야 한다. 아마도 그대보다 아는 것이 더 많을 독자는 사실임 직하지 않은 풍속과 부적절한 의상, 더더욱 잘못된 지리를 보여주는 그대를 용서하지 않을 것이다. 그 누구도 그대에게 이러한 여행을 보여달라고 강요하지 않은 만큼, 지리적인 묘사는 사실적이어야 한다. 그럴 수 없다면 그대의 집 난로 옆에 머물러 있어라. 그대가 독자를 상상의 나라로 데려가지 않는 한, 지리적인 묘사는 작품 속에서 창작이 허용되지 않는 유일한 경우이며, 설사 그곳이 상상적인 곳이라 하더라도 나는 사실임 직해야 한다고 주장할 것이다.

도덕으로 어색하게 치장하지 말라. 소설에서 사람들이 찾는 건 도덕이 아니다. 계획상 반드시 필요한 인물들이 때때로 이치를 따져야 할 경우, 그때라도 추론한다는 의식이 없을 정도로 자연스러워야 하며, 상황에 의해 어쩔 수 없이 도덕론을 펼쳐야 하는 경우라 할지라도 그것을 하는 자는 인물이어야지 결코 저자여서는 안 된다.

결말은 어색하거나 의도적인 느낌이 들지 않게, 항상 상황으로부터 자연스럽게 귀결되어야 한다. 나는 그대에게, 백과전서의 작가들처럼 결말을 '독자의 욕구에 부합'하도록 만들라고 요구하지 않는다. 독자가 모든 것을 예측하고 있다면, 그에게 무슨 즐거움이 남아 있겠는가? 앞선 사건들이 준비한 대로, 사실임 직함이 요구하는 대로, 상상력이 영감을 준 대로 결말은 나야 한다. 내가 부과한 이러한 원칙을 그대의 취향과 정신이 펼쳐 보인다면, 그대가 설령 잘하지 못한다 할지라도, 적어도 우리보다는 잘할 수 있을 것이다. 사실, 앞으로 독자들이 읽게 될 이 책의 단편소설들에서 우리가 보여줄 대담한 비상이 항상 예술의 엄격한 규칙에 부합하지는 않는다는 점을 인정하겠다. 하지만, 인물들이 보여주는 극단적인 진실이 이러한 결점을 보상해주리라 기대해본다. 모럴리스트들이 제시하는 것보다 훨씬 이상한 자연은 모럴리스트들의 전략이 규정하고자 하는 제방을 매 순간 뛰어넘는다. 균일하게 계획되어 있으나 드러나는 방식은 불규칙하며,

항상 동요하는 가슴을 지닌 자연은 화산의 중심 같아서 차례차례 인간의 사치에 사용되는 보석 혹은 인간을 파괴하는 불덩이를 뿜어낸다. 자연이 지구를 안토니우스나 티투스[45]로 가득 채울 때 자연은 위대하다. 자연이 지구에 안드로닉스나 네로 같은 인간들을 토해낼 때 자연은 끔찍하다. 그러나 자연은 언제나 숭고하고, 언제나 장엄하며, 언제나 우리의 연구와 묘사와 찬미의 대상이 될 만하다. 자연의 변덕이나 필요의 노예인 우리로서는 자연의 의도를 알 수 없기 때문에, 자연의 변덕이나 필요에 의해 우리가 경험하게 된 것에 의거해 자연에 대한 우리의 애정을 결정해서는 결코 안 된다. 그 결과가 어떠하든 간에 자연의 위대함과 에너지를 보고 자연에 대한 우리의 애정을 결정해야 한다.

자연이 더 많이 연구되고 분석됨으로써, 더 많은 편견이 타파됨으로써, 사람들이 타락하고 한 국가가 노화되어감에 따라, 자연에 대해 더 많이 알게 해야 한다. 이 법칙은 예술에 있어서도 마찬가지다. 앞으로 나아갈 때만 예술은 완벽해지고, 시도를 해야만 목적에 가닿을 수 있다. 예술을 애호하고자 했던 자들을 사형에 처하고, 예술이 종교의 칼 아래 굴복당한, 종교재판의 화형대 위에서 재능의 대가를 치러야 했던 끔찍한 무지의 시대에서는 지나치게 멀리 밀고 나갈 수 없었을지도 모른다. 그러나 지금

도나시앵 알퐁스 프랑수아 드 사드

우리의 상황에선 언제나 다음과 같은 원칙에서 출발하자. 인간이 자신의 모든 재갈을 차분히 검토하고 났을 때, 대담한 시선으로 자신의 울타리를 측정할 때, 티탄족처럼 하늘에까지 과감히 손을 갖다댈 때, 티탄족들이 베수비오 화산의 용암으로 무장했듯이 정열로 무장한 인간이 과거 그를 떨게 만들었던 자들에게 전쟁을 선포할 때, 연구 결과 인간의 '탈선'조차도 정당화될 수 있는 '실수'에 불과한 것으로 여겨질 때, 이때는 인간의 행동이 과감한 만큼 과감하게 그에게 말을 걸어야 하지 않을까? 한마디로 18세기의 인간은 11세기의 인간이 아니다.

이 책에 실린 단편소설들은 전적으로 새로운 것으로, 이미 알고 있는 내용에 수를 놓은 것이 아니라는 틀림없이 확실한 사실로 우리의 이야기를 끝내기로 하자. 모든 것이 이미 '만들어진' 것 같은 시기, 작가들의 고갈된 상상력이 더이상 새로운 것을 만들어낼 수 없어 보이는 시기, 작가들이 대중에게 표절과 발췌, 혹은 번역 외의 작품을 더이상 제공하지 않는 지금, 이 책에 실린 소설이 가진 이러한 특징은 아마 어떤 의미가 있을 것이다.

반면, 「마법의 탑」과 「앙부아즈의 음모」는 역사적 사실에 근거한 작품이다. 솔직한 우리의 고백에 미루어볼 때, 우리에게 독자를 속이려는 마음이 없음을 알 수 있을 것이다. 이 장르에 있어서는 독창적이어야 한다. 그렇지 않으면 끼어들지 말아야 한다.

　언급한 두 작품의 기원은 다음과 같다.

　오늘날 우리의 문학가들에게는 거의 알려지지 않은 작가인 아불 세킴 테리프 아벤 타리크Abul-cœcim-terif-aben-tariq[46]라는 아랍의 역사가는 「마법의 탑」에 대해 다음과 같이 말한다. "나약한 군주, 로드리그는 관능의 원칙에 따라 신하들의 딸들을 궁전으로 불러모아 즐겼다. 그중 줄리앙 백작의 딸인 플로렝드라는 아가씨가 있었는데, 로드리그가 그녀를 범하자 아프리카에 가 있던 아버지에게 이 사실을 암시하는 편지를 보낸다. 백작은 무어인들을 봉기시키고 그들의 우두머리가 되어 스페인으로 돌아온다. 로드리그는 어떻게 해야 할지 몰랐다. 금고는 텅텅 비어 있고, 진을 칠 요새도 없었던 것이다. 그는 마법의 탑에 가면 엄청난 돈을 찾을 수 있으리라는 이야기를 듣고 톨레도 근처에 있는 탑으로 간다. 탑으로 들어간 그는 몽둥이로 종을 치며 시간을 알리는 크로노스 신의 동상과 그가 큰 불운을 겪게 되리라는 문구가 동상에 새겨져 있는 것을 보게 된다. 로드리그는 앞으로 나아갔고 커다란 물통을 발견하지만 돈을 찾지는 못한다. 그는 오던 길을 돌아나와 탑을 닫게 했다. 그때 벼락이 치며 탑을 날려버렸고, 그 자리에는 흔적만이 남았다. 불길한 예언에도 불구하고 왕

도나시앵 알퐁스 프랑수아 드 사드

은 군대를 모아 코르도바 인근에서 전투를 하다 일주일 후 결국 전사한다. 그의 시체는 발견되지 않았다."

이것이 역사가 우리에게 제공한 사실이다. 이제 우리의 작품을 읽어보라. 이 빈약한 사건에 우리가 첨가한 수많은 사건들을 보고 우리가 그 일화를 우리의 것으로 간주할 자격이 있는지 없는지 판단해보기 바란다.[47]

「앙부아즈의 음모」에 관해서는 가르니에[48]가 기록한 것을 읽어 보기 바란다. 그러면 우리가 역사에서 가져온 것이 거의 없다는 사실을 알게 될 것이다.

그 외의 소설들은 어떤 안내서도 없이 만들어졌다. 내용, 서술, 일화 모든 것이 우리의 것이다. 가장 행복한 것이 바로 이런 것이리라. 상관없다. 비록 빈약하다 할지라도 창작을 하는 것이 베끼거나 번역하는 것보다 훨씬 의미 있다고 우리는 항상 믿어왔고 또 계속 믿을 것이다. 창작하는 사람들은 재능에 대한 자부심을 가지고 있으며, 적어도 이것은 하나의 자부심이다. 표절하는 사람들의 자부심은 어떤 것일까? 나는 그보다 저급한 직업을 본 적이 없다. 다른 사람의 지성을 어쩔 수 없이 빌려야 하기 때문에 정작 자신들은 지성이 없어야 한다고 직접 털어놓을 수밖에 없는 사람들의 고백보다 더 치욕적인 고백을 나는 생각할 수 없다.

번역가에 대해서 말하자면, 우리가 그들의 공로를 인정하지 않는다는 말은 당치 않다. 그러나 번역가는 우리 경쟁자들의 가치를 높여줄 뿐이다. 조국의 영광을 위해서라도 이 거만한 경쟁자들에게 '우리도 역시 창조할 줄 안다'고 말해주는 것이 더 낫지 않을까.

끝으로, 『알린과 발쿠르』[49] 출판 당시 나에게 쏟아진 비난에 대해 답하고자 한다. 사람들은 나의 붓이 지나치게 강했다고, 죄악을 과도하게 끔찍한 모습으로 그렸다고 했다. 그 이유를 알고 싶은가? 죄악을 좋아하게 만들고 싶지 않았기 때문이다. 나는 크레비용이나 도라처럼 여인들이 자신을 기만하는 인물들을 열광적으로 좋아하게 만들려는 위험한 계획을 가지고 있지 않다. 반대로 나는 여인들이 그들을 증오하길 바란다. 그것이 여인들이 그들에게 속아 넘어가는 것을 막을 수 있는 유일한 방법이다. 이를 위해 나는 죄악의 삶을 살아가는 주인공들을 최대한 끔찍한 인물로 만들어 그들이 어떤 동정심도 어떤 애정도 일으키지 못하도록 했다. 이 점에 대해서 감히 말하건대, 나는 이러한 주인공들을 미화해도 좋다고 생각하는 자들보다 훨씬 도덕적이다. 이들 작가의 유해한 작품들은 아주 예쁜 색깔 아래 죽음을 숨기

198

고 있는 아메리카의 과일들과 비슷하다. 하지만 인간이 그 목적을 알 수 없는 이러한 자연의 배신은 인간사의 경우에는 해당되지 않는다. 반복해서 말하지만, 나는 지옥의 색깔이 아니고서는 결코 범죄를 그리지 않을 것이다. 나는 사람들이 벌거벗은 범죄를 보기를, 그래서 그것을 두려워하고 증오하기를 바란다. 이를 위해서는 범죄를 특징짓는 모든 공포와 함께 범죄를 제시하는 것 외에 다른 방법이 없다. 범죄를 장미로 치장하는 자들은 불행할지니! 그들의 관점은 순수하지도 않으며 나는 그들을 결코 모방하지 않을 것이다. 그러니 더이상 소설 『J***』[50]를 내가 쓴 작품이라 생각하지 말아달라. 나는 결코 그러한 작품들을 쓴 적이 없으며, 물론 앞으로도 결코 쓰지 않을 것이다. 내가 이렇게 확실하게 부인하는데도 불구하고 나를 그 소설의 저자라고 의심하며 여전히 비난하는 자들은 바보 아니면 나쁜 사람들일 뿐이다. 극도의 무시야말로 이후 내가 그들의 중상모략에 맞서는 유일한 무기가 될 것이다.

사랑의 범죄

12

나는 그대로 해서 살게 되었다

노발리스(1772~1801)는 '새로운 땅을 개척하는 자'라는 뜻의 예명이다. 본명은 프리드리히 폰 하르덴베르크Friedrich von Hardenberg. 독일의 대표적인 초기 낭만주의 시인이다. 노발리스는 연인이자 약혼녀였던, 조피 폰 퀸의 사망으로 느낀 비통한 심경을 『밤의 찬가』라는 문학적 서사시로 승화시켰으나 그 역시 29세의 젊은 나이로 요절한다. 『파란꽃』은 그가 세상을 떠난 후 발표된 미완성 장편소설로, 주인공인 중세 기사는 꿈에서 만난 소녀, '파란꽃'을 찾아 떠난 여정을 통해 대시인으로 성장해간다. 이후 '파란꽃'은 낭만적 동경을 상징하는 표현으로 사용되었다.

Novalis

파란꽃

Heinrich von Ofterdingen, 1802

그대는 내게 고귀한 충동을 일으켜
넓은 세계의 정서 깊숙이 빠지게 하네.
그대 손이 나를 잡아 믿음을 주니
온갖 폭풍우를 헤치고 나를 날라주리.

그대 꾸중하면서 아이를 돌보며
그와 더불어 전설의 목초지를 지나네.

부드러운 여인의 원형原形으로서

소년의 가슴을 한껏 뛰놀게 하네.

무엇이 이 지상의 짐에 나를 얽매어놓고 있는가?

나의 가슴과 나의 삶은 영원한 당신의 것이 아니란 말인가?

그대 사랑은 이 지상에서 나를 감싸주지 않는단 말인가?

나는 그대 고귀한 예술에 나를 바칠 수 있노라.

그대, 사랑하는 이여, 뮤즈가 되어

내 시의 고요한 수호신이 될지니.

영원한 변화 속에서 이곳 지상의

노래의 은밀한 힘이 우리에게 인사하노라.

이곳에서는 젊음으로서 우리를 에워싸 흐르고,

그곳에서는 영원한 평화로서 그 나라를 축복하도다.

그 힘은 우리의 두 눈에 빛을 부어주며

우리에게 모든 예술의 의미를 일러 정해주며

기쁜 마음, 피곤한 마음을

깊은 귀의심歸依心에 빠진 가운데 즐기고 있는 바로 그것이지.

그대 가득한 가슴에서 나는 삶을 마셨지.
나는 그대로 해서 나의 모든 것이 되었고
즐겁게 내 얼굴을 들 수 있었소.

아직도 내 높은 뜻은 깜빡거린다오.
거기서 나는 그 힘이 천사로서 내게 떠오르는 것을 보았지.
그대 팔을 향해 날아가, 눈떠 있는 것을 보았소.

204

노발리스

13

해적판이 나돌아다니고 있어서

앙리 뱅자맹 콩스탕 드 르베크(1767~1830)는 프랑스의 정치인이자 소설가였다. 자유주의적 입헌왕정주의자였다. 대의원, 참의원 등을 지내고 나폴레옹 정권 초기에도 참여했으나, 자유주의적 사상을 탄압하자 독일로 망명했다. 『아돌프』는 스탈 부인과의 사랑을 바탕으로 한 자전적인 소설로 프랑스 근대 심리소설의 대표작으로 평가받는다. 우아하고 논리적인 문장과 함께 인물의 허위를 벗겨내는 작가의 진솔한 윤리의식은 『아돌프』를 '프랑스어로 창작된 가장 아름답고 진실한 작품'의 반열에 올려놓는 데 성공했다.

아돌프

Adolphe, 1816

10년 전에 출간된 이 책을 중판하기로 동의하면서 나는 다소 망설이지 않을 수 없었다. 벨기에에서 이 책의 해적판이 만들어지고 있다는 게 확실치 않았다면, 그리고 독일에서 만들어져 프랑스로 반입되고 있는 해적판이 대부분 그렇듯이 벨기에에서 만들어질 해적판에도 내가 관여하지 않은 수많은 가필과 수정이 행해질 염려가 없다면, 나는 결코 이 기록에 구애받지 않았을 것이다. 본디 이 책은 등장인물이 두 사람뿐이고, 게다가 그 배치가 항상 똑같은 소설도 독자들에게 흥미를 안겨줄 가능성이 있다는 것을 시골에서 만난 몇몇 친구에게 증명하고 싶어서 쓴 것이기 때문이다.

　일단 이 일에 착수한 나는 문득 떠오른 생각들, 게다가 뭔가에 도움이 될 것처럼 보이는 몇 가지 생각을 더욱 발전시켜보기로 마음먹었다. 아무리 무정한 마음을 가진 사람이라도 상대에게 안겨준 고통을 보면 그 자신도 괴롭다는 것, 그리고 자기 자신을 실제보다 경박하다거나 타락했다고 믿는 것은 착각이라는 것을 나는 묘사해보고 싶었다. 멀리 떨어져 있으면, 자기가 자기한테 주는 고뇌의 모습은 마치 쉽게 가로지를 수 있는 구름처럼 희미해 보인다. 사람들은 흔히 세간의 찬사에 용기를 얻지만, 이 세간이란 것은 완전히 엉터리여서, 규칙에 따라 주의主義를 보충하고 관습에 따라 감동을 보충하고, 추문도 배덕으로 미워하는 것이 아니라 단지 번거로운 것으로 미워할 뿐이다. 다시 말해서 추문만 없으면 악덕도 좋게 받아들이는 것이 세상 인심이다.

　반성 없이 맺어진 관계는 고통 없이 깨질 수도 있다고 사람들은 생각한다. 그런데 사람들은 그 관계가 깨진 데서 오는 고민이나 배신당한 영혼의 비통한 놀라움이나 완전한 신뢰 뒤에 이어지는 의심, 어떤 한 사람을 의심한 결과가 세간 전체로까지 퍼져가고 스스로 짓밟은 존경을 돌이킬 수 없게 된 것을 보고서야 사랑하기 때문에, 고민하는 마음속에는 무언가 신성한 것이 존재한다는 사실을 깨닫는다. 함께 느끼지 않고 상대한테만 느끼게 했다고 믿는 그 애정의 뿌리가 얼마나 깊은 것인지를 깨닫는 것이다. 우리가 약한 마음이라고 부르는 것을 이기려면, 우선 마음속에 있는 관대함을 모두 때려부수고 충실함을 모두 찢어발기고 고상하고 훌륭한 것을 모조리 희생해야 한다. 이 투쟁은 무관한 사람이나 친구들한테는 갈채를 받지만, 그 승리에서 다시 일어섰을 때는 제 영혼의 일부를 죽이고 남의 동정을 손상시키고 도덕을 자기 냉혹함의 구실로 삼아 능욕해버린 뒤다. 그리고 사람은 자신의 가장 좋은 성질을 잃어버리고, 이 슬픈 성공으로 얻은 치욕과 타락 속에서 덧없이 살아가게 된다.

이상이 『아돌프』에서 내가 묘사하고 싶었던 광경이다. 내가 거기에 성공했는지 어떤지는 모르겠다. 다만 내가 만난 독자들 대다수가 자신들도 이 주인공과 똑같은 처지에 놓인 적이 있었다고 말한 것으로 보아, 적어도 어느 정도는 진실이라는 가치가 있는 듯하다. 물론 상대에게 준 고통에 대해 그들이 보이는 회한 속에는 무언가 자기만족 같은 것이 엿보인 것도 사실이다. 그들 대부분은 일부러 자신에게 상처를 주었고, 허영심이 그들을 움

앙리 뱅자맹 콩스탕 드 르베크

직이지 않았다면 그들의 양심은 평안할 수 있었을 것이라고 나는 생각한다.

어쨌거나 지금의 나는 『아돌프』에 관한 것에는 지극히 무덤덤해져 있다. 나는 이 소설에 어떤 가치도 인정하지 않는다. 따라서 한 번 읽었다 해도 지금쯤은 아마 잊어버렸을 일반 독자들 앞에 이 책을 다시 내놓으면서, 나는 이 판과 내용이 다른 판은 내가 쓴 것이 아니며, 따라서 나한테는 책임이 없다는 점을 선언해두고 싶다. 군이 중판 발행에 동의한 것은 그 때문이다.

14

내적 연관성을 지닌 조각들

카를 필리프 고틀리프 폰 클라우제비츠(1780~1831)는 프로이센의 장군이 자 군사이론가이다. 프랑스혁명, 나폴레옹 전쟁, 해방전쟁이 이어지는 혼 란한 시대에 살았다. 클라우제비츠의 『전쟁론』은 당대의 실증주의적 전쟁 이론들과 달리 인간의 정신을 고려한 전쟁이론을 확립하려고 했다는 점에 서 혁명적인 저서로 평가받는다. 전쟁은 수단이고 정치가 목적이라는 주장 은 불변의 명제가 되었다. 클라우제비츠는 나폴레옹 전쟁 이후 『전쟁론』을 집필하지만 마무리하지 못하고 콜레라로 1831년 세상을 떠났다. 아내 마리 가 그의 작업을 이어받아 사후 1832년에 『전쟁론』을 출판했으며, 편집자이 자 남편을 사랑한 아내로서 서문을 쓰기도 했다. 마리 역시 1836년 세상을 떠나 남편 곁에 묻혔다. 마리의 비문은 다음과 같다. "쓰라린 죽음도 사랑을 갈라놓진 못한다Amara Mors Amorem non separat."

Carl Phillip Gottlieb von Clausewitz

전쟁론[1]

Vom Kriege, 1832

과학적이라는 것의 개념이 오로지 또는 주로 체계와 완성된 학설에만 있는 것이 아니라는 사실은 오늘날 논쟁을 필요로 하지 않는다. 체계는 이 책의 서술에서 언뜻 볼 때 전혀 찾을 수 없다. 이 책은 완성된 학설이 아니라 미완성의 조각이다.

과학의 형식은 전쟁 현상의 본질을 연구하려고 노력하는 것이고, 현상과 여러 가지 요소가 지닌(이 요소에서 현상이 구성되는데) 성질의 관계를 보여주려고 노력하는 것이다. 저자는 어떠한 경우에도 철학적인 일관성을 피하지 않았다. 하지만 그것이 지나치게 가느다란 실로 이어질 때 저자는 차라리 그 실을 끊고 그것에 상응하는 경험의 현상을 다시 연결하는 것을 선호했다. 많은 식물은 줄기가 지나치게 높이 자라지 않을 때만 열매를 맺는데, 이처럼 현실의 기술에서도 이론의 잎과 꽃은 지나치게 무성하게 자라서는 안 되고 경험, 즉 기술의 본래의 토양 근처에 있어야 한다.

밀알의 화학적인 성분에서 열매를 맺은 이삭의 모습을 연구하려고 하는 것은 확실히 잘못일 것이다. 다 자란 이삭을 보고 싶으면 밀밭으로 가기만 하면 되기 때문이다. 연구와 관찰, 철학과 경험은 결코 상대를 경멸해서도 안 되고 배제해서도 안 된다. 그것은 상대를 상호 보증하는 관계이기 때문이다. 그래서 이 책의 명제들은 내부적인 필연성으로 연결되어 작은 아치를 이루고 있고, 외부의 받침대로서 경험이나 전쟁 자체의 개념에 토대를 두고 있다. 그 명제들은 이 받침대 없이는 성립할 수 없다.[2]

본질적인 내용으로 가득 찬 체계적인 전쟁 이론을 쓰는 것은 아마 불가능하지 않을 것이다. 하지만 지금까지 있었던 이론은 그런 것과 상당히 거리가 멀었다. 그런 이론의 비과학적인 정신은 완전히 잊어버린다고 해도 그런 이론은 여러 가지의 평범한 것, 낡은 것, 점잖은 척하는 것으로 이루어진 체계를 유기적이고 완전하게 만들려는 노력으로 넘쳐흐르고 있다. 이런 종류의 이론에 꼭 맞는 모습을 보려면 리히텐베르크의[3] 소방 규정에서 일부만 읽어보면 된다.

"어느 집에 불이 나면 무엇보다 먼저 그 왼쪽에 있는 집의 오른쪽 벽과 오른쪽에 있는 집의 왼쪽 벽을 덮으려고 해야 한다. 예를 들어 왼쪽에 있는 집의 왼쪽 벽을 덮으려고 한다면, 그 집의 오른쪽 벽은 오른쪽 집의 왼쪽 벽과 닿아 있기 때문이다. 그래서 불이 이 벽과 오른쪽 집의 오른쪽 벽에 닿아 있기 때문에 (그 집은 불난 집의 왼쪽에 있다고 전제했기 때문에) 오른쪽 벽은 왼쪽 벽보다 불에 가깝다. 그 집의 오른쪽 벽을 덮지 않으면 불이 왼쪽 벽으로 오기 전에 오른쪽 벽으로 옮겨붙을 수도 있을 것이다. 그래서 덮지 않은 벽에도 불이 날 수 있을 것이다. 더욱이 그곳을 덮지 않으면 다른 곳에 불이 날 수도 있을 것이다. 그래서 그곳을 놔두고 다른 곳을 덮어야 한다. 한마디로 말해 다음과 같은 점을 유념해야 한다. 즉 어느 집에 불이 나면 그 오른쪽 집의 왼쪽 벽을 덮고 왼쪽 집의 오른쪽 벽을 덮어야 한다."[4]

저자는 이런 헛소리로 독자들의 정신을 놀라게 하고 싶지 않고, 별로 좋지 않은 것에 물을 부어 맛을 더 없게 만들고 싶지도

카를 필리프 고틀리프 폰 클라우제비츠

않다. 저자는 전쟁에 관한 다년간의 사색, 전쟁을 경험한 이성적인 사람들과 했던 교제, 저자 자신의 많은 전쟁 경험으로 알게 된 분명한 것을 순수한 금속의 작은 알맹이로 내놓고 싶다. 그래서 겉으로 별로 관련 없는 것처럼 보이는 많은 장들이 생겨났지만 그 장들에 내적인 연관성이 없지 않을 것이라고 믿는다. 아마 곧 저자보다 훌륭한 인간이 나타나서 그 인간이 여기에 있는 하나하나의 알맹이 대신에 전체를 불순물 없는 순수한 금속으로 주조할 것이다.

15

어른이 되기 위하여

쇠렌 오뷔에 키르케고르(1813~1855)는 덴마크의 실존주의 철학자이자 신학자, 시인이다. 다양한 가명을 써서 작품을 발표했고, 가명으로 본인의 작품을 스스로 비판하기도 했다. 『죽음에 이르는 병』은 스스로 독실한 기독교 신자가 되지 못함을 반성하며 안티-클리마쿠스Anti-Climacus라는 가명으로 발표한 책이다. 이 걸작은 단 두 달만에 쓰여진 것으로 그를 오랫동안 사로잡은 사색과 고뇌의 결과물이기도 했다. "이 병은 죽음에 이르지 아니한다"라는 그리스도의 말에서 유래한 '죽음에 이르는 병'은 곧 '절망'을 말한다. 그는 절망을 원죄에 빗대었고, 이 절망으로부터 회복하는 것이 곧 기독교인의 행복이라고 주장했다. 인정받지 못한 천재로 살다 1855년 마흔넷의 나이로 프레데릭 병원에서 세상을 떠났다.

Søren Aabye Kierkegaard

죽음에 이르는 병

Sygdommen til Døden, 1849

'이 병은 죽음에 이르지 아니한다'(요한복음 11장 4절). 그럼에도 불구하고 나사로는 죽었다. 그리스도께서 후에 다시 덧붙여서 '우리 친구 나사로가 잠들었도다. 그러나 내가 그를 깨우러 가노라'(11장 11절)라고 한 말을 제자들이 이해하지 못하였을 때, 그리스도께서는 제자들에게 '나사로는 죽었느니라'(11장 14절) 하고 말씀하신 것이다. 이리하여 나사로는 죽었으나 이 병을 죽음에 이르지 않았던 것이다. 즉, 그는 죽었지만 이 병은 죽음에 이르지 않았던 것이다.

이제 우리들은 그리스도와 함께 생활한 사람들이 '그들이 믿으면 하느님의 영광을 보게'(11장 40절) 되었을 이적異蹟, 그리스도께서 나사로를 죽음에서 일으키신 이적, 그러므로 '이 병'은 죽음에 이르지 않았을 뿐만 아니라, 그리스도께서 미리 말씀하신 바와 같이, '하느님의 영광을 위함이요, 하느님의 아들이 이로 인하여 영광을 받게 하기 위한'(11장 4절) 그런 이적을 그리스도께서는 염두에 두고 계셨다는 사실을 안다. 그러나 오호라, 비록 그리스도께서 나사로를 죽음에서 일으키지 않았다고 하더라도, 이 병은, 아니 죽음 그 자체도, 죽음에 이르는 것이 아니라는 것이 역시 참이 아닐까? 그리스도께서 무덤으로 가셔서 소리 높여 '나사로야, 나오너라'(11장 43절) 하고 외치신 것으로 보아, '이 병'이 죽음에 이르지 아니하는 병이라는 것은 너무나도 분명한 사실이다.

그러나 비록 그리스도께서 그런 말씀을 하시지 않으셨다고 할지라도, '부활이요 생명'(11장 25절)이신 그리스도께서 무덤에 가셨다는 단지 그 사실만으로도 '이 병'이 죽음에 이르지 않는다는 것을 의미하고 있는 것이 아닐까? 그리스도께서 거기에(무덤에) 계신다는 그 사실이 바로, 이 병이 죽음에 이르는 병이 아니라는 것을 의미하는 것이다! 또 나사로가 죽음에서 일깨움을 받았다는 사실도, 만약 그 소생蘇生이 결국에는 죽음의 고통을 겪으며 종말을 고해야만 할 것이라면, 그것이 나사로에게 무슨 도움이 되었으랴—만약 그리스도께서 그를 믿는 모든 자들에게 부활이요 생명이 되는 분이 아니었더라면, 그런 소생이 나사로에게 무슨 도움이 되었으랴! 아니다, 나사로는 병이 아닌 것이 아니고, 그리스도께서 거기에 계시기 때문에, 바로 그 때문에 이 병은 죽음에 이르지 않는 것이다. 왜냐하면 인간적으로 말해서 죽음은 일체의 최후이고, 또 인간적으로 말한다면 생명이 있는 한에서만 소망이 있는 것이다. 그러나 그리스도교적인 의미에 있어서는 죽음이란 결코 일체의 최후가 아니라, 죽음은 단지 일체의 것이 존재하고 있는 내부에서의, 즉 영원한 생명의 내부에서의 하나의 작은 사건에 불과한 것이다. 또 그리스도교적으로 이해한다면, 순전히 인간적으로 말해서 단순히 목숨이 있는 한에 있어서만 아니라, 또 그 생명이 건강과 힘에 넘쳐 있을 때에 있다는 희망보다도 훨씬 많은 소망이 죽음 속에 있는 것이다.

따라서 그리스도교적으로 이해한다면, 죽음조차 '죽음에 이르는 병'이 아니다. 하물며, 지상적이고 일시적인 고뇌라고 불리고 있는 일체의 것, 즉 사망, 병, 비참, 환난, 곤고, 재난, 번민,

근심, 비애 등 일체의 것이 '죽음에 이르는 병'이 아님은 두말할 필요도 없다. 그러므로 이러한 일체의 것이 아무리 견디기 어렵고 고통스럽고, 우리들 인간이, 혹은 고통을 받고 있는 당사자들이 '이건 죽음보다 더 고약하다'고 하더라도, 그런 일체의 것은 그것이 병이 아닌 한에 있어서 병과 동등하게 취급될 수는 있어도, 그럼에도 불구하고 그리스도교적인 의미에서는 그것들은 역시 '죽음에 이르는 병'은 아니다.

그리스도교는 그리스도인에게 일체의 지상적인 것과 세속적인 것에 관하여, 또 죽음까지도 이렇게 초연하게 생각하라고 가르쳐왔다. 인간이 항상 불행이라고 하고, 또 인간이 항상 최대의 재난이라고 부르고 있는 일체의 것에 관하여 그리스도인이 이렇듯 거만하게 초연히 설 수가 있다면, 이 때문에 그는 결국 거만한 심정을 갖게 될 것이라는 생각도 든다. 그러나 그리스도교는 다시 거기서 인간이 인간 자체로서는 전혀 알지 못하고 있는 하나의 비참을 발견하고 있는 것이다. 이 비참이 곧 죽음에 이르는 병이다.

자연적인 인간이 무서운 것이라고 손꼽는 것들을 모두 열거하고 나서 이 이상 열거할 것이 없을 경우에도, 그리스도인들에게는 그런 것들은 한낱 농담과도 같은 것이다.

자연 그대로의 인간과 그리스도인과의 관계는, 마치 아이와 어른과의 관계와도 같다. 아이들이 두려워하는 것을 어른들은 아무것도 아닌 것으로 생각한다. 아이들은 두려운 것이 무엇인가를 모른다. 그러나 어른은 그것을 알고 있고, 그것을 두려워한다. 아이들이 불완전한 점은, 우선 첫째로는 무서운 것이 무엇인지를 모른다는 점이고, 그다음으로는 무서워할 것이 못 되는 것을 무서워한다는 점이라는 결론이 나온다. 자연 그대로의 인간도 이와 마찬가지로, 참으로 무서운 것이 무엇인지를 모르지만, 그렇다고 무서워하는 일에서 벗어나 있는 것이 아니고, 오히려 무서워할 것이 못 되는 것을 무서워한다.

　하느님에 대한 이교도의 관계도 이와 같다. 이교도는 참 신神을 모르면서도 그것으로 그치는 것이 아니라, 우상을 신으로 숭배하는 것이다. 오로지 그리스도인만이 죽음에 이르는 병이 무엇인가를 이해한다. 그는 그리스도인으로서 자연인이 모르고 있는 용기를 획득하고 있다. 그는 한층 더 무서워해야 할 것을 두려워하는 것을 배움으로써 이 용기를 획득하였다. 인간은 항상 이러한 방법으로써만 용기를 획득한다. 보다 큰 위험을 무서워할 때, 사람들은 항상 보다 작은 위험 속에 들어갈 용기를 가지는 것이고, 또 하나의 위험을 무한히 무서워할 때는, 그 외의 다른 위험은 전혀 없는 것이나 마찬가지다. 그러나 그리스도인이 배워서 안 무서운 것은 '죽음에 이르는 병'이다.

16

미의 개념을 완벽하게 해주는 것

요한 카를 프리드리히 로젠크란츠(1805~1879)는 독일의 철학자이다. 낭만
주의적인 문학적 성향과 헤겔철학의 관념주의적 세계관을 바탕으로 다양한
분야를 넘나들며 사상을 전개했다. 그의 대표작인 이 책에서 로젠크란츠는
도시화와 빈곤화 등 사회에서 다양하게 드러난 추한 현상들을 언표화, 범주
화시키는 데 성공한다. 그는 미학의 영역에서 배제되어왔던 추를 미와의 변
증법적 관계에 놓고 '추의 미학'을 역설한다. 『추의 미학』에서 '추'는 미를 전
제해야 현존할 수 있는 상대적 개념이지만 그럼에도 그가 제시한 추의 부정
성은 예술에 새로운 지평을 열어놓았다.

Johann Karl Friedrich Rosenkranz

추의 미학

Ästhetik des Häßlichen, 1853

추醜의 미학이라고? 왜 있어서는 안 되는 것인가? 미학이란 것은 개념들의 커다란 그룹을 지칭하는 집합 이름이 되어버렸고, 이는 다시 세 범주로 나뉜다. 그 중 첫번째 범주는 미의 이념과 관련있고, 두번째 범주는 미의 생산개념, 즉 예술과 관련있으며, 세번째 범주는 예술장르의 체계와, 즉 예술을 수단으로 미의 이념을 특정한 매체로 표현하는 것과 관련있다. 우리는 첫번째 범주에 속하는 개념들을 미의 형이상학이라는 이름 아래 통

요한 카를 프리드리히 로젠크란츠

합하곤 한다. 그러나 미의 이념을 분석하게 되면 그것과 추에 대한 연구는 분리될 수 없다. 따라서 부정적 미로서 추라는 개념은 미학의 일부를 이룬다. 이런 추의 개념이 속할 수 있는 다른 학문 분야는 존재하지 않는다. 그러므로 추의 미학이라고 언급하는 것이 옳다. 어느 누구도 생물학에서 질병의 개념을 다룬다고 해서 놀라지 않으며, 윤리학에서 악의 개념을, 법학에서 불법의 개념을, 종교학에서 원죄의 개념을 다룬다고 해도 놀라지 않는다. 추의 이론이라고 말한다고 하여 이 개념이 속한 학문의 계보학을 그다지 규정적으로 표현해내는 것은 아니다. 이 일을 수행해내는 작업 자체가 그 명칭을 정당화시켜야 한다.

나는 노력을 기울여 미의 개념과 코믹의 개념 사이의 한가운데에 위치하는 추의 개념을 그 최초의 시작단계로부터 사탄의 형상으로 나타나는 완벽한 형태에 이르기까지 전개시켰다. 나는 이 추의 우주를, 그 최초의 혼돈과 안개 지역인 무정형과 비대칭에서 시작하여 풍자화에 의해 미가 무한히 다양하게 훼손되는 데서 나타나는 극도의 형태화에 이르기까지 펼쳐놓았다. 형태 없음, 부정확성, 그리고 기형화의 형태 파괴는 그 자체로 초지일관한 순차적 변형의 여러 단계를 형성한다. 보여주려고 했던 것은 어떻게 추가 미를 실제로 전제하고 있으며, 미를 어떻게 왜곡시키는지, 그리고 어떻게 숭고함 대신에 비열함을, 만족 대신에 역겨움을, 이상 대신에 풍자를 생산해내는지였다. 이 개념들의 전개를 알맞은 예로 설명하기 위해서 극히 다양한 민족의 예술 장르와 예술 시기 전부를 고려하였다. 이 예들은 미학의 이 어려운 부분을 앞으로 다룰 사람들을 위해서도 계속해서 소재와 (주장의) 근거가 되어줄 것이다. 나 자신이 이 작업의 불완전한 부분들에 대해 가장 잘 알고 있다고 생각하므로, 나는 이 작업을 통해서 지금까지 아주 분명하게 느꼈던 부족한 부분을 채울 수 있기를 희망한다. 추의 개념이 종래까지 때로는 산만하게 부수적으로만 다루어졌거나 때로는 아주 일반적으로 다루어져서, 일반적으로 다루어졌을 경우 추의 개념은 곧 아주 편협한 규정으로 굳어졌기 때문이다.

이를 실제로 알아보려고 하는 호의적인 독자가 이 모든 것을 사실이라고 인정한다고 하더라도, 그렇게 불쾌하고 혐오스러운 대상을 그렇게 철저하게 연구해야 하는가 하는 의문을 품을 수 있다. 연구를 해야만 한다는 것에 대해서는 의심의 여지가 없다. 왜냐하면 이 학문이 얼마 전부터 그 문제를 계속해서 새롭게 건드리고 있고, 그 결과 그 문제의 해결을 요구하고 있기 때문이다. 나는 물론 문제해결을 완수했노라고 주장할 생각은 없다. 그

요한 카를 프리드리히 로젠크란츠

저 사람들이 다른 영역에서처럼 여기서도 적어도 한 발자국은 앞으로 전진했다고 인정해주면 만족할 것이다. 인간 각자는 이 대상에 대해서 다음과 같이 생각할 수 있다:

 —그러나 저 아래쪽은 무시무시하다,
 그리고 인간은 신들을 시험해서는 안 된다,
 그러니 신들이 자비롭게 밤과 전율로 뒤덮은 것을
 결코, 결코 보기를 원해서는 안 된다![1]

인간 각자는 이렇게 생각할 수 있으며, 그래서 추의 학문을 읽어보지 않고 내버려둘 수 있다. 그러나 학문 자체는 자신의 필연성만을 따를 뿐이다. 학문은 전진해야 한다. 샤를르 푸리에Charles Fourier는 노동의 분화라는 여러 장章에서 희생적 노동 travaux de dévouement이라고 명명한 장도 설정해놓았다. 이런 종류의 노동을 위해서 천부적으로 타고난 개인적 성향이란 것은 존재하지 않는다. 그러나 인간은 체념을 하면서도 그런 노동을 하기를 결심한다. 왜냐하면 인간은 그런 노동이 인류 전체 행복을 위해서는 필연적인 것임을 인식하고 있기 때문이다. 그와 같은 의무를 충족시키려는 시도가 여기서도 행해지고 있다.

추의 미학

그러나 이 사안이 실제로 그렇게 무서운 것인가? 이 사안은 무엇인가를 밝혀주는 관점 또한 갖고 있지 않는가? 철학자, 예술가를 위한 어떤 긍정적 내용 역시 이 안에 숨겨져 있지 않은가? 나는 그런 점들이 있다고 생각한다. 왜냐하면 추는 미와 코믹 사이의 중간자로서만 파악될 수 있기 때문이다. 코믹은 추라는 요소가 없다면 불가능한 것이고, 추의 요소는 코믹에 의해서 해소되어 미의 자유로 되돌아간다. 우리 연구 어디에서나 나타나는 이런 즐거운 결말은 이 글의 일부가 담고 있는 부인할 수 없는 난처한 내용을 상쇄시켜줄 것이다.

이 논문을 쓰는 와중에 많은 것을 예例를 통해서 생각한 데 대해서 나는 언젠가 한번 분명히 용서를 구한 적이 있다. 하지만 전혀 그럴 필요가 없었다는 점을 인식하고 있다. 왜냐하면 모든 미학자들이, 즉 빙켈만, 레싱, 칸트, 장 파울, 헤겔, 피셔도, 그리고 예를 절약하며 사용할 것을 권했던 실러조차도 그렇게 하고 있기 때문이다. 말이 나왔으니 말이지만 이 목적을 위해 몇 년간 모아놓았던 자료 중에서 나는 단지 절반을 약간 넘는 분량만 사용했다. 그런 한 내가 정말로 절약했다고 주장해도 지나친 말은 아니다. 예를 고를 때 중요했던 점은 그것이 다양한 면을 가져야만 한다는 점이었다. 모든 학문의 역사가 보여주듯이,

요한 카를 프리드리히 로젠크란츠

보편타당한 것이 예로 인해서 한정적인 것으로 파악되지 않도록 하기 위해서였다.

이 자료들을 다루는 방법에 있어서 나는 아마도 약간 고루하고 지나치게 정확한 모습을 보여줄지 모른다. 현대의 글쓴이들은 이상한 인용 방식을 만들어냈다. 이를테면 이른바 '인용부호'를 수단으로 아주 비밀스런 글을 만들어놓은 것이다. 그들이 인용문을 어디서 따왔는지는 어둠 속에 머물러 있다. 그들이 하나의 이름이라도 덧붙인다면 그것은 이미 대단한 것이다. 저자의 이름에 책 명칭까지 덧붙인다면 그것은 그들에게 이미 고루한 것으로 비춰지는 것 같다. 일반적으로 알려져 있거나 관계가 없는 사안들을 항상 특별한 인용을 통해서 입증하려는 태도도 분명히 유치하다. 그러나 덜 일반적이며 거의 다루어지지 않았고, 아주 멀리 떨어져 있으며, 여전히 논쟁의 대상이 되는 사안들에 대해서는 독자가 원할 경우 스스로 원전을 찾아보고 스스로 비교하고 판단내릴 수 있도록 제시 내용을 보다 훨씬 정확하게 해주어야 한다는 것이 내 생각이다. 우아함은 결코 학문적 표현의 목적이 될 수 없고, 단지 하나의 학문적 표현수단, 그것도 아주 아래쪽에 위치한 학문적 표현수단일 수밖에 없다. 철저함과 명확성이 항상 그보다 위에 위치해 있어야 한다. 인쇄가 끝나버린 지금 내가 경악을 하며 알아차린 것은 예 중에서 상당히 많은 양이 지근至近한 현재시점에서 유래한다는 점이다. 왜냐하면 그런 예들은 당연히 내 기억에서 가장 생생하게 머물러 있고, 게다가 저자들에 대해 갖고 있는 관심으로 인해 내가 열심히 몰두한 것이기 때문이다. 이 저자들이, 나와 개인적으로 우정을 맺은 사람들이 속해 있는 이 저자들이 이 점을 악의로 해석하지 않을까? 그래서 앞으로도 계속해서 내게 화를 내지 않을까? 화를 낸다면 나로서는 대단히 고통스러울 것이다. 그러나 존경하는 이분들은 무엇보다도 먼저 내가 말하고 있는 것이 진실인지 아닌지 자문해보아야 할 것이다. 내가 말하는 것이 진실이라면 내가 그들의 마음을 상하게 할 것은 없다. 그때 그들은 나의 절제된 비판방식에서나, 내가 다른 자리에서 그들이 받아 마땅한 정당한 호평을 할 때, 내가 그들에게 똑같이 우정 어린 태도를 취하고 있다는 점을 알게 될 것이다.

말이 나왔으니 말이지만 기억하건대 나는 공식적인 내 입장을 이들 대부분에게 편지로 전달했다. 그러므로 내가 동일한 견해를 출판했다 할지라도 그들은 놀라지 않을 것이다. 현대 사상가들이 자극에 얼마나 예민하고, 이의제기를 견뎌낼 능력이 얼마나 모자라는지, 가르침보다는 칭찬받기를 얼마나 원하는지, 다른 사람들에 대한 비판에서만 얼마나 날카로우며, 자신들이 가한 그런 비판에 대해 무엇보다도 정향적인 자세와 굴복, 즉 경탄을 얼마나 요구하는지를 나의 몇몇 경험에 비추어 알지 못했더라면 분명히 나는 이 모든 해명을 하지 않았을 것이다.

내가 밝히고 있는 내용은 학교 영역에서뿐만 아니라 보다 일반적인 사람들 사이에서도 읽혀질 수 있다고 생각한다. 그러나 소재의 특성 때문에 독서는 어느 정도 한계를 가질 것이다. 나는 혐오스러운 재료들을 건드리지 않을 수 없었고, 특정한 사태의 명칭을 거명하지 않을 수 없었다. 이론가로서는 때때로 하수구로 내려가는 일을 중단하고 암시하는 것으로 만족해야 했는데, 구체적으로 말하자면 소타드[2] 풍의 시작詩作처럼 했다. 역사가로서는 그렇게 해서는 안 되지만 철학자로서는 내 방식대로 가능했다. 그리고 내가 극도로 조심했음에도 불구하고 몇몇 사람은 내가 그 정도로 솔직할 필요는 없었다고 비판할 것이다. 장담하건대 그렇게 하지 않았더라면 이 전체 연구는 수행될 이유가 없었고, 수행될 수도 없었을 것이다. 우리 학문의 경우에도 특정한 사춘기가 슬며시 끼어들고 있다는 점은 서글픈 일이다. 이는 동물적 천성과 예술이라는 대상을 다룰 때 조신한 태도를 유일무이한 척도로 삼은 데서 생겨난 것이다. 오늘날 사람들은 이 조신한 태도를 어떻게 가장 훌륭히 보여줄까? 사람들은 특정한 현상에 대해서 전혀 언급하지 않는다. 사람들은 그런 것이 존재하지 않는다고 결정을 내려버린다. 우아한 처신을 위해서 그런 현상을 양심의 가책 없이 배제해버린다. 예컨대 사람들은 나무의 단면을 통해서—왜냐하면 나무 단면의 그림이 없으면 현대의 학문성 역시 근본적으로 가능하지 않기 때문에—그것을 현미경을 통해 발견함으로써 형태학을, 생명에 대한 이론을 도출해낸다. 이에 대해 수도首都에서 일단의 신사와 숙녀 군중 앞에서 강연이 행해진다. 그러나 생식기관 전반과 모든 성기능에 대해서는 단 한마디도 언급되지 않는다. 이는 분명히 아주 조신한 것이다. 우리 독일 문학의 역사는 기숙사 여학교와 상급 여학교를 위해 정비됨으로써 이미 완전히 거세되어버렸다. 이는 처녀와 기혼 부인의 부드러운 영혼을 위해서 오직 항상 고상한 것, 순수한 것, 아름다운 것, 고양시키는 것, 새롭게 하는 것, 아늑한 것, 사랑스러운 것, 품위 있게 만드는 것 등을 이끌어내기 위한 목적에서였다. 이렇게 해서 문학사에서 믿을 수 없을 정도의 왜곡이 진행되었고, 이와 같은 문학사의 왜곡은 이미 교육적 고려의 차원을 넘어서 문학사에 대한 입장도 왜곡시켰는데, 이러한 왜곡은 극도로 편협하게 선택된, 전통적인 아름다운 독서에 의해 강화되

었다. 한 가지 다행스러운 점은 이제 쿠르츠Kurz의 작품 같은 것
이 나오고 있다는 사실이다. 이런 작품은 그 자율성을 통해서 공
장노동자로 하여금 한번쯤은 다시, 구역질날 정도로 익숙한 것
에서 벗어나 그와는 다른 판단력을 가지고, 그와는 다른 질서에
서 그와는 다른 대상들을 접하게 만든다. 통찰력 있는 자라면 누
구나 내가 제아무리 고상하게 표현한다 하더라도 창백한 아름다
움을 추구하는 여기숙사학교의 문체로 글을 써서는 안 된다는
사실을 이해하게 될 것이며, 이와 같은 경우에는 아마도 레싱의
다음과 같은 말이 대체로 적용된다는 점도 이해하게 될 것이다.

    나는 선생들도 이해하지 못하는
    오비드의 작품을 손에 들고
    아주 자랑스러워하며 학교에 다니는
    어린아이들을 위해 글을 쓰지 않는다.[3]

                    1853년 4월 16일 쾨니히스베르크에서
                            카를 로젠크란츠

17

역겨운 것에 매혹되는 우리들

샤를 피에르 보들레르(1821~1867)는 프랑스의 시인, 미술평론가이자 근대 상징주의의 시조로 평가된다. 베를렌·랭보·말라르메 등 당대 상징파 시인들에게 영향을 끼쳤다. 현대시의 원천이자 오늘날까지 사랑받는 시집 『악의 꽃들』은 출간 직후 윤리성 문제로 벌금형과 함께 6편의 시에 대해 삭제명령을 받았다. 세상 사람들의 몰이해와 박해에 시달린 '저주받은 시인' 보들레르는 『악의 꽃들』에 대해 '내 온 애정을, 모든 증오를 집어넣었다'는 자평을 남겼다. 프랑스는 한 세기가 지난 1949년에서야 유죄선고를 파기했다.

Charles Pierre Baudelaire

악의 꽃들

Fleurs du Mal, 1857

독자에게

우둔함과 과오, 죄악과 인색에
마음이 얽매이고, 육신은 시달려
우리는 기른다, 친근한 뉘우침을
거지들이 몸속에 벌레들을 살찌우듯이

샤를 피에르 보들레르

우리 악은 완강하고, 회한은 비열한 것
참회의 값을 듬뿍 짊어지고
우리는 즐겁게 진창길로 되돌아온다,
값싼 눈물에 우리네 온갖 때가 씻긴다 믿으며.

악의 머리맡엔 마귀 트리스메지스트[1]가
홀린 우리네 정신을 토닥거리고 오래 흔들어 재우니
우리의 의지라는 값비싼 금속마저
이 묘한 화학자 손에 모조리 증발된다.

우리를 조종하는 줄을 잡고 있는 악마여!
메스꺼운 사물에도 매혹되는 우리는
날마다 지옥을 향해 한걸음씩 내려간다.
두려움도 모르고 악취 풍기는 암흑을 가로질러

한물간 창녀의 몹시 찍힌 젖퉁이를
핥고 물고 빠는 가난한 탕아처럼
우리도 가는 길에 은밀한 쾌락을 훔쳐내어
말라빠진 오렌지를 비틀듯 억세게 눌러 짠다.

수백만 거위벌레처럼 촘촘히 우글대며
한 떼거리 마귀가 우리네 골 속에서 흥청거리고
숨을 쉬면 죽음이 허파 속으로
보이지 않는 강물되어 말없이 투정부리듯 흘러내린다.

강간과 독약, 그리고 단도와 방화가
가련한 우리네 운명의 볼품없는 화폭을
익살맞은 대상으로 아직 수놓지 않았다면
아! 그것은 우리 영혼이 그만큼 대담하지 못한 탓이리!

그러나 승냥이, 표범, 암사냥개 들
그리고 원숭이, 전갈, 독수리, 뱀 들
우리네 악덕의 치사한 동물원에서
짖고, 악을 쓰고, 으르렁거리며, 기는 동물 중에서도

제일 더럽고 심술궂고 흉측한 녀석이 도사리고 있으니!
야단스레 쏘다니지도 아우성치지 않아도
기꺼이 대지를 산산조각 갈라놓고
한 번의 하품으로 지구라도 삼키리.

샤를 피에르 보들레르

그 괴물이 바로 권태! 눈에는 막연히 눈물이 괸 채
수연동 水煙筒[2] 피워가며 단두대를 꿈꾼다.
독자여, 그대도 알겠지, 다루기 힘든 이 괴물을
—위선자 독자여, —나의 동류同類—내 형제여!

18

불꽃 속에서 건져낸 글

프리드리히 막스 뮐러(1823~1900)는 독일의 언어학자이자 종교학자이며 낭만주의 시인 빌헬름 뮐러의 아들이다. 그가 남긴 유일한 소설 『독일인의 사랑』은 순수한 두 남녀가 내면을 서로 교감하며 이뤄가는 고귀한 사랑을 유려한 시언어로 그려낸 작품이다. 신화와 동양 철학에 일가견이 있는 저자는 섬세하고 풍부한 내면 묘사를 통해 인생과 사랑에 대한 깊이 있는 깨달음을 전한다. 소설 속의 인물들은 꽃이 왜 피어나는지, 태양이 왜 빛나는지 물을 수 없듯, 당신을 사랑하기에 사랑할 수밖에 없다고 말한다. 인간이라면 피할 수 없는 죽음과 상실의 슬픔은, 사랑하는 이가 부재한 세상에서 만인에게 그 사랑을 실천하라는 요구로 승화된다. 사랑하는 이를 잃은 자가 흘리는 한 방울의 눈물은 바다로 흘러들어 모두를 감싼다. 독일에서는 잘 알려져 있지 않으나 한국에서는 가장 많이 읽히는 독일 문학작품에 속한다.

Friedrich Max Müller

독일인의 사랑

Deutsche Liebe, 1866

　얼마 전까지도 다른 사람이—비록 그 사람이 지금은 무덤 속에 고요히 잠들어 있다 하더라도—앉았던 책상 의자에 한번쯤 앉아보지 않은 사람이 누가 있을까? 오랜 세월 동안 한 사람의—비록 그 사람이 지금은 공동묘지의 거룩한 고요 속에 편히 쉬고 있다 하더라도—소중한 비밀을 간직해왔던 책상 서랍을 한번쯤 열어보지 않은 사람이 누가 있을까?

　그 서랍에는 고인이 너무나 소중히 여겼던 편지들이 있다. 여기 그림들, 철끈들, 페이지마다 기호가 표시된 비망록들이 있다. 이제 누가 이것들을 읽고 그 뜻을 알아볼 수 있을까? 누가 빛바래고 흩어진 장미 꽃잎들을 다시 맞추고, 새로운 향기를 풍기도록 살려낼 수 있을까? 그리스인들 사이에서 죽은 이의 시신을 태워 사라지게 해주었던 불길, 고인이 생전에 가장 아끼던 모든 것을 던져넣었던 불길—그 불길은 지금도 이 유물들이 돌아가야 할 가장 확실한 안식처다. 뒤에 남겨진 친구는 지금은 굳게 눈 감은 고인 외에 누구의 시선도 받아본 적이 없는 유고들을 주저하며 두려운 마음으로 읽어본다. 그는 건성으로 이 비망록과 편지들에 중요한 내용이 들어 있지 않다는 것을 대충 확인하고서 황급히 이글거리며 타오르는 석탄더미 위로 던져넣는다. 그것들은 화르르 불꽃으로 타올랐다가 영영 사라져버린다!

다음의 수기는 이러한 불길 속에 던져지는 위기를 모면한 것이다. 이 수기는 처음에는 고인의 친구들끼리 돌려보았던 것이지만, 낯선 사람들 사이에서도 좋아하는 이들이 생겨났기 때문에, 이제는 널리 읽히는 것이 마땅하리라 생각된다. 이 책을 펴내면서 나는 더 많은 것을 소개하고 싶었지만, 나머지 유고들은 워낙 잘게 찢기고 훼손되어 다시 정리해 하나로 맞출 수 없었던 것이 유감이다.

1866년 1월 옥스퍼드에서

막스 뮐러

19

진화는 '자연선택'이죠

찰스 로버트 다윈(1809~1882)은 영국의 박물학자·생물학자이자 진화론자이다. 『종의 기원』은 그가 해군측량선 비글호에 동승해 5년간 세계일주를 하며 탐사했던 기록을 바탕으로, 진화론을 입증하려 20여 년간 수집한 증거와 자료를 집대성한 결과물이다. 기독교적 신앙에 근거한 창조설을 근본부터 뒤흔들어 인간의 사고방식을 획기적으로 바꿔놓은 『종의 기원』은 종교계로부터 거센 공격을 받았고 과학계에도 뜨거운 논쟁을 불러일으켰다. 이후 진화론은 산업시대의 다양한 이데올로기와 이해관계를 정당화하는 데 매우 적합한 이론으로 자리매김했으며 오늘날까지도 생물학뿐만 아니라 철학, 인문과학 등 다양한 영역에 생생한 영향력을 발휘하고 있다.

Charles Robert Darwin

종의 기원

On the Origin of Species
by Means of Natural Selection, 1859

나는 군함 비글호에 박물학자로 승선하여 항해하는 동안 남미 생물의 분포에 관하여, 또는 이 대륙에 현존하는 생물과 과거의 생물과의 지질학적 관계상 찾아볼 수 있는 여러 가지 사실에 대하여 알아보고 커다란 감동을 받았다. 이러한 사실들은 위대한 철학자가 말한 바와 같이, 신비로운 중에서도 가장 신비로운 일의 하나인 종種의 기원에 대하여 약간의 빛을 던져주는 듯했다.

나는 귀국 후 1837년에 이 의문에 관계가 있다고 생각되는 여러 가지 종류의 사실을 끈기 있게 모아서 검토해보면, 어쩌면 무엇인가 알 수 있을지도 모르겠다고 생각했다. 5년 동안 그 일을 계속해온 결과, 그 주제에 대하여 생각을 통합시킬 수가 있어서 짧막한 메모를 적어놓았다. 1844년에는 이 짧막한 메모들을 바탕으로 하고, 또 당시 내가 확신하고 있던 결론들을 모아『개요』를 만들었다. 그리고 그후부터 지금까지 계속 이 문제를 추구해왔다.

지금 내가 간행하는 이 초본은 불완전하다. 그러나 그것은 어쩔 수가 없다. 그리고 이 책에서는, 나의 여러 가지 논술에 대한 내력이나 저자의 이름을 일일이 들 수가 없다. 다만 정확하다는 것을 독자들이 믿어주기를 바라는 수밖에 없다.

그러면 이제 드디어 종의 기원이라는 문제로 들어가게 되는데 생물이 서로 닮은 점이라든가, 발생학적 관계, 지리적 분포, 지질학적 이동, 그 밖의 여러 가지 사실을 검토한 박물학자는 종은 어느 것이나 모두 따로따로 창조된 것이 아니라, 변종과 마찬가지로 다른 종에서 유래하는 것이라고 결론지을 수 있을 것이다.

그러나 이와 같은 결론은 비록 이유가 지당하다 할지라도 이 세계에 살고 있는 무수한 종이 어떤 방식으로 변화해왔는지, 그리고 우리를 매우 놀라게 하는 구조의 완전함과 상호 적응이 어떻게 이루어지는지에 대하여 확실하게 설명할 수 있을 때까지는 만족할 만한 것이 못 될 것이다. 그러므로 변형과 상호 적응의 방법에 대한 명확한 통찰을 한다는 것은 매우 중요한 일이다.

나는 가축 및 재배 식물을 주의깊게 연구함으로써 이런 전혀 알 수 없는 문제를 해명해나갈 절호의 기회를 잡은 듯이 생각되었다. 나는 실망하는 일 없이 진행해나갔다. 이 경우에도, 또다른 복잡한 문제의 경우에도 나는 늘 사육 재배하의 변이에 관한 지식이 비록 불완전한 것이라 할지라도 가장 좋은, 가장 안전한 열쇠를 제공해준다는 것을 알았다.

우리 주위에 생활하고 있는 모든 생물의 상호관계에 관하여 우리가 지극히 무지하다는 사실을 솔직하게 시인한다면, 종 및 변종의 기원에 관하여 아직 설명하지 않은 것이 아무리 많다 해도 어느 누구도 그것에 대하여 놀라서는 안 된다. 어째서 어떤 종은 널리 분포되어 있고 개체수가 많으며, 그것과 비슷한 종은 어째서 좁게 분포되어 있고 개체수도 적은가를 설명할 수 있는 사람이 있을까?

그런데 이런 관계는 이 세계에 사는 모든 생명체의 현재의 평안을, 그리고 내가 믿는 바에 의하면 장래의 성공 및 변화까지도 결정하는 것이어서 대단히 중요하다.

찰스 로버트 다윈

이 세계의 역사에 있어서 과거의 여러 지질 시대에 살던 수많은 거주자의 상호관계에 대하여 우리는 아는 것이 너무나 적다. 아직 뚜렷하지 못한 것이 많이 있고, 앞으로도 뚜렷하지 못한 채로 남을 것이 많이 있겠지만, 그러나 나는 있는 성의를 다해 신중히 연구했고 냉정한 판단을 내린 결과, 나는 종은 불변하는 것이 아니며, 어느 한 종에서 만들어졌다고 인정되는 변종이 그 종의 자손인 것과 마찬가지로, 이른바 같은 속에 속하는 종들은 일반적으로 이미 소멸해버린 종으로부터 얻어진 자손이라고 확신한다. 또한 나는 자연 도태가 변화의 유일한 방법은 아니지만 가장 중요한 방법이라는 것도 확신하는 바이다.

20

이 소설에는 두 가지 이야기가 있다

표도르 미하일로비치 도스토옙스키(1821~1881)는 19세기 리얼리즘 문학과 러시아를 대표하는 세계적인 문호이다. 과도기 러시아의 병든 사회상과 인간 심리를 집요하게 묘사했으며 20세기 문학 전반에 영향을 끼쳤다. 『카라마조프네 형제들』은 친부살해를 소재로 한 그의 마지막 장편소설로 선과 악, 종교적 믿음, 인간 본질에 대한 그의 사색을 집대성한 작품이다. 도스토옙스키가 이 작품을 탈고할 즈음에는 사물을 분간하지 못할 만큼 시력이 나빠져 있어서, 아내 안나에게 자신이 구술한 것을 속기하게 해 작품을 완성했다.

Фёдор Михайлович Достоевский

카라마조프네 형제들

Братья Карамазовы, 1879~1880

    나의 주인공 알렉세이 표도로비치 카라마조프의 전기傳記를 시작함에 있어, 나는 몇 가지 의혹을 품게 된다. 그것은 다름 아니라, 내가 비록 알렉세이 표도로비치를 주인공으로 내세우기는 하지만, 그가 결코 대단한 인물이 못 된다는 것을 나 자신이 잘 알고 있는 터이고, 따라서 '당신의 알렉세이 표도로비치는 대체 어떠한 점이 뛰어났으며, 무엇 때문에 당신은 그를 자기의 주인공으로 선택했는가? 그가 도대체 무슨 일을 했다는 건가? 그리고 누구에게, 무엇으로 알려진 인물인가? 무엇 때문에 우리 독자가 그의 생애를 연구하느라고 시간을 허비해야 하는가' 따위의 질문이 반드시 던져지리라는 것을 나 자신이 예측할 수 있기 때문이다.

대답하기가 가장 난처한 것은 마지막 질문이다. 이에 대해서는 다만 '직접 이 소설을 읽어보면 알게 될 것입니다'라고밖엔 대답할 길이 없으니 말이다. 그런데, 만일 이 소설을 다 읽고 나서도, 여전히 납득이 안 간다면서, 알렉세이 표도로비치의 뛰어난 점을 시인하려 들지 않는다면? 유감스럽게도 나는 그런 독자가 나타나리라고 예측하고 있기 때문에 이런 말을 늘어놓고 있는 것이다. 그는 내가 보기엔 분명히 주목할 만한 가치가 있는 인물이다. 그러나 과연 그것을 독자에게 증명해 보여줄 수 있을지는 전혀 자신이 없다. 문제는 그가 주인공이라는 사실은 틀림없는데도, 그 성격이 매우 모호하고 분명치가 못하다는 데 있다. 그렇다고는 하지만, 요즘 같은 시대에 사람들에게 분명함을 요구한다는 것 자체가 오히려 무리일지 모른다. 다만 한 가지 점만은 어느 정도 분명하다. 그것은 그가 이상한, 아니 괴상하다고까지 할 수 있는 인간이라는 사실이다. 그러나 이상하다거나 괴상하다거나 하는 것은, 특히 부분을 하나로 묶어 전체적인 혼돈

속에서 어떤 공통적인 의미를 발견하려고 애쓸 때, 거기에 가능성을 부여하기보다는 오히려 그것을 어렵게 만드는 법이다. 대부분의 경우 괴상한 인간이란 특수하고도 고립적인 존재이기 때문이다. 그렇지 않은가?

그런데 만일 독자가 이 마지막 명제命題에 반대하여 '그렇지 않다'든가, '언제나 그런 것은 아니다'라고 대답한다면, 나는 오히려 나의 주인공 알렉세이 표도로비치의 가치에 대해서 자신을 얻을 수도 있을 것이다. 왜냐하면, 괴상한 인간이란 '언제나' 특수하고 고립적인 존재인 것은 아니며, 그러한 인간이야말로 때로는 전체의 핵심을 지니고 있기 때문이다. 다만 그와 동일한 시대의 다른 모든 사람들이 무엇 때문인지 세찬 바람에 불려 일시적으로 그의 곁에서 떨어져나간 데 지나지 않는 것이다.

하기는 이따위 무미건조하고 흐리멍덩하기 짝이 없는 설명을 늘어놓을 게 아니라, 머리말도 없이 대번에 본문부터 시작하는 편이 무난했을 것이다. 마음에 들면 끝까지 다 읽어 줄 테니까. 그러나 곤란한 것은, 내가 쓰려는 전기傳記는 하나인데, 이야기는 두 가지라는 점이다. 그중에서 보다 중요한 이야기는 둘째 것인데, 그것은 현재 우리가 살고 있는 바로 이 시대에 있어서의 나의 주인공의 행동이다. 첫째 이야기로 말하면, 이미 30년 전의

표도르 미하일로비치 도스토옙스키

일인 데다가 소설이라기보다는 나의 주인공의 어린 시절의 한 토막 에피소드라고 하는 편이 옳을 것이다. 그렇다고 첫째 이야기를 생략하고 넘어갈 수는 없는 일이다. 그렇게 하면, 둘째 이야기 속의 많은 부분을 이해할 수 없게 될 것이기 때문이다. 이렇게 나의 첫 난관은 더욱더 복잡해지기만 한다. 만약에 내가, 다시 말해서 전기 작가인 나 자신이, 그처럼 대수롭지 않고 모호한 주인공을 위해서는 한 가지 이야기만으로도 과람할는지 모른다고 생각한다면, 이야기를 굳이 두 가지씩이나 들고 나와야 할 필요는 어디 있으며, 또 나의 이런 주제넘은 시도를 무엇이라 해명해야 할 것인가?

이러한 문제들에 대한 해답을 얻지 못한 채, 나는 아무런 설명도 없이 그냥 넘어가기로 했다. 물론 선견지명이 있는 독자는, 내가 처음부터 이런 식으로 나오려는 속셈이었음을 이미 간파하고, 무엇 때문에 공연히 실없는 소리로 귀중한 시간을 허비하느냐고 몹시 나를 못마땅히 여길 것이다. 여기에 대해서 나는 명백히 밝혀두겠다. 내가 실없는 소리를 늘어놓으며 귀중한 시간을 허비한 것은, 첫째는 예의 때문이고, 둘째로는 '그래도 역시 저자는 무언가 미리 복선을 깔았군' 하는 말을 들으려는 교활한 속셈 때문이다. 그러나 나는 이 소설이 '전체의 본질적인 통일을 유지하면서' 저절로 두 개의 이야기로 갈라진 것을 오히려 다행으로 생각한다. 첫째 이야기를 다 읽은 독자는 둘째 이야기를 읽을 만한 가치가 있는지 없는지를 스스로 결정할 수 있을 것이다. 그야 물론, 누구나 아무런 속박도 받고 있지 않으니까, 첫째 이야기를 두어 페이지쯤 읽다가 책을 내던지고 다시는 펼쳐 보지 않을 수도 있다. 그러나 공평한 판단에 그르침이 없도록 하기 위해 끝까지 꼭 읽어야겠다는 세심한 독자들도 있을 것 아닌가. 예를 들어, 우리 러시아의 평론가들과 같은 분들 말이다. 아무튼 그런 독자들 앞에서는 한결 마음이 가벼워진다. 하지만 그들의 세심하고 성실한 태도에도 불구하고, 나는 소설의 첫 장면에서 책을 내던질 수 있는 가장 적당한 구실을 그들에게 제공해 준 셈이다. 이상이 머리말의 전부이다. 이따위 머리말은 불필요하다는 데 나는 전적으로 동의한다. 그러나 이미 다 쓴 것이니 그대로 둔다.

그럼 이젠 본문으로 들어가기로 하자.

표도르 미하일로비치 도스토옙스키

21

루이스 모건을 기리며

프리드리히 엥겔스(1820~1895)는 독일의 경제학자, 사회주의 철학자로 마르크스와 함께 마르크스주의를 수립했다. 마르크스 사후 마르크스주의의 실행자로서 다양한 저술 및 출판 활동을 했다. 마르크스는 1870년대 중반부터 『자본』을 완성할 목적으로 자본주의 이전 사회에 대한 연구를 진행, 고대사회에 관한 일련의 발췌노트를 작성했다. 마르크스의 사망 후 그의 노트를 발견한 엥겔스는 『고대사회』에 대해 자기 학설을 적극적으로 전개하고 더해서 이 책을 내놓게 되었다. 오늘날과 같은 부권적 일부일처제는 인류가 출현하며 자연스럽게 자리잡은 보편적인 형태가 아니었다. "모권제의 전복은 여성의 세계사적 패배"이며, "인류가 체험한 가장 통렬한 혁명 중 하나"임을 역설한 이 책은 사회적 분업과 생산의 발전이 씨족제도 붕괴의 주된 요인임을 드러내며 국가의 역사적·계급적 성격을 밝혔다. 엥겔스는 자본주의 이후 새로운 세대는 애정만으로 맺어질 것이며, 그때 양성의 평등이 진정으로 실현되리라 예측했다.

Friedrich Engels

가족, 사유재산, 국가의 기원[1]

Der Ursprung der Familie, des
Privateigentums und des Staats: Im Anschluß
an Lewis H. Morgans Forschungon, 1884

상당한 부수가 발간된 이 책의 기존 판들은 약 반 년 전에 품절되었으며 신판 준비를 해달라는 출판사의 요청을 받은 지도 이미 오래이다. 그러나 더 긴급한 용무로 인해 나는 여태껏 그에 응하지 못하고 있었다. 초판이 발행된 지 7년이 지났고 그동안에 원시적 가족 형태의 연구에서 큰 성과들이 있었다. 그렇기 때문에 이제는 면밀한 정정과 증보를 가할 필요가 생겼다. 더구나 이번에 원문이 예정대로 연판鉛版된다면 당분간은 정정을 가할 수 없기 때문에 더욱 그러했다.

그래서 나는 원문 전체를 신중히 재검토하고 일련의 증보를 가했다. 그렇게 함으로써 나는 현재의 지식 수준에 응당한 고려를 했다고 생각한다. 그리고 또 나는 이 서문에서 바호펜Bachofen으로부터 모건에 이르는 가족사에 대한 견해의 발전을 간단히 개괄해보았다. 그것은 주로 배외주의적 색채를 띤 영국 선사학파가, 모건의 발견에 의해서 수행된 원시사관에서의 변혁을 온갖 수단을 동원해서 계속 묵살하면서도 모건이 거둔 성과에 대해서는 아무런 거리낌도 없이 그것을 횡령하고 있기 때문이다. 또다른 나라들에서도 여기저기서 영국의 이러한 수법을 너무나 열심히 모방하고 있는 실정이다.

그동안 나의 저작은 여러 나라 말로 번역되었다. 이탈리아어로는 *L'origine della famiglia, della proprietà privata e dello stato, versione riveduta dall'autore, di Pasquale Martignetti*(Benevento, 1885), 그 다음 루마니아어로는 *Origina familei, proprietatei private si a statului, traducere de Joan Nadejde*. 이것은 야씨Yassy에서 발행되는 잡지 『현대Contemporanul』의 1885년 9월호부터 1886년 5월호까지에 게재되었다. 또 덴마크어로는 *Familjens, Privatejendommens og Statens Oprindelse, Dansk, af Forfatteren gennemgaaet Udgave, besörget af Gerson Trier*(Kö-

benhavn, 1888)가 있다. 독어판을 대본으로 한 앙리 라베Henri Ravé
의 불어판도 인쇄중에 있다.

*

  60년대 초까지는 가족사를 문제삼을 수도 없었다. 역사과학은
이 분야에서 아직도 완전히 '모세 5경'의 영향하에 있었다. 다
른 어떤 책에서보다도 거기에서 더 상세히 묘사되어 있는 가부
장제적 가족형태는 최고대의 가족형태로 인정되었을 뿐만 아니
라, 그것은 일부다처제polygamy라는 점을 제외하고는 현대의 부
르주아적 가족과 동일시되고 있었다. 그리하여 원래 가족이란
아무런 역사적 발전도 전혀 거치지 않았다는 것이다. 기껏해야
원시시대에는 무규율적인 성교의 한 시기가 있을 수 있다는 점
이 인정되었을 따름이다. 일부일처제monogamy 이외에도 동양의
일부다처제라든가 인도-티벳의 일처다부제polyandry도 역시 알
려져 있긴 했다. 그러나 이 세 가지 형태는 역사적 순서대로 배
열되지 못하고 아무런 연관도 없이 나열되었다. 고대 세계의 몇
몇 주민들과 아직 생존하고 있는 몇몇 야만인들은 아버지의 혈
통이 아니라 어머니의 혈통을 따졌으며, 따라서 모계母系만이 유

프리드리히 엥겔스

일하게 타당한 것으로 인정되었다는 것, 오늘날 각 대륙의 많은 사람들 사이에서는 그때까지 아직 깊이 연구되지 않았던 일정한 범위의 큰 집단 내부에서의 결혼이 금지되고 있다는 것, 그리고 이 관습은 세계 도처에서 볼 수 있다는 것—이러한 사실들은 물론 알려져 있었으며, 또 이러한 실례는 더욱더 많이 수집되고 있었다. 그러나 그것들을 어떻게 취급해야 할 것인가는 아무도 모르고 있었다. 그리하여 타일러E. B. Tylor의 『인류의 원시사 및 문명의 진보에 대한 연구Researches into the Early History of Mankind and the Development of Civilization』(1865)에서조차 아직 그러한 사실들은 몇몇 야만인들에게서 볼 수 있는, 불타는 나무에는 철기를 대지 말라는 금기禁忌와 또 이와 비슷한 종교적 우행愚行들과 함께 단순히 '괴상한 관습'으로 취급되고 있다.

가족사의 연구는 바호펜의 『모권론Mutterrecht』[2]이 출판된 1861년부터 시작되었다. 거기에서 저자는 다음과 같은 명제를 제기하고 있다. 즉 (1) 사람들은 최초에는 무규율적인 성교—그는 이것을 '난혼hetaerism'이라는 부적당한 말로 표현하고 있다—생활을 하고 있었다. (2) 이러한 관계는 아버지를 확정할 온갖 가능성을 배제한다. 그러므로 혈통은 모계에 따라서만, 즉 모권에 따라서만 따질 수 있었다. 그리고 초기의 고대인들은 모두 그러했다. (3) 그 결과 여자는 어머니로서, 즉 젊은 세대의 확실히 알려진 유일한 부모로서 높은 존경과 신망을 받았으며 바호펜의 견해에 따르면 더 나아가서 완전한 여성지배gynaecocracy를 보게 되었다는 것이다. (4) 여자가 오로지 한 남자에게만 속하는 단혼으로의 이행은 태고의 한 종교적 계율의 침해(즉 사실상 같은 여자에 대한 다른 남자들의 전통적 권리의 침해)를 의미하는 것이었다. 이 침해에 대해 여자는 일정한 기간 다른 남자들에게 몸을 맡겨서 속죄하지 않으면 안 되었다. 즉 이 침해를 보상하려면 그렇게 하지 않으면 안 되었던 것이다.

바호펜은 그가 열심히 수집한 고대 고전문헌의 여러 구절에서 이 명제들에 대한 논거를 찾고 있다. 그의 의견에 따르면, '난혼'에서 일부일처제로, 또 모권에서 부권으로의 발전은, 특히 그리스인의 경우에는 종교적 관념에 있어서 진보의 결과이며, 새로운 견해를 대표하는 새로운 신들이 낡은 견해를 대표하는 전통적인 신들 사이에 끼어들어가 후자를 점차 뒤로 밀어내게 된 결과라는 것이다. 그리하여 바호펜에 따르면 남녀 상호 간의 사회적 지위에서 역사적 변천이 일어난 것은 사람들의 현실적 생활조건들의 발전 때문이 아니라 이러한 생활조건들이 사람들의 두뇌에 종교적으로 반영되었기 때문이라는 것이다. 따라서 바호펜

프리드리히 엥겔스

은 애쉴루스Aeschylus의 『오레스테이아Oresteia』를 몰락해가는 모권과, 영웅시대에 발생하여 승리를 거두고 있는 부권간의 투쟁의 극적 묘사로 보고 있다. 클리템네스트라Clytemnestra는 자신의 정부情夫 애기스토스Aegisthus 때문에 트로이 전쟁에서 돌아오는 자기의 남편 아가멤논Agamemnon을 죽였다. 그러나 그 여자와 아가멤논 사이에 낳은 아들 오레스테스는 어머니를 죽여서 아버지를 살해한 데 대해 복수한다. 이 때문에 모권을 수호하는 신들인 퓨리이스Furies[3]들은 그를 고소한다. 모권에 따르면, 어머니를 죽이는 것은 무엇으로도 갚을 수 없는 가장 엄중한 범죄이기 때문이다. 그러나 신탁에 의해 오레스테스로 하여금 이런 범죄를 감행케 한 아폴로Apllo와 재판관으로 호출된 아테나Athena—이 두 신은 여기에서는 부권제도라는 새 제도를 대표한다—는 오레스테스를 옹호한다. 아테나는 양쪽의 진술을 듣는다. 전체 소송 사건은 오레스테스와 퓨리이스들 간에 진행되는 논쟁으로 간단히 요약된다. 클리템네스트라는 그녀의 남편을 죽임과 동시에 그의 아버지를 죽여 두 가지 범죄를 저질렀다고 오레스테스는 주장한다. 그런데 왜 퓨리이스들은 훨씬 더 죄가 많은 그 여자를 고소하지 않고 오레스테스를 고소하는가? 대답은 그럴 듯하다. 즉 "그 여자는 자기가 죽인 남편과 '혈연관계가 없다'".

혈연관계가 없는 사람을 죽이는 것은 피살자가 자기의 남편일지라도 속죄될 수 있으므로 퓨리이스들에게는 그것이 아무런 상관도 없다. 그들의 임무는 혈연관계가 있는 자들 간의 살해를 고소하는 것뿐이며, 또한 모권에 따르면 어머니를 죽이는 것은 무엇으로도 갚을 수 없는 가장 엄중한 범죄이다. 그러나 아폴로는 오레스테스를 옹호하고 나선다. 아테나는 문제를 아레오파고스 성원들Areopagites―아테나의 배심원들―의 표결에 붙인다. 투표 결과는 무죄와 유죄가 동수였다. 그러나 아테나는 재판장으로서 오레스테스를 지지하여 그에게 무죄 판결을 내린다. 부권은 모권에 대해 승리했다. 퓨리이스들 자신이 말하듯이, '젊은 세대의 신들'이 퓨리이스들을 이겼고, 마침내 퓨리이스들도 새 질서에 복무할 직책을 떠맡는 데 동의한다.

『오레스테이아』에 대한 새로운, 그러나 아주 정당한 이 해석은 바호펜의 『모권론』 전권을 통틀어 가장 아름답고 훌륭한 대목 중 하나이다. 그러나 이 해석은 동시에 바호펜이, 적어도 당시 애쉴루스가 그러했던 것처럼, 퓨리이스들과 아폴로와 아테나를 믿고 있었음을 반증해준다. 즉 그는 이 신들이 그리스의 영웅시대에 모권을 전복하고 그 대신 부권을 세웠다는 기적을 믿고 있는 것이다. 종교를 세계사의 결정적인 공간으로 보는 것

프리드리히 엥겔스

과 같은 이러한 견해가 결국에 가서는 그야말로 순수한 신비주의에 빠지게 된다는 것은 명백한 일이다. 그러므로 바호펜의 두터운 책자를 통틀어 연구한다는 것은 어려운 일이기도 하거니와 결코 반드시 유익한 일도 아니다. 그러나 그렇다고 해서 새로운 길을 개척한 연구자로서의 그의 공적이 빛을 잃는 것은 아니다. 왜냐하면 그는 처음으로 미지의 원시 상태에서는 무규율적인 성교가 진행되었다는 헛소리 대신에 다음과 같은 것을 논증해주었기 때문이다. 즉 그는 그리스인들과 아시아인들 사이에서는 단혼이 있기 전에 한 남자와 여러 여자 사이뿐만 아니라 한 여자와 여러 남자 사이에도 관습에 아랑곳없이 성교를 맺었던 그러한 상태가 실제로 있었음을 고대 고전문헌에서 허다하게 찾아볼 수 있다는 것, 이 관습이 이미 소멸되기는 했지만 그 흔적은 여자가 일정한 기간 다른 남자들에게 몸을 허락하는 것을 대가로 단혼의 권리를 사야 한다는 형태로 남아 있다는 것, 그렇기 때문에 혈통은 최초에는 오직 모계에 따라서, 즉 어머니에게서 어머니에게로만 따질 수 있었다는 것, 부자관계가 확실한 것으로 되었거나 어쨌든 그것을 인정받게 된 단혼의 시기에 들어와서도 오랫동안 모계female-line만이 그토록 중요시되었다는 것, 또 아이들의 유일하고 확실한 부모로서 어머니의 이러한 초기 지위는

가족, 사유재산, 국가의 기원

어머니들에 대해, 동시에 여성일반에 대해, 그후에는 그들이 다시는 획득하지 못한 그러한 높은 사회적 지위를 보장해주었다는 것 등을 논증했다. 바호펜은 물론 자기의 신비주의적 견해로 말미암아 이러한 명제들을 위에서 말한 것처럼 그렇게 명백하게는 정식화하지 못했지만 이러한 명제들을 논증해놓았다. 그리고 이것은 1861년 당시로서는 그야말로 하나의 완전한 혁명을 의미하는 것이었다.

바호펜의 두터운 책자는 독일어로, 즉 그 당시 현대 가족의 선사先史에는 제일 관심이 없었던 민족의 언어로 집필되었다. 그렇기 때문에 그 저서는 세상에 알려지지 않았다. 이 분야에서의 첫 후계자가 1865년에 나타났는데, 그 역시 바호펜에 대해서 들어본 적이 없었다.

이 후계자는 맥레난J. F. McLennan이었다. 그는 자기의 선행자와는 정반대의 사람이었다. 즉 그는 천재적인 신비주의자가 아니라 무미건조한 법률가였으며, 거침없는 시인적인 공상가가 아니라 법정에 나선 변호사처럼 그럴듯한 논증을 내놓는 인물이었다. 맥레난은 고대와 현대의 여러 미개인과 야만인 들 사이에서, 심지어 문명인들 사이에서까지도 신랑이 혼자서 또는 자기의 친구들과 함께 신부를 그 친척들로부터 외견상 폭력으로 약탈하지 않으면 안 되는 그런 결혼형태를 발견한다. 이러한 관습은 확실히 한 종족의 남자가 자기의 아내를 다른 곳에서, 즉 다른 종족으로부터 실제로 폭력을 휘둘러 약탈하던 옛날 관습의 유물이다. 그러면 이 '약탈혼marriage by capture'은 어떻게 발생했는가? 남자들이 자기 종족 내에서 넉넉히 아내를 발견할 수 있었던 때에는 그런 식의 결혼을 할 이유가 전혀 없었다. 그런데 우리가 역시 흔히 보게 되는 바와 같이 발전하지 못한 종족들에서는 그 내부에서의 혼인이 금지되어 있는 일정한 집단(1865년경에는 아직도 이 집단을 종족 자체와 동일시하는 경우가 종종 있었다)이 있어서 남자는 아내를, 또 여자는 남편을 자기 집단 밖에서 구해야만 했다. 그런가 하면 또다른 종족들에서는 일정한 집단의 남자가 자기 자신의 집단 내에서만 아내를 구해야 하는 관습이 있다. 맥레난은 전자를 족외혼exogamous 집단, 후자를 족내혼endogamous 집단이라고 부르고 그저 덮어놓고 족외혼 종족과 족내혼 '종족tribes' 간의 엄격한 대립을 설정하고 있다. 그리고 이러한 대립은 대부분의 경우나 모든 경우는 아니더라도 많은 경우에, 그의 관념 속에서만 존재한다는 사실을 족외혼에 대한 그 자신의 연구를 통해 알고 있음에도 불구하고 그는 이 대립을 자기의 전체 이론의 기초로 삼고 있다. 이 이론에 따르면, 족외혼 종족은 다

가족, 사유재산, 국가의 기원

른 종족한테서만 아내를 얻을 수 있는데, 야만시기에 상응한 종족 간의 끊임없는 전쟁 상태로 인해 그것은 다만 약탈에 의지하는 수밖에 없다는 것이다.

계속하여 맥레난은 "이러한 족외혼의 관습은 어디서 발생했는가"라는 문제를 제기한다. 혈연관계나 근친상간incest의 관념은 이것과 아무런 관계도 없다. 이 관념들은 훨씬 후기에 와서야 발전한 것이다. 아마 이 족외혼은 여자애를 낳으면 곧 죽여버리는 야만인들 사이에 널리 퍼져 있는 관습에 기인한 것 같다. 그 결과 개개의 모든 종족 내에서는 남자가 남아돌게 되고 그 직접적인 필연적 결과로서 남자 여럿이 아내 하나를 공유하게 된다. 즉 일처다부제를 보게 된다. 그런데 그 결과 또 아이의 어머니가 누구인지는 알지만 아버지가 누구인지는 모르게 되었으며, 이 때문에 친족관계는 부계male-line를 따라서가 아니라 모계를 따라서만 따지게 되었다. 그리하여 모권이 발생했던 것이다. 그리고 종족 내에서의 여자의 모자람은 일처다부제에 의하여 완화는 되었지만 제거되지는 않았는데, 그 모자람의 두번째 결과가 곧 타종족의 여자에 대한 전통적인 폭력적 납치였다.

족외혼과 일부다처제는 동일한 원인, 즉 남녀 양성 간의 수적

프리드리히 엥겔스

불균형의 산물이기 때문에 족외혼 인종에서는 모두 일처다부제가 본래부터 실시되고 있었다고 보지 않을 수 없다…… 그렇기 때문에 족외혼 인종들이 가지고 있던 최초의 친족제도가 어머니 편을 따라서만 혈통을 따진 제도였다는 것은 논쟁의 여지가 없는 것으로 보지 않을 수 없다.(McLennan, Studies in Ancient History, 1866 : Primitive Marriage, p.124.)

멕레난의 공적은 그의 소위 족외혼이라는 것이 각처에 널리 보급되어 있으며, 큰 의의를 가지고 있다는 것을 지적한 점이다. 그는 결코 족외혼 집단의 존재사실을 발견한 것도 아니며, 또 그 사실을 처음으로 옳게 이해한 것도 아니다. 여러 관찰자들에 게서 볼 수 있는 그보다 앞선 단편적 기록(이것들이야말로 맥레난의 선거典據였다)은 물론이고 라탐(Latham, Descriptive Ethnology, 1859)은 인도의 마가르족들 사이에서 볼 수 있는 이 제도를 상세하고도 정확하게 서술하고, 그것이 널리 보급되어 세계 도처에서 찾아볼 수 있다는 사실을 지적했다—이것은 맥레난 자신이 인용하고 있는 대목이다. 그리고 모건도 이미 1847년의 이로쿠오이인Iroquois에 관한 자기의 서한American Review과 1851년의 『이로쿠오이인 동맹The League the Iroquois』에서 이 같은 제도가 이 종족에게도 있다는 것을 증명하고 또 정확히 서술했다. 그런데 우리가 아래에서 보게 되겠지만 맥레난의 변호사적 두뇌는 모권 문제에서 바호펜의 신비주의적 공상이 일으킨 것보다 훨씬 더 큰 혼란을 족외혼 문제에서 일으켰다. 또한 맥레난의 공적은 후에 그 자신도 시인한 바와 같이, 바호펜이 그보다 앞서 예측한 것이지만, 모권적 혈통제도를 초기의 혈통제도로 인정한 점이다. 그러나 이 문제에서도 그의 견해는 명확치 않다. 그는 '모계만에 의한 친족관계kinship through females only'라는 것을 늘 되뇌이면서 초기의 발전단계에 타당한 이 말을 후기의 발전단계에 대해서도 계속 적용하고 있다. 즉 혈통과 상속권은 물론 아직도 오직 모계로 따지지만, 친족관계는 남자편에 따라서도 인정·표현되는 그러한 단계에 대해서도 계속 적용하고 있다. 이것은 엄밀한 법률용어를 일단 제정한 후 그것이 이미 적용될 수 없게 된 그런 상태에 대해서도 그대로 계속 적용하려는 법률가적 현학성을 말해주는 것이다.

그런데 맥레난의 이론은 매우 그럴 듯하기는 하나 저자 자신에게도 아마 그다지 확고한 근거를 지닌 것으로는 생각되지 않았던 모양이다. 그 자신은 적어도 다음과 같은 사실을 알아차렸다. 즉 그는 "외견상 여자 약탈의 형태가 다름 아닌 남자측 친족

프리드리히 엥겔스

관계(즉 부계의 혈통)가 지배하는 종족들 사이에서 가장 뚜렷하고 또 명백하다는 사실은 주목할 만한 것"(앞의 책, 140쪽)이라고 말했으며, 또 "유아의 살해는 우리가 알고 있는 한, 족외혼과 가장 오랜 친족형태가 병존하는 곳에서는 결코 체계적인 것으로 되어 있지 않다는 것은 이상한 일이다"(앞의 책, 146쪽)라고 말했다. 이 두 사실은 그의 설명 방법과 직접적으로 모순된다. 그는 오직 새로운, 한층 더 혼란된 가설을 가지고 이 사실들에 대항할 수 있을 뿐이다.

그럼에도 불구하고 그의 이론은 영국에서 대단한 찬사와 공명을 받았다. 영국에서는 모두가 맥레난을 가족사학의 창시자로, 이 분야의 으뜸가는 권위자로 인정했다. 그에 의한 족외혼과 족내혼의 두 '종족'의 대치는 그 개별적인 예외도 있고 변종도 있다는 것이 확인되었음에도 불구하고 여전히 지배적인 견해의 기초로 공인되었다. 이러한 대치는 이 연구 분야에 대한 일체의 자유로운 고찰과 일체의 결정적인 진보를 가로막은 장애물로 되었다. 맥레난을 과대평가하는 것은 영국과 또 그의 본을 따르는 다른 나라들에서도 보편적인 현상으로 되어 있다. 그러나 우리는 순전히 오해에 기초한 그의 족외혼 '종족'과 족내혼 '종족'의 대치로 인해 그가 끼친 해독은 그의 연구가 가져다준 이익보다 오히려 더 크다는 사실을 강조하지 않을 수 없다. 그런데 얼마 안 가서 그 이론의 말쑥한 틀에 들어맞지 않는 사실들이 잇달아 나타나기 시작했다. 맥레난은 다만 세 가지 혼인형태, 즉 일부다처제와 일처다부제 그리고 단혼만을 알고 있었다. 그러나 일단 이 점에 주의가 돌려지자 다수의 남자가 다수의 여자를 공유하던 혼인형태가 미발전 종족들 사이에 있었다는 증거가 날이 갈수록 더 많이 발견되었다. 그리고 러보크(Lubbock, The Origin of Civilization, 1870)는 이 '군혼group marriage, communal marriage'을 역사적 사실로 인정했다.

이에 곧 뒤이어 1871년에는 모건이 새로운 그리고 많은 점에서 결정적인 자료를 발표했다. 그는 이로쿠오이인에게서 실시되고 있는 독특한 친족제도는 그것이, 아메리카 원주민들 사이에서 이루어지고 있는 혼인제도의 실제적 산물인 '친등관계the degress of relationship'와는 직접 모순됨에도 불구하고, 아메리카 원주민 전체에 공통적인 친족제도로서 전체 대륙에 퍼져 있다는 것을 확신하고 있었다. 그는 아메리카 연방 정부를 동원하여 자기가 작성한 질문 용지와 표식에 따라 다른 종족들의 친족제도에 관한 자료도 수집해두었다. 그는 이를 바탕으로 해서 다음과 같은 사실을 알아냈다. 즉 (1) 아메리카 인디언의 친족제도는 아

프리드리히 엥겔스

시아의, 그리고 형태가 좀 다르기는 하지만 아프리카와 오스트 레일리아의 수많은 종족들 사이에서도 행해지고 있다는 것, (2) 이 제도는 하와이와 기타 오스트레일리아의 여러 섬들에서 지금 소멸단계에 있는 군혼형태에 근거해서 전면적으로 설명할 수 있다는 것, (3) 그런데 이 혼인형태와 더불어 그 섬들에는 지금은 이미 소멸해버린 한층 더 원시적인 군혼형태에 근거해서만 설명할 수 있는 친족제도도 역시 있다는 것이다. 그는 수집된 자료와 이에 근거한 자기의 결론을 『친족제도와 인척제도Systems of Consanguinity and Affinity』(1871)라는 노작으로 발표했으며, 그 결과 논쟁을 무한하고도 보다 광범한 영역으로 끌고 나갔다. 그는 각종 친족제도에서 출발하여 그에 상응하는 가족형태들을 재현함으로써 새로운 연구방법을 개척했고, 인류 선사의 보다 먼 과거를 더듬어볼 수 있도록 해주었다. 이 방법이 적용된다면 맥레난의 말쑥한 입론은 완전히 안개처럼 사라지고 말 것이다.

　맥레난은 『원시적 혼인Primitive Marriage』의 신판 『고대사 연구 Studies in Ancient History』(1876)에서 자기의 이론을 변호했다. 그 자신은 가족사를 순전한 가설로써 그야말로 인위적으로 꾸며대고 있으면서도 러보크와 모건에게는 그들의 주장의 하나하나에 대한 증거를 요구할 뿐만 아니라, 스코틀랜드 법정에서나 통할 수 있는 그런 논박할 여지가 없는 증거를 요구하고 있다. 그런데 그런 것을 요구하는 그 사람은, 게르만인들 사이에서는 외숙과 생질 간의 관계가 밀접하다는 것(Germania, 제20장), 브리튼족들은 10명 내지 12명씩의 남자가 아내를 공유한다는 케사르의 이야기, 그리고 여타 고대 저술가들이 쓴 미개인들의 아내 공유에 관한 이야기 등에 근거해서 서슴지 않고 이 모든 종족들 사이에서 일처다부제가 지배한다는 결론을 내리고 있다! 이것은 마치 자기의 논고를 정당화하기 위한 사료 이용에서는 완전한 자유를 갖고 있으면서도, 변호인에게는 말 한마디에 대해서도 형식이 완비되고 법률상 효력이 있는 증거를 요구하는 검사의 말을 듣는 느낌을 준다.

군혼은 순전한 허구라고 그는 주장한다. 그리하여 그는 바호펜보다 훨씬 뒤떨어지고 있다. 맥레난은 모건의 친족제도를 단순한 사회적 예법에 불과하다고 몰아붙이면서 이것은 인디언이 이방인인 백인에 대해서도 형제 또는 아버지라고 부르는 사실로써 증명된다고 한다. 이것은 천주교의 신부와 수도원장도 역시 '아버지' '어머니'라고 불리며, 수사나 수녀 그리고 프리메이슨freemason⁴이나 영국 동업조합원들도 의식을 진행하는 집회에서는 상호간에 '형제' '자매'라고 부르기 때문에 아버지, 어머니,

프리드리히 엥겔스

형제, 자매와 같은 명칭은 아무런 내용도 없는 호칭 형식에 지나지 않는다고 주장하려는 것과 마찬가지이다. 요컨대 맥레난의 변호는 형편없이 미약한 것이었다.

그러나 맥레난은 아직 한 가지 점에서만은 비난의 화살을 모면했다. 그의 체계 전체의 기초인 족외혼과 족내혼의 두 '종족'의 대립은 동요되지 않았을 뿐만 아니라 전체 가족사의 초석으로서 공인받기까지 했다. 이 대립을 설명하려는 맥레난의 노력이 불충분한 데다가 그 자신이 인증한 사실과 모순된다는 것을 인정하면서도 사람들은 이 대립 자체, 즉 서로 배제하는 자주적이며 독립적인 두 종족―그 하나는 아내를 그 종족 내부에서 얻으며, 다른 하나는 그렇게 하는 것이 절대로 금지되어 있는―의 존재는 확고부동한 진리로 생각했다. 예컨대 지로-뗄롱Giraud-Teulon의 『가족의 기원Origines de la famille』(1874)과 러보크의 『문명의 기원Origin of Civilization』(제4판, 1882)을 비교해보라.

여기서 모건은 본 연구의 토대를 이루고 있는 주요 저서 『고대사회』(1877)를 진척시키고 있다. 모건이 1871년에는 막연하게 추측만 하고 있었던 것이 여기에서는 아주 명확하게 전개되고 있다. 족내혼과 족외혼은 결코 대립되는 것이 아니다. 족외혼 '종족'의 존재는 지금까지 아무데서도 입증되지 않았다. 그러나 군혼이 아직 지배적이었던 시대에서—그런데 군혼이 한때 어디서나 지배하고 있었던 것은 거의 확실하다—종족은 어머니 편과 혈연관계가 있는 일련의 집단의 씨족들로 갈라졌다. 씨족 내부에서는 혼인이 엄격히 금지되었기 때문에 한 씨족의 남자는 종족 내부에서 아내를 얻을 수 있었고 또 그렇게 하는 것이 보통이기는 했지만, 그러나 그는 반드시 자기 씨족 밖에서 아내를 얻지 않으면 안 되었다. 이와 같이 씨족은 엄격히 족외혼적이었지만, 전체 씨족의 결합체인 종족은 그에 못지않게 엄격히 족내혼적이었다. 이리하여 맥레난의 인위적인 입론은 그 마지막 흔적까지 완전히 전복되고 말았다.

그러나 모건은 이에 그치지 않았다. 아메리카 인디언 씨족은 더 나아가서 그가 자기의 연구 영역에서 두번째의 결정적인 진보를 이룩하는 데 도움이 되었다. 모권에 따라 조직된 이 씨족에서 그는 고대의 문화 인민들에게서 볼 수 있는 바와 같은, 후기의 부권에 따라 조직된 씨족의 원형을 발견했다. 종래의 모든 역사가의 수수께끼로 남아 있던 그리스 씨족과 로마 씨족이 이제는 인디언 씨족에 의해서 풀리게 되었다. 이에 따라 전체 원시사는 새로운 토대를 갖게 되었다.

시초의 모권제 씨족이 문화 인민들의 부권제 씨족의 선행단계

프리드리히 엥겔스

라는 이 새로운 발견은 생물학에서의 다윈의 진화론이나 정치경제학에서의 마르크스의 잉여가치론과 동일한 의의를 원시사에서 가진다. 이 발견으로 모건은 처음으로 가족사를 개괄할 수 있었다. 거기에서 그는 이제까지 알려진 자료를 가지고 할 수 있는 한에서 적어도 고전적 발전단계를 대체로 확립해놓았던 것이다. 이것이 원시사 연구에서 새로운 기원을 열어놓았다는 것은 누구에게나 명백하다. 모권제 씨족은 이 과학 전체의 굴대pivot로 되었다. 모건의 발견은 어떠한 방향에서 무엇을 연구할 것인가, 또 이미 거둔 성과를 어떻게 분류할 것인가를 알려주었다. 그 결과 오늘날 이 분야에서는 모건의 책이 나오기 전과는 달리 급속한 발전을 보고 있다.

모건의 발견은 이제는 영국에서도 역시 모든 선사학자들에게 인정받고 있다. 더 정확히 말하자면 횡령당하고 있다. 그러나 우리 견해상의 혁명이 다름 아닌 모건의 덕택이라는 것을 공공연히 인정하는 사람은 거의 없다. 영국에서 그의 저서는 가능한 한 묵살당하고 있으며, 또 그 자신은 이전의 업적으로 약간의 칭찬을 받는 정도로 매장되어 있다. 또 그들은 그의 저술의 개별적 부분만 열심히 들추어내면서도 그의 진실로 위대한 발견만은 완강히 묵살하고 있다.『고대사회』의 초판은 절판되었다. 미국에서 이런 종류의 책은 잘 팔리지 않으며, 영국에서는 이 책이 체계적으로 박해를 받고 있는 것 같다. 그리하여 이 획기적인 노작의 독일어 번역판만이 아직도 책방에서 구할 수 있는 유일한 것이다.

이런 냉대는 묵살의 음모로밖에 볼 수 없으며, 특히 우리의 공인된 선사학자들이 그 저서들에서 순전히 예의상 필요나 동지애의 표시로 동료들의 글을 허다하게 인용하고 있는 것을 고려해 볼 때 더욱 그러하다. 그런데 이 냉대의 원인은 무엇인가? 그것은 아마 모건이 미국인이기 때문일 것이다. 또한 자료의 수집에서는 영국 선사학자들이 누구에게나 인정받을 만한 열성을 다했음에도 불구하고 그 자료의 정리와 분류에 필요한 일반적 관점에서는, 즉 간단히 말해서 그들의 사상에서는 바호펜과 모건이라는 천재적인 두 외국인에 의지하지 않을 수 없다는 것이 그들에게는 대단히 불쾌했기 때문이 아니겠는가? 독일인이라면 그래도 참을 수 있으나 미국인인데 어찌 참을 수 있겠는가! 미국인을 대할 때 영국인은 모두 애국자가 된다. 합중국에서 나는 그런 우스꽝스러운 실례들을 가끔 보았다. 뿐만 아니라 맥레난은 말하자면 영국 선사학파의 공인된 창시자이며 지도자였다. 그리고 유아살해로부터 일처다부제와 약탈혼을 거쳐 모권제 가족에 이르는 역사에 대한 그의 인위적 입론에 대해 최대의 경의를 표

프리드리히 엥겔스

시하는 것이 선사학 분야에서는 일종의 예의처럼 되어 있었다. 또 도저히 상용相容될 수 없는 족외혼 '종족'과 족내혼 '종족'의 존재를 조금이라도 의심하는 것은 불손한 이단자적인 행위로 간주되었다. 그러므로 이 신성한 교조를 분쇄해버린 모건은 일종의 신성모독 행위를 감행한 셈이다. 더구나 그에 의한 이 교조의 분쇄는 한마디의 논증으로써 능히 모든 사람을 설복할 수 있을 정도로 명쾌한 것이었다. 그리하여 지금까지 족외혼과 족내혼 사이를 허둥지둥 동요하던 맥레난 숭배자들은 "어쩌면 우리는 그렇게도 우둔한가, 이런 것을 지금까지 발견하지도 못하다니!" 하고 주먹으로 자신의 머리를 두드리다시피 하면서 절규하지 않을 수 없었던 것이다.

그런데 이것조차도 아직은 어용학파로 하여금 모건을 냉대하고 배척케 할 만한 죄가 못 되었다. 그러나 모건이 도를 지나쳐서 단지 문명—우리 현대사회의 기본 형태인 상품생산의 사회—에 대해서 푸리에를 연상케 하는 비판을 가할 뿐만 아니라 앞으로 다가올 이 사회의 변혁에 대해 칼 마르크스가 할 만한 말까지 하는 대목에 이르러서는 참을 수가 없었다. 그러므로 맥레난은 격분하여 "이 역사적 방법이 나로서는 도무지 마음에 들지 않는다"는 불평을 모건에게 던지게 되었고, 또 제네바의 교

281

가족, 사유재산, 국가의 기원

수 지로-뗄롱 씨가 1884년에 이 말을 다시 확인한 것은 어쩌면 당연한 일인지도 모른다. 사실상 이 지로-뗄롱 씨는 1874년(『가족의 기원』)에는 아직 맥레난의 족외혼의 미궁에서 허둥지둥 방황하고 있다가 모건에 의해서 비로소 구원을 받은 사람이다!

모건이 원시사에 기여한 기타 성과를 여기에서 새삼스럽게 고찰할 필요는 없다. 이에 필요한 모든 것은 나의 저서에 지적되어 있다. 모건의 주요 저서가 나온 이후 14년간에 걸쳐 원시 인류 사회사에 관한 자료는 매우 풍부해졌다. 선사학자, 여행가, 그리고 전문 원시사가 이외에 비교법학자들이 끼어들어 새로운 자료들과 새로운 관점들을 더러 도입하기도 했다.

그 결과 모건의 개별적인 가설 중 일부는 흔들리거나 논박당하기까지 했다. 그러나 새로 수집된 자료도 결코 그의 위대한 기본 관점을 버리게 하지는 못했다. 그가 원시사에 세워놓은 질서는 지금도 대체로 타당한 것이다. 심지어 이 위대한 진보의 창시자가 바로 모건이라는 사실을 감추려고 애를 쓰면 쓸수록 이 질서는 더욱더 일반적 승인을 얻고 있다고 말할 수 있다.[5]

1891년 6월 16일 런던에서
프리드리히 엥겔스

프리드리히 엥겔스

22

청송받는 모든 도덕을 의심하며

프리드리히 빌헬름 니체(1844~1900)는 독일의 대표적인 실존주의 철학자
이자 시인이다. 오늘날 19세기 최고의 철학자 가운데 한 명으로 간주되는
니체는, 생전에 학계로부터 철저히 무시당했으며 종교계와 도덕주의자들로
부터 혹독한 비판을 받았다. 도덕이라는 개념 속에는 인간으로서 지니는 삶
의 한계와 그 조건 들이 반영되어 있다고 믿었던 니체는 『도덕의 계보학』
을 통해 어떤 조건에서 인간이 선악이라는 도덕적 가치판단을 하게 되는지,
도덕 개념과 도덕 가치는 어떻게 생겨났는지 다룬다. 니체는 기독교 사제들
이 권력을 획득하는 과정과 맞물려 선악의 도덕 및 허무주의가 덩달아 힘을
얻었다고 보았다. 니체에게 있어 이 허무주의를 극복할 유일한 가치는 바로
'고통'이었다. 1889년 초 정신 이상 징후를 보이고 바젤 정신병원에 입원한
니체는 1900년 바이마르에서 생을 마감했다.

Friedrich Wilhelm Nietzsche

도덕의 계보학

Zur Genealogie der Moral, 1887

1

우리는 우리 자신을 잘 알지 못한다. 우리 인식하는 자들조차 우리 자신을 잘 알지 못한다. 여기에는 그럴 만한 이유가 충분히 있다. 우리가 우리 자신을 한번도 탐구해본 적이 없었기 때문이다. 우리가 어느 날 우리 자신을 발견하는 일이 어떻게 일어난단 말인가? "네 보물 있는 곳에는 네 마음도 있느니라"[1]라고 한 말은 옳다. 우리의 보물은 우리의 인식의 벌통이 있는 곳에 있다. 날개 달린 동물로 태어난 우리는 정신의 벌꿀을 모으는 자로 언

프리드리히 빌헬름 니체

제나 그 벌통을 찾아가는 중에 있다.

사실 우리는 무언가를 '집으로 가져가는' 단 한 가지 일에만 진심으로 마음을 쏟는다. 그 외에 삶, 이른바 '체험'에 관한 일에 우리 중에서 과연 누가 진지하게 마음을 쓰겠는가? 아니면 그럴 시간이 충분하겠는가? 우리는 그러한 일에 한번도 제대로 '집중한' 적이 없었던 것 같다. 우리의 마음이 거기에 가 있지 않고, 우리의 귀조차 거기에 가 있지 않은 것이다! 오히려 이 세상 사람 같지 않게 멍하니 자기 자신에 몰두해 있다가 마침 정오를 알리는 열두 번의 종소리가 우렁차게 울려퍼지자, 문득 정신을 차리고 '대체 몇 시를 쳤지?'라고 묻는 사람처럼, 우리도 때때로 나중에 가서야 귀를 비비고는, 무척 놀라고 당황해하며 '우리가 대체 무슨 체험을 했지? 더 나아가 우리가 대체 누구인가?'라고 묻는 것이다. 그러면서, 나중에 가서야 앞서 말한 것처럼 우리의 체험, 우리의 삶, 우리의 존재에서 울려나오는 열두 번의 종소리를 다시 세어보게 된다. 아! 그런데 우리는 잘못 세는 것이다……

우리는 사실 우리 자신에게 필연적으로 낯선 존재로 있고, 우리 자신을 이해하지 못하며, 우리 자신을 혼동하지 않을 수 없다. '모든 사람은 자기 자신에게 가장 먼 존재이다'라는 명제는

우리에게 영원한 의미를 지닌다. 우리 자신에게 우리는 '인식하
는 자'가 아닌 것이다……

2

이 논박서에서 문제시하는 우리의 도덕적 편견에 대한 나의
생각은 『인간적인 것, 너무나 인간적인 것―자유로운 정신을 위
한 책』이라는 제목의 잠언집에서 최초로 불충분하게나마 임시로
표현되어 있다. 그 책은 나그네가 걸음을 멈추듯이 나로 하여금
걸음을 멈추게 해주고, 그때까지 내 정신이 떠돌아다녔던 드넓
고 위험한 땅을 조망할 수 있게 해준 어느 겨울 동안 소렌토에
서 집필되기 시작했다. 1876년에서 1877년 사이의 겨울에 일어
난 일이었는데, 생각 자체는 더 오래된 것이다.

주요 논제는 본 논문들에서 다시 받아들이는 것과 같은 생각
이었다. 그동안의 세월이 이 생각에 좋은 작용을 해서, 그 생각
이 보다 원숙하고 명쾌하며, 보다 강력하고 완전하게 되었기를
우리 바라기로 하자! 하지만 내가 오늘날에도 그 생각들을 고집
하고 있으며, 그러는 사이에 그 생각들이 점점 더 견고하게 결합
되었다는 사실, 그러니까 서로들 속에서 성장하고 하나로 되었
다는 사실은 내 마음속에서 즐거운 확신을 견고히 해준다. 그 생

각들은 처음부터 내 마음속에서 개별적으로 아무렇게나 산발적으로 생겨난 것이 아니라 하나의 공통된 뿌리에서, 즉 깊은 곳에서 명령하고, 점점 더 확고하게 말하며, 점점 더 확고한 것을 갈망하는 인식의 근본 의지에서 생겨난 것일지도 모른다. 다시 말해 철학자는 그렇게 해야만 어울린다.

우리는 어떤 일에든 개별적으로 존재할 권리가 없다. 우리는 개별적으로 잘못을 저질러도 개별적으로 진리를 파악해도 안 된다. 오히려 나무에서 필연적으로 열매가 열리듯이 우리 안에서 우리의 생각과 가치, 우리의 긍정과 부정, 가정假定과 의문이 자라나는 것이다. 모든 것이 서로 유사하고 관계가 있으며, 하나의 의지, 하나의 건강, 하나의 지구, 하나의 태양을 증거하고 있다. 이러한 우리의 열매들이 너희들 입맛에 맞을는지? 하지만 이것이 나무와 무슨 상관이 있단 말인가! 이것이 우리 철학자와 무슨 상관이 있단 말인가!……

3

굳이 털어놓고 싶지 않지만 나는 유독 의심이 많은 사람이라 도덕을, 말하자면 지금까지 지상에서 도덕으로 칭송받은 모든 것을 미심쩍게 생각한다. 환경이나 나이, 선례며 출신과 모순되게 일찍부터 저절로 끊임없이 의심이 생겨서 나는 그것을 나의 '선천성'이라고 부를 권리마저 있을 것 같다. 의혹뿐만 아니라 호기심 때문에 나는 본래 선과 악의 기원이 무엇인가 하는 질문을 하지 않을 수 없었다. 사실 열세 살 소년 시절에 이미 악의 기원에 관한 문제가 내 머릿속을 떠나지 않았다. 즉 '가슴속에 반은 어린아이 장난을, 반은 신을 품고,[2] 있던 나이에 나는 최초로 문학적인 어린아이 장난을 하고 최초로 철학적인 습작을 하며 그 문제에 몰두했다.

당시에 나는 당연한 일이지만 신에게 영광을 돌려 신을 악의 아버지로 삼으면서 문제를 '해결'했다. 바로 나의 선천성이 나에게서 그것을 원했을까? 저 새롭고 부도덕한, 적어도 비도덕주의적인 '선천성'이, 그 선천성에서 비롯된 아! 반反 칸트적이고 수수께끼 같은 정언명령, 그러는 사이 내가 단순히 귀기울일 뿐만 아니라 점점 더 귀담아 듣게 된 정언명령이 그것을 원했을까? …… 다행스럽게도 나는 신학적 선입견을 도덕적 선입견에서 떼어내는 법을 때맞춰 배웠고, 악의 기원을 더이상 세계의 배후에서 찾지 않았다. 심리학적 문제 일반에 대해 타고난 까다로운 감각을 지닌 데다 역사와 고전 문학에 대한 수련을 쌓자 나의 문제가 얼마 안 가 다른 문제로 변했다.

프리드리히 빌헬름 니체

인간은 어떤 조건하에서 선과 악이라는 가치 판단을 생각해냈을까? 그리고 그러한 가치 판단들 자체는 어떤 가치를 지니고 있을까? 그것이 지금까지 인간의 번성을 저지했을까, 아니면 촉진했을까? 그것이 삶의 위기와 빈곤, 퇴화의 징조일까? 아니면 반대로 그 속에서 삶의 충만, 힘, 의지가, 삶의 용기와 확신과 미래가 드러나는 것인가? 그 문제에 관해 나는 여러 가지 해답을 찾아보았고, 나에게서 그 해답을 찾고자 과감히 시도해보기도 했다.

나는 여러 시대며 여러 민족과 더불어 개인들의 등급을 구별했고, 나의 문제를 세분화했으며, 그 해답에서 새로운 물음과 탐구, 추측과 개연성이 나왔다. 마침내 나는 나 자신의 나라, 나 자신의 땅을 갖게 되었고, 말없이 성장하며 번성하는 전 세계를, 아무도 눈치채지 못하는 흡사 비밀스러운 정원 같은 것을 갖게 되었다…… 오, 인식하는 자인 우리가 오랫동안 제대로 침묵할 줄만 안다면 우리는 참으로 행복할 텐데!……

4

도덕의 기원에 대한 내 가설에 관해 약간이나마 최초로 발표할 자극을 준 것은 명료하고 깔끔하고 훌륭하며, 조숙하기도 한 조그만 책자였다. 나는 그 책에서 뒤집히고 전도된 가설들, 엄밀히 말해 **영국적인** 방식의 계보학적 가설들을 처음으로 분명하게 접했다. 상반되고 반대되는 점이 있는 모든 것에 매력이 있듯이 그 책은 내 마음을 끌었다. 그 책의 제목은 『도덕 감정의 기원Der Ursprung der Moralischen Empfindungen』이고, 책의 저자는 파울레 박사Dr. Paul Rée였으며, 1877년에 발간된 것이었다. 내가 그 책만큼 문장 하나하나 결론 하나하나를 부정하면서 읽었다 할 만한 책은 아마 없을 것이다. 그렇지만 불쾌감이나 초조함 같은 것은 전혀 없었다. 당시에 집필중이던 앞서 말한 내 저서에서 나는 기회가 닿든 그렇지 않든 그 책의 문장을 끌어들였다. 그것을 반박하면서가 아니라—반박해봐야 무슨 소용이 있겠는가!—긍정적인 정신의 소유자에게 걸맞게 그럴듯하지 않은 내용을 보다 그럴듯한 내용으로 바꾸고, 사정에 따라서는 하나의 오류를 다른 오류로 대체하면서 말이다.

이미 말했듯이 나는 당시에 이 논문에서 다루고 있는 유래의 가설을 나 자신에게조차 끝까지 숨기고 싶어하는 것처럼 미숙하게 처음으로 밝혔는데, 아직은 자유롭지 못했고, 이러한 고유한 사항에 대해 아직은 고유한 언어를 쓰지 못했으며, 원래의 입장으로 수없이 되돌아오며 동요하고 있었다. 상세한 점에 대해서는 내가 선악의 이중적 전사前史(즉 귀족의 영역과 노예의 영역에서 유래한)를 다룬 『인간적인 것, 너무나 인간적인 것』의 45절을 참조하길 바란다. 마찬가지로 금욕적 도덕의 가치와 유래에 대해서는 136절을 참조하길 바란다. 그리고 이타주의적 평가 방식(영국의 모든 도덕 계보학자와 마찬가지로 레 박사도 이러한 방식을 도덕적 평가 방식 그 자체로 보고 있다)과는 현격한 차이가 있는, 훨씬 더 오래되고 보다 근원적인 종류의 도덕, 즉 '풍습의 도덕'에 대해서는 96절, 99절, 그리고 제2권 89절을 참조하길 바란다. 그리고 대략 동등한 힘을 가진 사람들 사이를 조정하는 것(모든 계약, 따라서 모든 법의 전제 조건이 되는 힘의 균형)의 기능을 하는 정의의 유래에 대해서는 92절, 『나그네』의 26절, 『아침놀』의 112절을 참조하길 바란다. 폭력 행위의 목적을 본질적으로도 근원적으로도 보지 않는 형벌의 유래에 대해서는(레 박사가 생각하는 것처럼, 폭력 행위의 목적은 오히려 특수한 사정하에 비로소, 그리고 언제나 부수물로서, 어떤 첨가물로서 형벌에 끼워넣어진다) 『나그네』의 22절과 33절을 참조하길 바란다.

5

사실 바로 그 당시에 도덕의 기원에 관한 나 자신의 가설이나 다른 사람의 가설보다 훨씬 중요한 무언가가 나의 큰 관심사였다(또는 보다 정확히 말하자면, 그런 가설에 관심을 가진 것은 단지 하나의 목적 때문이었는데, 그 가설은 그런 목적을 이루는 많은 수단들 중의 하나이다). 나에게 중요한 문제는 도덕의 가치였다. 그것에 대해 나는 나의 위대한 스승 쇼펜하우어와 거의 홀로 대결해야 했는데, 그 책에 담긴 열정과 은밀한 항의는 마치 눈앞에 있는 사람에게 향하는 듯했다(왜냐하면 그 책도 하나의 논박서였기 때문이다).

특히 중요한 문제는 바로 쇼펜하우어가 오랫동안 미화하고 신성시하며 세계 저편의 것으로 만든 '비이기적인 것'의 가치, 즉 동정 본능, 자기부정 본능, 자기희생 본능의 가치였다. 결국 그에게는 이러한 것들이 '가치 그 자체'로 남게 되었고, 이러한 것들을 토대로 그는 삶이며 자기 자신에 대해서도 부정을 말했다. 하지만 바로 이러한 본능에 대해 나는 점점 더 근본적인 의구심과 점점 더 깊이 파고드는 회의가 생겼던 것이다! 바로 이 점에서 나는 인류의 커다란 위험과 아울러 더없이 숭고한 매력과 유혹을 보았다. 그런데 어디로 향하는 매혹과 유혹인가? 무無로 빠져드는? 바로 여기에서 나는 종말의 시작, 정체, 뒤돌아보는 피곤함, 삶에 반항하는 의지, 연약하고 우울한 조짐을 보이는 최후의 병을 보았던 것이다.

나는 점점 더 확산되어 철학자들마저 사로잡아 병들게 하는 동정의 도덕을, 섬뜩해진 유럽 문화의 가장 섬뜩한 징후로, 새로운 불교, 유럽인의 불교, 즉 허무주의에 이르는 우회로로 이해했다…… 이러한 현대 철학자들이 동정을 선호하고 과대평가하는 것은 말하자면 새로운 현상이다. 지금까지 철학자들은 동정이 무가치하다는 것에 의견이 일치했던 것이다. 나는 플라톤, 스피노자, 라 로슈푸코, 칸트의 이름만 들겠다. 이들 네 사람은 서로 무척 다르지만 동정을 무시한다는 한 가지 점에서는 의견이 같았다.

6

동정과 동정 도덕(나는 수치스럽게도 현대에 감정이 유약해지는 것에 반대하는 자이다)의 **가치**에 관한 문제는 처음에는 단지 개별적인 문제, 그 자체로 하나의 의문부호인 듯이 보인다. 하지만 일단 이 문제에 매달려 의문을 던지는 법을 배운 사람에게는 내게 일어났던 것과 같은 일이 일어날 것이다. 그에게 엄청나게 새로운 전망이 열리고, 어떤 가능성에 사로잡혀 현기증을 느끼며, 온갖 불신, 의혹, 두려움이 솟아나 도덕, 온갖 도덕에 대한 믿음이 흔들리다가, 마침내 새로운 요구가 들리게 된다. 이것, 이 **새로운 요구**는 다음과 같다.

우리는 도덕적 가치들을 비판하는 일이 필요한데, 이 가치들의 가치 자체가 일단 의문시되어야 한다. 이를 위해서는 이러한 가치들이 성장하고 발전해서 변화해온 조건과 상황을 아는 것이 필요하다(결과와 징후, 가면과 위선, 질병과 오해로서의 도덕, 하지만 또한 원인과 치료제, 자극제와 억제제 및 독으로서의 도덕). 지금까지 그러한 지식은 존재한 적도 없었고 사람들이 그러한 지식을 가지려고 한 적도 없었다. 사람들은 이러한 '가치들'의 가치를 주어진 것으로, 기정사실로, 아무런 문제 제기도 할 수 없는 것으로 여겼다. 사람들은 지금까지 인간 일반에 관련하여(인간의 미래를 포함해) 촉진, 유용성, 번영이라는 의미에서 '선한 사람'을 '악한 사람'보다 훨씬 더 가치가 있다고 평가하는 일에 조금도 의심하거나 동요하지 않았다. 만약 그 반대가 진리라고 하면 어떨까? '선한 사람'에게도 퇴보의 징후가 있다면, 이와 마찬가지로 어떤 위험, 유혹, 독이며, 가령 현재를 살기 위해 **미래를 희생한** 마취제가 있다면 어떨까? 아마 현재의 삶이 좀더 안락하고 덜 위험하지만 또한 보다 하찮은 방식으로 더 저열해지는 것은 아닐까? …… 그리하여 인간이라는 유형이 다다를 수 있는 최고의 강력함과 화려함에 결코 이르지 못한다면 바로 도덕에 그 책임을 물어야 하지 않을까? 그리하여 그 도덕이야말로 위험들 중의 위험이라고 봐야 하지 않을까?

7

내게 이러한 전망이 열린 이래로 나 자신은 학식 있고 대담하며 근면한 동료를 찾아볼 이유가 충분히 있었다(나는 지금도 찾아보고 있다). 순전히 새로운 의문을 가지고, 말하자면 새로운 시선으로 도덕이라는―실제로 존재했고 실제로 생명을 지녔던 도덕이라는―거대하고 아득한 숨겨진 땅을 두루 돌아다니는 것이 필요하다. 그리고 그것은 이 땅을 처음 **발견하는** 것과 거의 같은 말이 아닐까? …… 이 경우 내가 여러 사람들 중에서도 특히 앞서 언급한 레 박사를 생각했다면 그 이유는 그가 해답을 얻기 위해서 물음 자체의 속성상 보다 올바른 방법을 택하지 않을 수 없을 것임을 내가 전혀 의심치 않았기 때문이다. 그 점에서 내가 잘못 생각한 것일까?

어쨌든 나의 소망은 예리하나 무관심한 시선을 가진 사람에게 좀더 나은 방향을, 도덕의 실제 역사에 대한 방향을 제시하는 것이었고, **푸른 하늘을 마냥 헤매는** 영국적인 가설에 대해 그에게 제때에 경고해주는 것이었다. 어떤 도덕 계보학자에게는 무슨 색이 바로 그 푸른색보다 백 배는 더 중요한 것인지 명백하다. 말하자면 회색을 띠는 것, 즉 문서로 남아 있는 것, 실제로 확증 가능한 것, 한때 실제로 존재했던 것이 그러하다. 요컨대 오랫동안 해독하기 어려웠던 인간의 도덕에 관한 과거사의 상형문자 전체이다! 레 박사는 이 문자를 잘 알지 못했지만, 다윈의 저서를 읽었다. 그래서 그의 가설에는 다윈적인 야수와 극히 현대적이고 겸손하며 도덕적으로 유약한 '더이상 물지 않는' 자가 적어도 즐거워하는 식으로 점잖게 악수하고 있다.

어떤 선량하고 세련되며 무관심한 표정을 하고 있는, 도덕적으로 유약한 자의 얼굴에는 심지어 피로가 섞인 염세주의의 그림자가 드리워져 있기도 하다. 이 모든 문제, 즉 도덕의 문제를 그토록 진지하게 다루어봐야 사실 아무런 소용이 없는 것처럼 보인다. 그런데 이와 반대로 내게는 그 문제를 진지하게 다루는 것이야말로 무엇보다 가장 **중요**하게 생각된다. 이를테면 그 보답으로 언젠가 그 문제를 **명랑**하게 다룰 수 있을 날이 올지도 모르는 것이다. 말하자면 이 명랑함, 나의 말로 하자면 즐거운 학문은 보람 있는 일이다. 물론 모든 사람의 관심사는 아니더라도 오랫동안 용감하고 근면하며 남몰래 진지하게 살아온 사람에게는 보람 있는 일인 것이다. 하지만 "전진하라! 우리의 낡은 도덕도 희극喜劇에 속하니라!"라고 진심으로 말하게 되는 날에 우리는 '영혼의 운명'에 관한 디오니소스적인 드라마를 쓰기 위한 새로운 갈등과 가능성을 발견하게 될 것이다. 그리고 내가 장담하건대, 현존하는 위대하고 늙은 영원한 희극작가, 그는 분명 이것을 이용할 것이다.

8

이 저서가 누군가에게 이해되기 어렵고 귀에 거슬린다고 해서 나는 그것이 반드시 내 책임은 아니라고 생각한다. 사람들이 먼저 내 저서를 읽으면서 약간의 노고를 아끼지 않았기를 바라는 나의 전제를 감안한다면 누구의 책임인지 아주 분명하다고 할 수 있다.

사실 이전의 내 저서들은 접근하기가 쉽지 않다. 예를 들어 나의 '차라투스트라'에 관해 말하자면 그의 말 한마디 한마디에 때로는 깊이 상처받고 때로는 깊이 매료되어야 그를 잘 아는 자라고 볼 수 있다. 말하자면 그런 후에야 비로소 그는 그 작품이 생겨난 한적한 요소에, 햇볕이 내리쬐는 밝음, 아득함, 드넓음, 확실함에 경외감을 가지고 참여하는 특권을 누릴 수 있는 것이다. 다른 경우에는 잠언 형식이 이해를 어렵게 한다. 그 이유는 오늘날 사람들이 그 형식을 제대로 진중하게 다루지 않기 때문이다. 올

바로 새겨지고 표현된 잠언은 읽는다고 해서 아직 '해독된' 것이 아니다. 오히려 이제 비로소 그 해석이 시작되어야 하는데, 그러려면 해석의 기술이 필요하다. 그러한 경우 내가 '해석'이라 부르는 것의 모범을 이 책의 제3논문에서 내놓았다. 이 논문의 서두에 하나의 잠언이 제시되어 있으며, 논문 자체는 그것에 대한 주석이다. 물론 읽는 기술을 연마하기 위해서는 무엇보다 오늘날 그만 잊히고만 한 가지 일이 필요하다―그러므로 내 저서를 '읽을 수 있기'까지는 아직 시간이 필요하다―그 한 가지 일을 위해서는 거의 소처럼 되어야지 어쨌든 '현대인'이 될 필요는 없다. 즉 이는 되새김질하는 것을 말한다……

1887년 7월
오버엔가딘 실스마리아에서

프리드리히 빌헬름 니체

23

나 자신에게 내면의 섬 하나를……

앙브루아즈 폴 투생 쥘 발레리(1871~1945)는 프랑스의 시인, 평론가, 사상가이다. 발레리는 18세부터 시작詩作에 몰두했다. 앙드레 지드와 스테판 말라르메에게 소개되어 짧은 기간 동안 많은 작품을 발표했지만 스스로는 자신이 문학가임을 부정했다. 발레리는 자신의 '내적 요구'에 의해 문학작품을 써내는 사람이 아니었다. 발레리에게 시는, 전생애에 걸쳐 추구해왔던 문제, 즉 의식의 명확성을 탐구하는 수단이었다. 그에게는 시 자체보다 시를 '만들고' '구축하는' 과정이 더 중요했다. 그러한 문제의식을 발레리는 테스트 씨라는 인물을 통해서 전한다. 1896년 「테스트 씨와 함께한 저녁」을 발표하고 절필에 들어간 발레리는 '시를 쓰지도, 전념하지도 않고 거의 그걸 읽지도 않으며' 20년을 보낸다. 옛날 시를 모아달라는 친구들의 간청에 문학으로 되돌아온 발레리는 신작시와 함께 조금씩 테스트 씨에 대한 새로운 글들을 발표했으며 이후 평생에 걸쳐 테스트 씨 연작을 고치고 다듬었다. 이 독창적인 산문 작품은 동시대와 후대의 문학자에게 많은 영향을 주었다. 발레리가 세상을 떠났을 때 드골 정부는 국장國葬으로 그를 예우했다. 그는 자신에게 지중해적 영감을 불어넣고 유년기의 추억을 선물했던 도시 세트의 '해변의 묘지'에 잠들었다.

테스트 씨

Monsieur Teste, 1926~1940

반은 문학적이고 반은 천둥벌거숭이였던…… 아니, 내밀했던 젊은 시절, 나는 가공의 인물을 만들어 저자가 되었는데, 이 가공의 인물은 말소된 이래 지금까지 토로보다는 침묵으로, 몇몇 독자가 그에게 빌려준 삶을 살아온 듯하다.

테스트는 오귀스트 콩트가 유년을 보냈던 방에서, 내가 의지에 취하고 자의식의 기이한 과잉에 사로잡혔던 시기에 탄생했다.

당시 나는 정확함이라는 급성 질환에 시달렸다. 이해라는 무분별한 욕망에 손을 뻗었으며, 또 내 안에서 주의력의 임계점을 찾으려 했다.

따라서 나는 할 수 있는 한 몇몇 생각을 지속시키려 했다. 내게 쉬운 일은 죄다 하찮은 것이요, 적이나 마찬가지였다. 나는 노고를 느끼는 일이야말로 마땅히 추구해야 할 것으로 여겼으며, 타고난 미덕의 자연스러운 결실에 불과한 요행의 결과는 도무지 존중할 줄을 몰랐다. 이를테면 일반적으로 결과라는 것, 즉 작품은 작업자의 정력이나 작업자가 바라는 사물의 실체에 비해서는 전혀 중요하지 않았다. 거의 도처에서 발견되는 신학이 그 증거이리라.

나는 문학을, 급기야는 꽤나 정밀하다고 할 만한 시 작업마저 의심하기에 이르렀다. 글을 쓰는 행위는 언제나 일종의 '지적 희생'을 요한다. 다들 알다시피 문학을 읽을 때 전제되는 것들은 극단적 언어의 정확성과 양립이 불가능하다. 지성은 공통의 언어를 두고서 그 언어의 능력 바깥에 있는 완벽과 순수를 요구하기 십상이다. 그런데 팽팽히 당겨진 정신만으로도 즐거워하는 독자는 매우 드물다. 재미에 힘입지 않고서는 주목을 끌 수 없는데, 이런 종류의 주의란 수동적이기 마련이다.

그리고 또 내가 품은 원대한 뜻을 둘로 나누어 남들에게 어떤 영향을 끼칠지 염려하기도 하고, 또 어떤 누락과 꾸밈, 어설픈 자기만족도 없이 있는 그대로의 나를 알고자, 또 인정하고자 정열을 불태우기도 하는 것이 가당찮아 보였다.

나는 문학만이 아니라 철학마저 거의 다 내가 그토록 진심으로 거부하던 모호한 것과 불순한 것 사이로 내던져버렸다. 전형적인 사색의 대상에는 좀체 열광하는 법이 없었기에, 철학가들이나 자기 자신을 두고서도 어리둥절해했다. 왜냐하면 지고한 문제란 부과되기에 지난한 것이며 또 그러한 문제는 대개 특정한 관습에서 권위와 매력을 빌리는데, 이를 알고 받아들여야만 철학가들 사이에 끼어들 수 있음을 이해하지 못했던 것이다. 젊은 시절에는 뭇 관습을 잘못 이해하거나 응당 그러기 마련이며 또는 맹목적으로 그 관습을 쳐부수거나 따르게 된다. 생각하는 삶의 출발점에 서서 인간이 언어·사회·상식·예술작품을 막론하고 오직 임의의 결정을 통해서만 그 기반을 쌓는다는 것을 알 리는 만무하다. 내 경우에는 이것을 지나치게 잘못 안 나머지, 공통의 삶이나 다른 사람들과의 외적 관계에서 발생하여 자의적인 고독 속에 스러지는 온갖 종류의 정신적 견해나 풍습을 모조리 아무 것도 아니거나 멸시할 만한 것으로 여기겠다고 남몰래 규칙까지 세웠다. 심지어 나는 고통·걱정·희망·공포를 통해서만 일어나

앙브루아즈 폴 투생 쥘 발레리

는 뭇 생각과 감정을, 순수하게 사물과 자기 자신을 관찰하는 일 만으로는 저절로 생겨나지 않는 그것을, 혐오 없이는 도무지 떠 올릴 수 없었다.

그래서 나는 **진짜** 내 것인 것들로 소급하고자 했다. 나는 내 방식에 자신이 없었고, 또 아무 노력 없이도 나를 증오하기에 필 요한 모든 것을 내 안에서 찾을 수 있었다. 하지만 분명함을 무 한히 욕망하고, 신념이나 우상을 멸시하며, 손쉬운 것을 혐오하 고 내 한계를 느끼는 데에는 일가견이 있었다. 나는 나 자신에게 내면의 섬을 하나 만들어주고서, 그 섬을 받아들이고 견고히 하 는 데 시간을 허비했다.

테스트 씨는 어느 날 이러한 상태의 생생한 기억으로부터 탄 생했다.

그렇기에 존재의 깊은 변질을 거치는 순간에 씨 뿌려진 아이 가 저 자신을 벗어난 애비를 닮는 것과 마찬가지로, 테스트 씨는 나와 닮아 있었다.

어쩌면 예외적 순간에서 비롯한 예외적 피조물들이 간혹 삶에 버려지기도 하는 듯하다. 결국 어떤 이들의 독특함이나, 좋든 나 쁘든 그들의 빗나간 가치가 때론 그들을 만들어낸 자의 순간적 상태에서 기인한다는 게 불가능한 일은 아닌 것이다. 불안정한 것이 유전되어 스스로 여정을 꾸리는 일도 일어날 수 있다. 게다가 정신의 영역에서는 이것이야말로 우리 작품들의 기능이요, 재능의 행위요, 작업의 목적 자체요, 그리고 결국엔 어렵사리 구한 것을 저 자신보다도 오래 살아남게 하려는 이상한 본능으로부터 나온 본질 아니겠는가?

테스트 씨로 돌아와, 이러한 종류의 인물이 현실에서는 몇십 분을 넘게 존재하기란 불가능함을 목격하기에, 그 존재와 지속에 관한 문제만으로도 테스트 씨에게 삶을 부여하기에 충분하다고 나는 말하겠다. 이 문제는 곧 하나의 씨앗이다. 하나의 씨앗이 살아간다. 하지만 성장을 모르는 씨앗도 있다. 살기를 꾀하다 그 씨앗들은 괴물을 만들어내고, 그 괴물은 죽음에 이른다. 실제로 우리는 이와 같이 지속될 수 없는 뚜렷한 특성을 통해서만 괴물을 알아본다. 비정상적인 것이란 정상적인 것에 비해 조금은 장래가 보이지 않는 존재다. 그것은 숨겨진 모순을 담은 수많은 생각과 닮았다. 그러한 생각이 정신에 일어나면 정당하고 풍요로워 보이나, 그 귀결이 생각을 망치고 또 그것의 존재가 곧 재앙이 된다.

수세기에 걸쳐 그토록 많은 위인들과 무한한 소인들을 파리하게 만든 경이적인 생각이 실은 대부분 그저 심리적 괴물, 즉 괴물 관념인 것은 아닌지, 또 그것이 우리가 천진난만하게도 도처에 질문하는 능력을 시험해서 생겨난 게 아닌지, 진정 대답할 수 있는 자에게만 이성적으로 물어야 함을 전혀 깨닫지 못했던 것은 아닌지, 대체 그 누가 이 모든 것을 알 수 있겠는가?

육신이 있는 괴물들은 빨리도 스러진다. 그러나 그들은 소수나마 존재했다. 그들의 운명을 관조하는 일보다 교육적인 것은 없으리라.

어째서 테스트 씨는 불가능한가? 이 물음이 곧 그의 영혼이다. 이 물음이 당신을 테스트 씨로 바꾼다. 그는 가능성의 악마에 지나지 않기에. 그가 할 수 있는 모든 것에 대한 염려가 그를 지배한다. 그가 자신을 관찰한다. 그가 조종한다. 그는 조종당하기를 원치 않는다. 그는 두 가지 가치를, 두 가지 범주를, 자신의 행동으로 환원된 의식인 것들을, 바로 **가능**과 **불능**을 알고 있다. 철학은 좀체 신용을 얻지 못하고 언어는 언제나 규탄의 대상이 되는 이 별난 두뇌 속에서, 임시적이라는 자각이 따르지 않는 사상은 거의 없다. 규정된 활동에 대한 기다림과 실행 말고는 남은 게 거의 없다. 짧고 굵은 그의 삶은, 알려진 것과 알려지지 않은 것의 관계를 설정·조직하는 역학원리mécanisme를 감시하는 것으로 그 소용을 다한다. 심지어는 결코 무한이 모습을 드러내지 않는 어느 고립된 체계의 특성이기를 고집하고자 어둡고 초월적인 능력을 발휘하기도 한다.

이러한 괴물에 어떤 관념을 부여하고 그의 모습과 품행을 묘사하려면, 적어도 지성의 신화라 할 만한 히포그리프나 키마이라 따위를 그린다 해도 인위적이고 또 가끔은 철저히 추상적이기까지 한 언어를 사용하거나 만들어야만 하며, 따라서 그것이 허용된다. 또 여기에는 친숙함과 더불어 우리 스스로 허용하는 우리 자신에 대한 속됨과 진부함마저 필요하다. 우리 안에 있는 자에게 신중을 기하는 데에는 요령이 없다.

이렇게 매우 특별한 조건을 따라야 하는 글은 원문으로 읽어도 쉽지가 않다. 하물며 그 글을 다른 낯선 언어로 옮기려는 자에게는 거의 극복 불가능한 어려움을 선사하리니……

앙브루아즈 폴 투생 쥘 발레리

24

회복기의 환자를 위하여

앙드레 폴 기욤 지드(1869~1951)는 프랑스의 소설가이자 평론가이다. 1947년 노벨문학상을 수상했다. 1893년 북아프리카를 여행하다 결핵을 앓은 뒤 지드는 삶의 모든 구속에서 벗어나는 경험을 한다. 『지상의 양식』은 시, 일기, 여행 기록, 허구의 대화 등 다양한 형식을 동원해 이때의 해방감과 생명의 전율을 노래한다. 특히 지드는 동성애에 대해 파격적인 태도를 취하며 찬란한 청춘을 예찬한다. 투병 경험이 지드에게 미래가 아닌 현재의 소중함을, 욕망이 줄 수 있는 환희의 아름다움을 깨우쳐준 것이다. 그에게 있어 우리의 삶은 열병 환자의 앞에 놓인 "찬물이 가득 찬 유리잔"과 같다. 우리에게 이 한잔의 물은 "그토록 시원하고 열은 안타깝게 목을 태운다". 이 작품은 발표 당시엔 외면받았으나 이후 전후 세대의 폭발적인 지지를 받았다. 카뮈의 말을 빌자면 '이 책이 한 세대에 끼친 충격에 비할 만한 것은 아무것도 없었다'. 지드는 우리에게 더 바랄 것 없는 완전한 '절망' 속에 죽기를 '희망'하는 기쁨을 가르쳐주었다.

André-Paul-Guillaume Gide

지상의 양식

Les Nourritures terrestres, 1897

나는 '도망과 해방'의 안내서인 이 책 속에 흔히 나 자신을 가두어두려고 하기가 일쑤이다. 이번 신판新版의 기회를 이용하여 새로운 독자들에게 몇 가지 생각을 피력하고자 한다. 그것은 이 책이 차지할 위치를 밝히고 더욱 뚜렷이 그 동기를 설명함으로써 그 중요성의 한계를 그어놓는 일이 될 수도 있을 것이다.

1. 『지상의 양식』은 병을 앓는 사람이 쓴 것은 아니지만, 적

앙드레 폴 기욤 지드

어도 회복기의 환자나 완쾌된 사람 혹은 전에 병에 걸렸던 적이 있는 자가 쓴 책이다. 따라서 이 책에는 하마터면 그 시적 비약 속에서조차 잃어버릴 뻔했던 그 무엇인 양 삶을 다시 꼭 부둥켜 안으려는 자의 과격성이 있다.

2. 문학이 몹시도 인공적 기교와 따분한 냄새를 풍기던 시기에 나는 이 책을 썼다. 당시 나에게는 문학으로 하여금 다시 대지를 딛고 순박하게 맨발로 흙을 밟게 하는 것이 급선무라고 생각되던 때였다.

얼마나 이 책이 그 시대의 취미와 충돌하였는가는 그 당시 이 책의 출판이 완전히 실패로 돌아갔다는 사실로서도 짐작할 수 있는 일이다. 대체 이 책을 언급한 비평가라고는 아무도 없었다. 10년 동안에 겨우 5백 부가 팔렸을 따름이다.

3. 내가 이 책을 쓴 것은 내가 결혼에 의해 나의 생활을 정착시킨 직후의 일이다. 당시 나는 자진하여 자유를 포기했지만, 그러자 곧 예술작품으로서의 나의 책은 그럴수록 더 그 자유의 회복을 요구하게 되었던 것이다. 그리고 나는 이 책을 쓸 때 지극히 성실한 심경이었다는 것은 말할 것도 없다. 그러나 내가 마음

속으로 느끼던 반대 감정에 대해서도 또한 나는 진실했었다.

4. 이 책에 나는 구애되지 않을 생각이었다는 것도 덧붙여둔다. 내가 그린 부동적浮動的이며 얽매임 없는 상태, 마치 소설가가 자기와 흡사하면서도 일면 창작으로 꾸며내는 주인공의 모습을 결정짓는 것처럼 나는 그러한 상태의 윤곽을 잡았던 것이다. 그뿐만 아니라 오늘날 생각해보면, 당시 나는 그 특징적인 모습을 일단 나로부터 분리시켜놓지 않고서는 묘사할 수 없었던 모양이다. 혹은 나 자신을 그러한 모습으로부터 일단 분리시켜놓지 않고서는—이렇게 말해도 좋을 것이다.

5. 사람들은 흔히 이 청춘 시절의 책으로써 나를 비판하려 들기가 예사이다. 마치 『지상의 양식』의 윤리가 나의 전생애의 윤리이기라도 한 듯이, 또는 내가 나의 젊은 독자에게 일러준 '나의 책을 던져버려라, 그리고 나를 떠나라'는 충고를 누구보다도 먼저 나 자신이 따르지 않기라도 한 듯이 말이다. 그렇다, 나는 『지상의 양식』을 쓰던 때의 나를 곧 떠나버렸던 것이다. 그러므로 나의 생애를 살펴볼 때 내가 인정하게 되는 가장 두드러진 특징은 무지조無志操이기는커녕 차라리 변함없는 충실성이다. 이

감정과 사상의 깊은 충실성, 나는 그것이 지극히 희귀하다고 믿는다. 죽음이 눈앞에 닥쳐왔을 때 자기가 성취하려고 스스로 다짐했던 것이 성취되었음을 볼 수 있는 사람들이 있다면 그런 이들의 이름을 가르쳐달라. 나는 바로 그들 곁에 '나의' 자리를 잡으리라.

6. 또 한마디—어떤 사람들은 이 책 속에서 다만 욕망과 본능의 예찬밖에는 볼 수 없거나 혹은 오직 그것만을 보고자 한다. 내가 보기에는 그것은 좀 근시안적인 소견인 듯하다. 내가 이 책을 다시 펼쳐들 때 거기서 보는 것은 그런 것보다도 '헐벗음'의 옹호이다. 그것이 바로 다른 모든 것을 버리고도 내가 여전히 간직한 것이요, 내가 여전히 충실한 채로 있는 것도 그에 대해서이다. 그리고 이 문제에 관해서는 나중에 다시 이야기할 테지만, 내가 그뒤 복음서의 교리를 따라 자기멸각自己滅却 속에서 가장 완전한 자기완성, 가장 드높은 요구, 그리고 행복의 가장 무제한한 허용을 발견하기에 이른 것도 실로 그 '헐벗음' 덕분이었다.

'나의 이 책이 그대로 하여금 이 책 자체보다도 그대 자신에게—그다음으로는 그대보다도 다른 모든 것에 흥미를 가지도록 가르쳐주기를.' 이것이 그대가 이미 『지상의 양식』의 머리말과 마지막 구절에서 읽을 수 있었던 말이다. 또다시 그 말을 나로 하여금 되풀이하게 할 필요가 어디 있겠는가?

1926년 7월

—A. G.

앙드레 폴 기욤 지드

25

나의 소망은 증언을 남기는 것

에밀 에두아르 샤를 앙투안 졸라(1840~1902)는 프랑스의 자연주의 소설가이다. 하층 대중 묘사에 뛰어났던 졸라는 인간의 추악과 비참성을 진실하게 파헤치는 일이 삶의 개선과 진보에 도움이 된다고 믿었다. 1871년부터 23년에 걸쳐 전부 20권으로 완간한 '루공마카르Le Rougon-Macquart' 총서는 졸라 문학의 핵심이라 할 수 있다. 이중 『목로주점』과 『나나』, 『제르미날』 등이 독자의 사랑을 받으며 졸라는 당대 최고 인기 작가가 되었다. 『나는 고발한다』는 에밀 졸라가 1898년 1월 13일 〈로로르〉지에 발표한 격문으로, 간첩 누명을 쓰고 투옥됐던 유대인 드레퓌스 대위가 무죄임을 주장하는 글이었다. 처음에는 '대통령에게 보내는 편지'란 제목으로 발표할 예정이었으나 〈로로르〉지의 편집장 클레망소가 '나는 고발한다!'로 바꿀 것을 권했다. 1면에 '나는 고발한다!'를 실은 〈로로르〉는 폭발적인 판매 부수를 기록했고 이후 드레퓌스 재심 운동은 다시 힘을 얻었다. 그러나 졸라는 이 사건으로 정치적인 탄압을 받아 영국으로 망명했다. 1902년에 의문의 가스 중독 사고로 사망했다.

Émile-Édouard-Charles-Antoine Zola

나는 고발한다

J'accuse, 1898

1897년 12월부터 1900년 12월까지 3년 동안 드레퓌스 사건에 대해 내가 썼던 몇 편의 글을 한 권의 책으로 묶는 것은 이 시점에서 매우 요긴한 작업으로 보인다. 한 작가가 그토록 심각하고 파장이 큰 사건에서 이런저런 판단을 내리고 맡은바 책임을 다했을 때, 그에게 남은 신성한 의무는 자신이 행한 모든 역할과 후일 그를 심판할 기준이 될 모든 기록을 독자에게 공개하는 것이리라. 그래야만 오늘 당장 정의가 구현되지 않는다 하더라도 그는 향후 평화롭게 기다릴 수 있을 것이고, 내일의 세상은 좀 더 많은 자료를 가지고 진실을 밝힐 수 있을 것이다.

그렇지만 나는 이 책의 출판을 서두르지 않았음을 밝혀둔다. 무엇보다 먼저 나는 내 기록이 완전해지기를, 다시 말해서 '사건'의 한 단계가 분명히 끝나기를 기다렸다. 그리고 어쨌든 이 단계는 한시적일망정 결말을 의미하는 일전日前의 사면으로 종지부를 찍었다. 한편 나는 문인으로서, 장인匠人으로서 그 어떤 권익에도 집착하지 않았음에도 불구하고 사회적 투쟁의 문제를 통해 모종의 이득이나 명성을 얻으려 한다고 의심받았을 때 참으로 곤혹스러웠다. 나는 일체의 거래를 거부했었다. 다시 말해 나는 이 사건으로 소설도, 드라마도 쓰지 않았었다. 그런데 누가 나를 전 인류가 경악한 그토록 가슴 아픈 이야기를 이용해서 돈을 벌었다고 비난할 수 있단 말인가.

후일 나는 내가 기록해둔 노트를 가지고 두 권의 책을 쓰고 싶다. 우선 '법정 인상Impressions d'audiences'이라는 제목으로 나의 재판, 즉 파리와 베르사유 법정에서 내가 목격한 괴상망측한 일들과 기이한 인물들에 대해 이야기하고 싶다. 그러고 나서 '망명 시대Pages d'exil'라는 제목으로 11개월간의 영국 망명 생활, 즉 프랑스로부터 끔찍한 소식이 도착할 때마다 내 가슴에 울려퍼진

나는 고발한다

비극적 메아리들, 조국에서 멀리 떨어진 채 절대적 고독 속에서 바라본 모든 사건과 모든 인물에 대해 이야기하고 싶다. 그러나 현 단계에서 이것은 오로지 바람이요, 계획일 뿐이다. 나의 상황이나 나의 인생이 그 실현을 허락하지 않을 가능성은 얼마든지 있다.

그리고 미리 밝혀두고 싶은 것은 이 한 권의 책이 드레퓌스 사건의 역사를 겨냥하고 있지 않다는 사실이다. 나는 드레퓌스 사건의 역사란 여전히 열정이 앞서는 오늘 이 시점에서, 그것도 정히 필요한 자료 없이는 도저히 씌어질 수 없다고 생각한다. 잠시 뒤로 물러날 필요가 있으리라. 특히 관련 자료를 정말 사심 없이 검토할 필요가 있으리라. 지금 내 소망은 단지 후일의 자료 목록에 내 글을 덧보태는 것, 즉 내 증언을 남기는 것, 즉 사건의 한 모퉁이에서 행동하면서 내가 알게 된 것, 내가 보고 들은 것을 기록하는 것일 뿐이다.

진실이 완전히 밝혀질 때를 기다리면서, 오늘 나는 지금까지 발표한 시론들을 한 권의 책으로 묶는 데 만족하고자 한다. 나는 원문을 전혀 수정하지 않았다. 반복적으로 나오는 대목도 그대로 두었고, 흔히 열에 들떠 한 시간 만에 갈겨쓴 탓에 거칠기 짝이 없는 형식도 그대로 두었다. 다만 각 시론 제목의 이면裏面에

에밀 에두아르 샤를 앙투안 졸라

간단한 논평을 붙임으로써 그 시론을 쓰게 된 배경을 설명했고, 또 그럼으로써 시론들 사이에 일종의 연결 고리를 마련하고자 했다. '사건'이 중요한 고비를 맞을 때마다 쓴 그 시론들은 연대에 따라 순서가 정해졌는데, 간간이 시론들 사이에 보이는 기나긴 침묵에도 불구하고 그 전체는 일관된 논리를 갖추고 있다.

거듭 말하건대, 이 책은 드레퓌스 사건 관련 자료의 일부일 뿐이요, 내가 집요하게 역사에, 내일의 심판에 맡기고자 한 내 행동의 증언록일 뿐이다.

1901년 2월 1일 파리에서

에밀 졸라

26

웃음의 문제를 해명하기 위해

앙리 루이 베르그송(1859~1941)은 1927년 노벨문학상을 수상한 프랑스의 철학자이다. 어린 시절부터 수재였으며, 고등사범학교 졸업 후 22세에 교수 시험에 합격, 콜레주 드 프랑스에서 교수를 역임하고, 한림원 회원이자 국제 협력위원회의 의장까지 지냈다. 『웃음』은 '웃음, 사람은 무엇에 대해, 왜 웃는가?'라는 1884년의 강연에서 그 내용이 최초로 공개되었다. 놀라운 판매량을 기록하며 동시대인들에게 뜨거운 호응을 받은 이 책의 의의는 웃음이라는 인간 현상을 분석하는 것에서 나아가 합리주의에 대한 당대의 비판을 명석한 분석과 우아한 문장으로 대변한 데 있다. 20세기 초 사상계를 지배한 실증주의는 인간에게 우울과 삶의 무의미를 강요하는 비관론을 담고 있었다. 발달하는 기계문명 속에서 존재 의의를 잃고 물리적 법칙에 의해 움직이는 그림자로 전락해버린 인간은 베르그송의 철학 속에서 영혼을 되찾게 되었다. 예술가들은 그의 미적 직관과 예술에 대한 통찰에 영감을 받아 희망을 노래했다. 베르그송은 단순히 우리 눈에 보이는 세계 그대로가 아니라 그 이면에 담긴 의미를 보도록 가르쳐주었다. 인간의 웃음은 심층에 자리한 구조와 본질을 뒤흔들며 '틈'을 만들어낸다. 우리는 그 '틈'을 통해 변화의 꿈을 꾼다.

Henri-Louis Bergson

웃음 [1]

Le Rire: Essai sur la
signification du comique, 1900

이 책은 예전에 우리가 〈르뷔 드 파리Revue de Paris〉[2]지에 발표했던 '웃음Le Rire'에 대한(더 구체적으로 말하자면, 특별히 희극성이 만들어내는 웃음에 관한) 세 논문을 싣고 있다. 그 논문들을 책으로 묶으면서, 우리는 이전 학자들의 논리를 철저하게 검토하고 웃음에 관한 제반 이론들을 체계적으로 집대성해야 하지 않을까 생각도 해보았다. 그러나 그렇게 되면, 설명이 지나치게 복잡해지고, 우리가 다루는 주제의 중요성과 어울리지 않는 두꺼운 책이 될까 염려되었다. 게다가 우리는, 희극성에 대한 주요 정의들을 명시적이든 묵시적이든, 간략하게나마 이미 다루었다. 우리가 든 다양한 예시들은 그 정의들 중 어떤 것을 분명히 떠올리게 했을 것이다. 따라서 우리는 그 논문들을 그대로 재수록하기로 결론을 내렸다. 다만 그 이전 30여 년간 희극성에 대해 발표된 주요 저서들의 목록을 첨가하기로 했다.

더불어 그 이후에 나온 다른 연구 논문들도 덧붙이느라 책 끝에 수록한 목록이 더 길어지게 되었다. 앞에서 언급했듯이 책 자체에는 아무런 수정도 가하지 않았다.[3] 물론 이 다양한 연구들이 웃음의 문제를 제대로 다루지 않았다는 뜻이 아니다. 우리의 방법은 희극성의 창출 기법이 무엇인지를 명확히 하려는 것이기 때문이다. 반면, 다른 연구들은 통상 생각할 수 있는 방식, 즉 희극적인 효과들을 무척 광범위하면서도 단순한 하나의 공식 안에 가둬두려는 접근을 주로 하고 있다. 이 두 방법이 서로 상반되지는 않는다. 오히려 이러한 후속 연구가 나왔음에도 불구하고 우리의 연구 결과는 전혀 타격을 받지 않는다. 그리고 우리는, 이 방법이 과학적인 정확성과 엄정함을 지니는 유일한 것이라고 생각한다. 이번 단행본에 첨가한 부록을 참고하고 독자가 주목해주기를 바라는 것도 바로 이 점이다.

1924년 1월 파리에서

H. B.

앙리 루이 베르그송

27

나는 시인이 아니라 자연과학자라오

지그문트 슐로머 프로이트(1856~1939)는 오스트리아의 신경과 의사로 정신분석의 창시자이다. 1885년 히스테리 환자들에 대한 연구를 접한 후 심리적 질환의 원인을 뇌가 아닌 정신의 영역에서 찾을 수 있다고 생각하게 되었다. 그는 당시 보편적이던 최면술의 한계를 깨닫고 자유연상법, 대화법을 통해 히스테리를 치료하기 시작했다. 1896년 처음으로 '정신분석학'이라는 용어를 사용했는데, 이는 꿈과 무의식, 성적 충동, 억압된 공격성 등을 기반으로 심리를 파악하고 그것을 단서로 신경질환을 치료하는 방법을 일컫는다. 프로이트의 출세작 『꿈의 해석』은 사십대 중반에야 출간되었으며, 초판 6백 부가 팔리기까지 8년이 걸렸다. 당시 꿈은 진지한 연구대상으로 취급받지 못했으나 프로이트는 꿈을 억압된 욕망의 충족시키려는 잠재의식이 나타난 대리물, 즉 '무의식에 이르는 길'이라고 보았다. 프로이트는 신화, 예술, 문학 등 분야를 넘나드는 해박한 지식을 동원해 환자들뿐만 아니라 자신의 꿈을 분석하고 그 의미와 생성 체계를 연구했다. 이 책을 탈고하고 프로이트는, 여기 담긴 식견은 그가 누구든 평생에 단 한번밖에 가질 수 없으리라고 말한바 있다. 유대인이었던 그는 말년에 나치를 피해 런던으로 망명했으며 암으로 사망했다. 프로이트의 연구는 인간의 내면에 깊이를 알 수 없는 심연이 있음을 알려주었다.

Sigmund Schlomo Freud

꿈의 해석

Die Traumdeutung, 1900

나는 여기에서 꿈의 해석을 서술하는 동안 신경병리학적 관심 범위를 벗어나지 않았다고 생각한다. 심리학 조사를 통해 꿈은 정상에서 벗어난 일련의 심리적 형성물의 첫번째 구성요소라는 사실이 밝혀지기 때문이다. 그 밖의 심리적 산물 중 히스테리성 공포증, 강박관념, 망상은 의사가 실용적인 이유에서 연구하는 것들이다. 꿈에―나중에 알게 되듯이―그와 유사한 실용적 의미 가 있다고는 할 수 없다. 그러나 그런 만큼 실례實例로서의 이론

지그문트 슐로머 프로이트

적 가치는 아주 높다. 꿈-형상들의 기원을 해명할 수 없는 사람은 공포증과 강박관념, 망상을 이해할 수 없으며, 경우에 따라서는 치료에서도 성과를 거두기 어렵다.

그러나 우리의 주제에 중요성을 부여하는 이러한 관계는 이 연구가 안고 있는 결함의 원인이기도 하다. 이 책에서 자주 부딪히게 되는 논지의 중단은 꿈-형성의 문제와 포괄적인 정신병리학의 여러 문제들이 맞물리는 많은 접촉 지점에서 비롯된다. 여기에서는 이러한 정신병리학의 문제들을 다룰 수는 없지만, 시간과 여력이 충분하고 더 많은 재료가 모아지는 훗날 이에 대해 논하게 될 것이다.

꿈-해석의 근거를 이루는 재료의 특성 때문에 책을 출판하게 되기까지는 어려움 또한 많았다. 왜 문헌을 통해 보고되었거나 익명의 사람들에게서 수집할 수 있는 꿈들이 내 목적에 도움이 되지 않았는지에 관해서는 서술하는 과정에서 저절로 밝혀질 것이다. 결국 나는 나 자신의 꿈과 내게 정신분석 치료를 받는 환자들의 꿈 가운데에서 선택할 수밖에 없었다. 그러나 후자의 경우 신경증적 특성들이 뒤섞여 꿈속의 사건들이 예기치 않게 복잡해지기 때문에 사용하기 곤란했고, 나의 꿈을 이야기하면 내 정신적 삶의 내밀한 부분을 원하는 것 이상으로 타인에게 보여주어야만 했다. 그것은 시인이 아니라 자연과학자인 저자에게는 으레 요구되는 정도를 넘어선 것이었다. 곤혹스럽지만 불가피한 일이었다. 심리학 연구 결과에 대한 증명을 포기하지 않으려면 상황이 요구하는 대로 따를 수밖에 없었다. 그렇다고 내가 생략하거나 덧붙임으로써 비밀을 감추고 싶은 유혹을 물리칠 수 있었던 것은 물론 아니다. 그렇게 할 때마다 이용한 사례들의 가치는 결정적으로 손상되었다. 나로서는 이 글을 읽는 독자들이 내 어려운 입장을 너그럽게 헤아려주고, 나아가 앞으로 이야기하게 되는 꿈이 어떤 식으로든 자신과 관계있다고 생각하는 사람들은 적어도 꿈–생활에서만큼은 사고의 자유를 부인하지 않기를 기대할 뿐이다.

지그문트 슐로머 프로이트

28

통일성을 체험하고 고찰하는 것에 대해

게오르그 짐멜(1858~1918)은 독일의 철학자이자 사회학자이다. 철학에 있어서는 생철학을, 사회학에 있어서는 형식사회학을 주장했다. 학계의 이방인이자 학자로서 불운한 삶을 살았으나 세상을 떠나기까지 총 31권의 저서와 256편에 이르는 방대한 글을 남겼다. 『렘브란트』에서 짐멜은 생철학적 관점으로 렘브란트의 예술관을 분석한다. 그는 끊임없이 역동적으로 형태를 바꾸는 것이 생이라고 생각했다. 그에 따르면 렘브란트는 고전적인 방식에서 벗어나서 평범한 사람들의 삶의 순간과 운동을 표현했고, 그 순간은 개인의 삶의 '과거-현재-미래', 즉 유기적 시간체를 상징한다고 주장했다.

렘브란트

Rembrandt:
Ein kunstphilosophischer Versuch, 1916

예술작품을 해석하고 평가하려는 모든 과학적 시도는 두 방향
의 길 사이의 선택에 근거해야 한다. 그것들이 분리되는 지점은
예술의 체험, 즉 작품이 여기에 존재하면서 자신을 수용하는 사
람들에게 직접적인 영향을 미친다는 일차적이고 통일적인 사실
에 있다. 이로부터 분석적 방향의 길이 말하자면 아래로 내려간
다. 그것은 한편으로 작품을 예술 발전의 과정에 편입해서 이해
할 수 있도록 하는 역사적 조건들을 탐구한다; 그것은 다른 한

328

게오르그 짐멜

편으로 예술작품에서 그 작용요소들을 추론한다: 형식의 엄격 또는 이완, 구성의 도식, 공간적 차원들의 이용, 채색, 소재 선택, 그리고 다른 많은 것들이 그 요소들이다.

그러나 이 두 길 가운데 그 어느 것을 통해서도 예술작품 자체나 그것이 영혼에 대해 갖는 진정한 의미를 이해할 수 없다는 것은 과학적 의식을 가진 사람이라면 누구나 명백히 알 수 있다. 그 첫번째 이유는 다음과 같다: 우리가 일반적으로 사물의 역사에 관심을 갖는 것은 그것의 **내용들** 때문인데, 모든 역사적 발전은 이 내용들의 **가치**를 이미 전제한다. 우리가 어느 임의적인 서투른 화가의 예술이 아니라 바로 렘브란트의 예술을 위해 역사적 발전을 연구하는 이유는, 자명하게도 이 발전 자체로부터는 찾을 수 없고 예술의 생성 조건들과 완전히 무관하게 우리가 그 예술 자체에서 느끼는 가치에 근거한다. 그런데 이 예술에 이미 간략히 언급한 적 있는 미학적 분석이 가해지는바, 이 분석은 그 예술의 생성 또는 현존재에 관계된다.[1] 그러나 설령 이러한 분석이 그와 같은 그림의 구성요소들을 아주 충분하게 드러내 보였다 할지라도, 예술작품의 창조도 그것이 주는 인상도 완전히 파악될 수는 없다. 왜냐하면 완성된 예술 현상은 두말할 나위 없이 다양한 형식적 또는 내용적 관점에서 고찰할 수 있으며, 또한 그럼으로써 예술현상을 그것의 전체적인 인상을 창출하는 순전히 개별적인 요소들로 분해할 수 있기 때문이다. 그렇지만 완성된 예술현상은 이 개별적인 요소들을 조합한다고 해서 복원되는 것이 아니며, 따라서 그러한 조합을 통해서 이해할 수 있는 것이 아니다. 이는 해부용 테이블에서 절단된 부분들을 조합한다고 해서 살아 있는 육체가 복원되는 것이 아니며, 따라서 살아 있는 육체는 그러한 조합을 통해서 이해할 수 있는 것이 아님과 마찬가지이다. 미학적 요소들을 나란히 늘어놓는 것은 역사적 요소들을 잇달아 늘어놓을 때도 그렇듯 완성된 예술현상의 등가물이 될 수 없다; 왜냐하면 완성된 예술현상에 결정적인 것은 그것과 완전히 다른 무엇이기 때문이다: 그것은 창조적 **통일성인바**, 이 것은 물론 예의 그 개별적인 요소들을 수단으로 이용함으로써 이 요소들이 완성된 예술현상의 분석적으로 기술할 수 있는 구체적인 외면을 구성한다. 그러나 예술의 본질과 그 작품들의 등급을 그러한 범주들의 합계로 이해하려는 것은 아주 큰 착각이 아닐 수 없다.[2] 이와 마찬가지로 예술작품이 주는 인상은, 분석적 미학이 들추어내는바 그것의 모든 측면과 특성이 주는 인상들의 합계와 같은 것이 아니다. 오히려 여기에서도 결정적인 것은 그 개별적인 인상들로부터 뚜렷하게 구별되거나 그것들을 초

게오르그 짐멜

월하는 완전히 통일적인 그 무엇이다; 그리고 모든 심리학적 분석, 그러니까 이 색채 또는 저 색채 그리고 이 색채 대조 또는 저 색채 대조가 어떤 효과가 있는가, 우리가 어떤 형식을 얼마나 쉽게 또는 어렵게 이해하는가, 어떤 주어진 사실에서 무엇을 연상하는가, 그리고 이와 유사한 모든 것은 예술적 체험 자체를 이루는 가장 본질적인 효과, 즉 예술작품이 영혼에 미치는 효과를 배제한다.

그러니 이러한 체험은 과학적 인식의 형식으로 절대로 흡수되지 않는다고 나는 믿는다. 직접적으로 느껴지는 것은 그 체험이 존재하는 유일한 방식이며, 우리는 이러한 방식에서 예술적 체험을 말하자면 건드리지 않은 채로 놔둬야 한다. 이 직접적으로 느껴지는 것이야말로 예술 인식의 두 가지 방향이 갈라지는 분수령이 된다. 다시 말해 예술작품의 개별적인 특징들과 예술작품이 수용되는 것에 대한 분석적 접근은 말하자면 창조와 수용이라는 통일적 체험 앞에서 멈추는 반면, 이 통일적 체험의 뒤에서 철학적 고찰이라 부를 수 있는 다른 고찰의 길이 시작된다. 이 길은 예술작품의 전체를 현존재와 체험으로 전제하고 이것을 영혼이 운동하는 전체 진폭, 추상성의 정점, 세계사적 모순들의 심층에 위치시켜 고찰하려고 한다. 그러므로 이와 같은 시도

의 대상으로 렘브란트의 예술이 특히 적합해 보이는데, 그 이유
는 바로 이 예술이, 그 객관적인 특성에 심층적인 근거를 가지면
서, 방금 언급한 비합리적 체험을 음악에 버금갈 정도로 지극히
순수하게 이루어지게 하기 때문이다;[3] 다시 말해 한편으로 분석
적 미학 그리고 다른 한편으로 개념적으로 그리고 형이상학적으
로 더 끌고 나아가려는 사고는 결코 건드릴 수 없는 체험 자체
의 고유한 본질을 실현하면서 말이다. 그런데 바로 이를 통해 체
험은, 더욱더 통일적이고 더욱더 균일하게 효력을 발생시키는
것으로서, 개별적인 문제들의 전제조건이 되는데, 위와 같은 사
고도 이 개별적인 문제들 안에서 움직여야 한다.

　바로 여기에 예술작품을 역사적으로, 기술적으로 또는 미학적
으로 해명하지 않고 철학적으로 예술작품의 의미라고 부를 수
있는 것을 추구하는 연구의 한계가 존재한다: 그것은 예술작품
의 가장 내적인 중심과 가장 외적인 주변 사이의 관계인바, 이
주변부에서는 세계와 삶이 우리의 개념들에 의해 표현된다. 그
러한 한계가 존재하는 이유는, 예술작품을 철학적으로 더 끌고
나가는 사고는 예술작품의 예의 그 일차적 체험으로부터 자양분
을 얻는데, 이 일차적 체험을 객관적이고 명확하게 규정할 수가
없기 때문이다.[4] 이 일차적 체험은 그로부터 그토록 많은 이론적

게오르그 짐멜

논의가 생겨남에도 사실의 형식으로 남고 이론으로는 접근할 수 없다―그것도 우연적인 자의에 의해서가 아니라 여하간 개인적인 지향성에 의해 결정되는바, 바로 이 지향성이 그 일차적 체험으로부터 철학적 노선이 다양한 방향으로 전개되도록 한다. 우리는 이와 같은 노선을 대변하는 모든 철학적 조류에 대해 그것들이 궁극적인 결정에 이른다고 주장할 수 있지만, 그 가운데 어느 조류도 자신이 유일무이한 결정에 이른다고 주장해서는 안 된다.

이전부터 나에게 철학의 본질적인 과제로 보인 것, 즉 직접적이고 개별적인 것, 단순하게 주어진 것에서 궁극적인 정신적 의미의 지층으로 측연을 던지는 것[5]―이것을 이제 렘브란트 현상을 가지고 시도할 것이다. 철학적 개념들은 언제나 자신들의 고유한 영역에만 머물러서는 안 되고, 현존재의 외면에도 주어야 하는 것을 주어야 한다. 물론 그렇다고 해서, 헤겔이 그리한 것처럼, 이 현존재가 이미 직접적인 것으로서 철학적 귀족의 지위로 고양된다는 조건을 거기에 결부해서는 안 된다. 그것은 오히려 유유자적하게 자신의 순박한 사실성 안에 그리고 이 사실성의 직접적인 법칙들의 지배하에 머물러야 하며, 또한 그렇게 함으로써 자신을 이념의 영역과 결합하는 철학적 노선들의 네트워크에 포착되어야 한다. 이 단순한 사실성이 여기서는 예술작품의 체험인바, 나는 이 체험을 영원히 일차적인 것으로 받아들이고자 한다.—이 영원히 일차적인 것에서 출발하는 철학적 원칙들은 전적으로 가장 외적인 단 하나의 지점에서 교차해야 한다고, 따라서 하나의 철학적 체계로 통합되어야 한다고 생각하는 것, 이것은 일원론적 선입견으로서 철학의—실체적이지 않고 기능적인—본질과 모순된다.

한편 이러한 방법론적 입장에서 그리고 다른 한편 현실로 전제된 체험이 개인적으로 규정된다는 사실에서 이 연구에 대한 기대의 이미 암시한 한계가 분명해진다.[6] 이 연구는 다만 다른 출발점들 및 다른 방향의 길들과 대등한 관계에 놓일 것과 심지어 이 다른 것들이 자신과 모순을 일으킬 때에도 그것들로 자신을 보완할 것을 요구할 수 있을 뿐이다. 이 책의 구체적인 내용들이 어떤 기대를 충족시키거나 충족시키지 못하는지는 어디까지나 그 내용들 자체를 보고 판단해야지 이 서문에 제시된 책의 프로그램을 보고 판단해서는 안 된다; 프로그램은 다만 논의의 한계를 설정함으로써 처음부터 실망하는 것을 방지하는 데에 그쳐야 한다.

게오르그 짐멜

29

그럼으로써 우리는 세상을 이해하게 되었다

페데리코 가르시아 로르카(1898~1936)는 스페인의 시인, 극작가이다. 『집시 민요집』으로 스페인 국가 문학상을 받았고, 극단을 창단하여 『피의 결혼식』 『예르마』 『베르나르다 알바의 집』 등을 발표하여 사랑받았다. 『인상과 풍경』은 그라나다 대학 재학 시절 스승 마르틴 도밍게스 베루에타와 함께 스페인 일대를 여행하며 받은 인상을 담은 그의 첫 산문집이다. 안달루시아 지방 사람들의 한이 담긴 '칸테 혼도'의 음악성, 그 존재의 어두운 심연을 시적인 문장으로 잡아낸 회화적 상상력은 훗날 펼쳐질 로르카 문학의 풍경을 암시하고 있다. 그가 매료된 영혼의 깊이는 '우리를 에워싸고 있는 바다보다도 훨씬 깊다'. 그는 38살의 젊은 나이에, 스페인 내전 중 고향 그라나다에서 소련 스파이라는 죄명으로 붙잡혀 극우 민족주의자에게 사살당했다. 이후 프랑코 정권에 의해 그의 작품은 한동안 금지당했다.

Federico García Lorca

인상과 풍경

Impresiones y paisajes, 1918

　독자 제위諸位. 여러분이 이 책을 덮는 순간 안개와도 같은 우수憂愁가 마음속을 뒤덮을 것이다. 그리고 여러분은 이 책을 통해서 세상의 모든 사물들이 어떻게 쓸쓸한 색채를 띠며 우울한 풍경으로 변해가는지 보게 될 것이다. 이 책 속에서 지나가는 모든 장면들은 추억과 풍경, 그리고 인물들에 대한 나의 인상印象이다. 아마 현실이 눈 덮인 하얀 세상처럼 우리 앞에 분명히 나타나는 일은 없을 것이다. 그러나 일단 우리 마음속에서 열정이 분출하기 시작하면, 환상은 이 세상에 영혼의 불을 지펴 작은 것들을 크게, 추한 것들을 고결하게 만든다. 마치 보름달의 빛이 들판으로 번져나갈 때처럼 말이다. 이처럼 우리 영혼 속에는 지상에 존재하는 것들을 압도하는 무언가가 있다. 대부분의 경우, 그것은 마음 깊은 곳에 잠들어 있다. 그러나 기억의 저편으로 사라진 것들이 다시금 떠올라 마음이 어지러워지면, 그것은 긴 잠에서 깨어나 마음속에 떠돌던 수많은 풍경을 한데 모은 뒤 우리 삶의 일부로 만든다. 그런 연유로 우리는 세상 사물들을 모두 다르게 보는 것이다. 우리의 감성 세계는 색채와 선율의 영혼보다 더 높이 고양될 수 있다. 그러나 실제로 우리의 감성이 거대한 날개를 펼쳐 이 세상의 경이로운 현상을 모두 감싸안을 수 있을 정도로 완전하게 깨어나는 경우는 드물다. 시詩는 세상의 모든 것, 즉 추한 것, 아름다운 것, 그리고 심지어는 혐오스러운 것에서도 존재한다. 문제는 우리 영혼의 깊은 늪 속에 잠들어 있는 그것을 찾아서 깨울 줄 알아야 한다는 것이다. 우리의 정신이 지닌 가장 놀라운 면은 마음속에 떠오르는 어떤 감정도 다양한 방법으로―저마다 다 다르게, 또 때로는 아주 모순된 방식으로―이해할 수 있다는 점이다. 세상을 살아가다 어느 순간 '고독의 길'에 이르는 문에 당도하면, 마음속에 존재하는 모든 감정과 덕성, 그리고 죄업과 순결함이 담긴 잔을 깨끗이 비울 수 있게 될 것이다. 항상 우리의 영혼을 세상 사물에 따라 부으면서 존재하지 않는 곳에서 어른거리는 영혼의 그림자를 보고, 또 마법과도 같은 우리의 감성에 형식을 부여할 줄 알아야 한다. 그럼으로써 우리는 세상을 이해하게 된다. 예를 들어, 우리는 인적이 드문 쓸쓸한 광장에서 그곳을 지나쳐간 수많은 옛 영혼을 볼 수 있어야 한다. 그리고 사물이 지닌 모든 색조를 느낄 수 있으려면, 유일한 동시에 수많은 존재가 되어야 한다. 이를 위해서 우리는 종교적이면서도 동시에 세속적이어야 한다. 그리고 저 엄격한 고딕 성당을 휘감고 있는 신비주의와 고대 그리스의 경이로운 세계를 결합해야 한다. 모든 것을 보고, 또 모든 것을 느껴야 한다. 영원한 세계에 이르면 우리는 끝없는 축복을 얻게 된다. 이세상 모든 이들을 따뜻한 마음으로 사랑하고 존중한다면 우리 모두는 꿈에 그리던 세계에 이르게 될 것이다. 꿈꾸어야 한다. 꿈꾸지 못하는 자여! 가엾은 자여, 그대는 결코 빛을 보지 못할 것이다. 독자들이여, 볼품없는 이 책이 지금 그대들의 손에 놓여 있다. 마음에 들지 않는다면 이 서문까지만 읽기를! 그런 뒤 쓴웃음이 나온다 해도 마찬가지다. 만일 그렇다면 딱히 잃을 것도, 얻을 것도 없을 테니까. 이 책은 안달루시아 문학의 쓸쓸한 정원

페데리코 가르시아 로르카

에서 피어난 한 송이 꽃일 뿐이다. 며칠 동안은 서점 진열장에 근사하게 꽂혀 있겠지만, 곧 무관심의 바다로 사라지리라. 여러분이 이 책을 읽고 즐거움을 얻는다 해도 마찬가지다. 그저 그대들에게 심심한 감사의 마음을 전하고 싶을 뿐이다. 진심으로 하는 말이다. 자, 그럼 이제 책 속으로 여행을 떠나도록 하라!

커튼이 올라가고 있다. 이 책의 영혼은 이제 곧 심판을 받을 것이다. 독자들의 눈은 사고思考에 바칠 영혼의 꽃을 찾는 두 명의 정령精靈이 되리라. 이 책은 하나의 정원이니, 이 정원에 꽃을 심을 줄 아는 자는 복되도다! 그리고 자신의 영혼을 위해 장미는 꺾을 수 있는 자는 축복받을지어다……! 감성의 향이 은은히 퍼지는 향유香油를 받으면 환상의 등불이 켜지리라.

커튼이 올라가고 있다.

30

놀이가 문명이라는 것을 확신합니다

요한 하위징아(1872~1945)는 네덜란드의 역사가이자 문화학자이다. 어린 시절, 고향을 방문한 카니발 행렬을 보고 매료되어 의례, 축제, 놀이 연구를 시작했다. 언어에 남다른 재능을 보였으며 문학 및 예술에 대한 탁월한 식견은 그의 저서에 잘 나타나 있다. 힘들고 고달픈 삶을 감당하기 위해 사람들은 삶에 대한 환상을 열망한다고 보았던 저자는, '문화에서 놀이와 진지함의 경계에 대하여'라는 1933년 강연과 저서 『호모 루덴스』에서 인간을 '놀이하는 인간'으로 규정하며, 문명의 기원을 '놀이'에서 찾았다. 그에게 놀이는 문화의 한 요소에 그치지 않았다. 놀이는 법, 정치, 예술, 전쟁 등 모든 영역에 영향을 미치며 나아가 문화 자체가 놀이의 성격을 띠었다고 보았다. 그중에서도 그는 동물과 구별되는 인간의 놀이활동으로 예술을 꼽는다. 이렇듯 그에게 놀이는 정신적인 창조활동 모두를 칭하는 것으로 인간은 이를 통해 인생관과 세계관을 표현한다고 보았다. 역사학 교수로 독일군에 의해 문을 닫을 때까지 레이던 대학에서 강의를 했고, 히틀러를 비판한 일로 나치에 의해 감금당했다가 1942년 석방되어 시골집에 유폐되었다. 네덜란드의 해방을 보지 못하고 1945년 2월에 세상을 떠났다.

Johan Huizinga

호모 루덴스

Homo Ludens, 1938

　우리의 시대보다 더 행복했던 시대에 인류는 자기 자신을 가리켜 감히 '호모 사피엔스Homo Sapiens, 합리적인 생각을 하는 사람'라고 불렀다. 하지만 세월이 흐르면서 우리 인류는 합리주의와 순수 낙관론을 숭상했던 18세기 사람들의 주장과는 다르게 그리 합리적인 존재가 아니라는 게 밝혀졌고, 그리하여 현대인들은 인류를 '호모 파베르Homo Faber, 물건을 만들어내는 인간'라고 부르기 시작했다. 비록 인류를 지칭하는 용어로서 'faber, 물건을 만

요한 하위징아

들어내는'라는 말이 'sapiens, 생각하는'라는 말보다는 한결 명확하지만, 많은 동물들도 물건을 만들어낸다는 점을 감안할 때 이 말역시 부적절하기는 마찬가지이다. 인간과 동물에게 동시에 적용되면서 생각하기와 만들어내기처럼 중요한 제3의 기능이 있으니, 곧 놀이하기이다. 그리하여 나는 호모 파베르 바로 옆에, 그리고 호모 사피엔스와 같은 수준으로, '호모 루덴스Homo Ludens, 놀이하는 인간'를 인류 지칭 용어의 목록에 등재시키고자 한다.

모든 인간의 행위를 '놀이'라고 부르는 것이 고대의 지혜였지만, 일부 사람들은 그렇게 부르는 것을 천박하다고 생각해왔다. 이러한 형이상학적 결론(놀이는 천박)을 지지하는 사람들은 이 책을 읽을 필요가 없으리라. 하지만 놀이 개념은 이 세상의 생활과 행위에서 뚜렷하면서도 중요한 요소로 작용해왔다. 나는 지난여러 해 동안 문명이 '놀이 속에서in play' 그리고 '놀이로서as play' 생겨나고 또 발전해왔다는 확신을 굳혀왔다. 그리하여 1933년 레이던 대학 연례강연에서 이것을 주제로 강연했고, 취리히, 빈, 런던 대학 등에서도 같은 주제로 강연했다. 특히 런던 대학에서는 강연 제목이 '문화의 놀이요소The Play Element of Culture'였다. 주최측은 강연 때마다 'of Culture, 문화의'를 'in Culture, 문화속의'로 바꾸고 싶어했다. 하지만 나는 그때마다 거부하면서 'of

Culture'를 고집했다.

왜 그렇게 했느냐면 나의 목적은 여러 문화 현상들 중에서 놀이가 차지하는 지위를 논하려는 것이 아니라, 문화가 어느 정도까지 놀이의 특징을 지니고 있는지 탐구하려는 것이었기 때문이다. 『호모 루덴스』를 펴내는 목적은 놀이 개념을 문화의 개념과 통합시키려는 것이다. 따라서 이 책에서 사용된 놀이라는 용어는 생물적 현상이 아니라 문화적 현상으로 이해되어야 한다.

이 책은 놀이에 대해서 과학적인 접근 방법보다는 역사적인 접근 방법을 취한다. 독자들은 또한 아무리 중요한 개념일지라도 심리적 해석이 이 책에서 거의 원용되지 않았음을 발견할 것이다. 그리고 민족지학적 사실들을 인용하는 곳에서도 인류학 용어나 이론은 아주 드물게 사용되었다. 독자는 마나[1]나 주술에 대한 언급이 전혀 없다는 사실도 발견할 것이다. 나는 인류학 및 그 관련 학문과 관련하여 다소 유감의 뜻을 갖고 있는데, 이들 학문이 놀이 개념을 홀대하면서 놀이요소가 문명에 끼친 영향을 거의 무시해왔기 때문이다.

이 책을 읽는 독자들은 구사된 용어들에 대하여 자세한 참고문헌을 기대하지 말기 바란다. 문화의 일반적 문제들을 다루다 보니 그 방면의 전문가조차도 아직 충분히 탐구하지 못한 여러

요한 하위징아

분야를 약탈자처럼 침입할 수밖에 없었다. 이러한 약탈로 인한 지식의 부족분을 모두 채워넣는다는 것은 불가능한 일이었다. 나로서는 지금 당장 글을 써나가느냐, 아니면 그만두느냐 둘 중 하나였다. 나는 전자를 선택했다.

1938년 6월 레이던 대학에서

하위징아

1. 폐하께서 잘 아시는 바와 같이

플라비우스 베게티우스 레나투스, 「서문」, 『군사학 논고—제1권 신병 모집과 훈련』, 정토웅 옮김, 지만지, 2011.

2. 세상은 바보들 천지

제바스티안 브란트, 「머리말」, 『바보배』, 노성두 옮김, 읻다, 2016.

1 바보를 비추는 거울. 바보에게 자각의 일깨움을 주는 거울.

3. 격언은 가장 오래된 가르침

에라스무스, 「에라스무스 서문」, 『격언집』, 김남우 옮김, 부북스, 2014.

1 도나투스, 『라틴어 문법』 3, 6.

2 디오메데스, 『라틴어 문법』 2.

3 호라티우스, 『시학』 335-6.

4 아리스토텔레스, 『형이상학』 993b5.

5 퀸틸리아누스, 『수사학 교육』 5, 11, 21.

6 바로, 『라틴어에 관하여』 7, 31.

7 그리스로마 신화에 따르면, 다나오스의 딸 50명은 숙부 아이깁토스의 아들 50명과 결혼하게 되었다. 다나오스는 딸들에게 결혼식 첫날밤 신랑들을 죽이도록 명령했는데, 맏딸 히페름네스트라만이 아버지의 명을 어기고 신랑을 도망치게 했다. 이때 살아 도망친 신랑 린케우스는 형제들의 복수를 위해 다나오스를 죽이고 형제들을 죽인 다나오스의 딸들을 죽였다고 한다. 다나오스의 딸들은 하계에 내려가 밑 빠진 항아리에 물을 채우는 형벌을 받았다.

8 오르쿠스Orcus는 그리스 이름으로 하데스이며, 로마 신화에서는 플

루토라고 불리는 지하세계의 신이다. 헤파이스토스는 제우스에게 번개를, 넵투누스에게 삼지창을, 그리고 오르쿠스에게 투구를 만들어주었다. 오르쿠스의 투구를 쓰면 눈에 보이지 않게 되는데 페르세우스는 이 투구를 빌려 쓰고 메두사를 처치했다.

9 에라스뮈스는 배추가 술에 취하는 것을 막아준다고 믿었으며, 이런 이유로 그리스에서는 음주 직전에 배추를 먹는 습관이 있었다고 한다. 배추가 유익하기는 하지만, 무엇이 유익하다고 해서 여러 번 반복적으로 제공될 경우 오히려 역효과를 낼 수도 있다는 뜻을 전하고 있다.

10 자신의 생각을 과감하고 자유롭게 겉으로 표현하지 못하는 사람들을 가리키는 격언이다. 흔히 동전에 황소를 새겨넣곤 하였는데 뇌물을 받거나 벌금이 두려워 입을 다물고 있는 사람에게도 적용할 수 있다.

11 테렌티우스가 『환관』에서 이르길 "저 옛말이 하나 그르지 않구려, 대지의 여신과 술의 신이 없으니 베누스 여신도 얼어붙는다는 속담 말이요." 시골뜨기 농부가 멀쩡할 때는 기생을 꺼리다가 한잔 들어가니 기생을 받아들이며 하는 말이다. 밥을 먹고 술을 한잔 걸치니 여자 욕심이 생겼기 때문이다. 대지의 여신 케레스로 하여금 음식을, 술의 신 바쿠스로 하여금 음주를, 베누스 여신으로 하여금 사랑을 대표하게 하는 수법이 이 속담에서 눈에 들어온다. 도나투스가 전하는바, '얼어붙는다'라는 말도 은유적인 표현이다. 포도주 단지를 밀봉할 때 역청을 사용하는데 날이 추워지면 이것이 얼어붙어 술을 퍼낼 수 없게 된다. 이 얼마나 대단한 주석인가! 이 주석이 그

의 것이라면 그는 정녕 대단한 학자임에 틀림없다. 사랑하는 사람은 불로 가득하니 사랑이 마음에서 떠나면 우리는 '식어버렸다'라고 말한다. 호라티우스는 '나는 이 순간 이후 다시 그 어떤 여자 때문에 달아오르지 않으리라' 했다. 제 아내를 돌아보지 않는 남편에게 '식어버렸다'라고 할 수 있을 것이다. 성 히에로니무스는 테렌티우스의 이 말에 덧붙여 노골적인 설명을 덧붙인다. "뱃가죽이 탱탱하면 몸의 저 일부분도 탱탱해지는 법이다. 식욕은 성욕과 막역한 친구이다." 술은 특히 성욕을 자극한다. 그래서 바울 서신은 "술 취하지 말라 이는 방탕한 것이니" 하고 일렀다. 에우리피데스는 "술이 빠지면 사랑도 없다" 했다. 아테나이오스는 『현자들의 저녁식사』 제6권에서 어떤 견유철학자들의 발언을 인용한다. "창자가 비어 있으면 아름다운 여인에 대한 욕망도 없게 마련이다. 퀴프로스 섬에서 태어난 사랑의 여신은 굶주린 사람들에게는 냉정하기 때문이다." 아테나이오스의 같은 책 제10권에서 아리스토파네스는 다음과 같이 말한다. "포도주는 베누스 여신의 젖이다. 왜냐하면 포도주는 욕망을 부르기 때문이다." 이제까지 적어놓은 것과는 반대로 아리스토텔레스는 지나치게 포도주를 마시면 합궁에 어려움을 겪는다고 적는다. 포도주는 정자의 힘을 약화시킨다고 한다. 알렉산드로스 대왕이 성적으로 무능했던 것도 지나치게 포도주를 마신 결과였다.

12 헤시오도스, 『일들과 날들』 202-3.

13 마크로비우스, 『사투르누스 축제』 2, 4, 20. 황제 아우구스투스를 닮았다는 소리를 듣던 젊은이에게 황제 본인이 직접 묻기를 "그대의

349

어머니가 로마에 살았던 적이 있었느냐?" 하자, 젊은이가 대답하길, 자신의 어머니는 한번도 로마를 방문한 적이 없으나, 아버지는 자주 방문했다고 말했다.

14 마크로비우스, 『사투르누스 축제』 2, 4, 28. 투르니우스는 음악적 재능이 뛰어난 노예들을 데리고 있었는데, 그들을 칭찬하며 황제 아우구스투스가 상으로 볏섬을 내리고 다시 한번 연주를 청했을 때, 투르니우스가 이렇게 대답했다고 한다.

15 예레미야 31, 29.

16 누가복음 6, 43.

17 누가복음 7, 32.

18 테오그니스, 『엘레기』 25-26.

19 유베날리스, 『풍자시』 11, 27.

20 플리니우스, 『자연학』, 11, 2-4.

21 『에베소서』 4, 4.

22 아리스토텔레스, 『수사학』 1, 15.

23 퀸틸리아누스, 『수사학 연습』 5, 11, 37 이하.

24 호메로스, 『일리아스』 2, 210 이하에 등장하는 사람으로, 아가멤논에게 덤벼들었다가 오디세우스에게 혼쭐이 난다. 그리스군에 참여한 인물 중 가장 못났다고 한다.

4. 이성의 빛과 미신
베네딕트 데 스피노자, 「서론」, 『신학정치론』, 황태연 옮김, 비홍출판사, 2013.

5. 독자들은 만족을 얻을 것이다

조너선 스위프트, 「발행자가 독자에게」, 『걸리버 여행기』, 신현철 옮김, 문학수첩, 2010.

6. 나는 이 책을 20년 동안 썼다

샤를 루이 드 스콩다 몽테스키외, 「서문」, 『법의 정신』, 이재형 옮김, 문예출판사, 2015.

1 바일과 퐁트넬, 볼테르의 저서를 빗댔다.

2 시인 베르길리우스가 『아이네이스』(VI. 33)에서 인용한 글귀로, 아들인 이카로스의 비극적 모험을 표현할 능력이 없는 조각가 다이달로스를 상징한다.

3 주로 그로티우스(1583~1645)와 홉스(1588~1679), 푸펜도르프(1632~1694), 로크(1632~1704)를 가리킨다. 플라톤(B.C. 427~347)이나 아리스토텔레스(B.C. 384~322)를 덧붙일 수도 있다.

4 '코레조'라고 불린 이탈리아 화가 안토니오 알레그리(1494~1534)가 라파엘의 그림 앞에서 도발적으로 했다는 말

7. 헌법 이외의 다른 지배자는 없다

장 자크 루소, 「헌사-제네바 공화국에 바침」, 『인간 불평등 기원론』, 김중현 옮김, 펭귄클래식코리아, 2015.

1 제네바 공화국을 이끌어가는 25인으로 구성된 기관(le Conseil, 또는 le Petit Conseil)으로, 실제적인 정부 구실을 했다. 참고로 시민 전체로 구성된 기관은 총회le Conseil général다. 따라서 루소는 이 헌사를 총회에 바치고 있다. 루소는 후에 『산에서 쓴 편지들』에서 이 기관 위원들의 월권행위와 권력 남용을 비판한다. 이 헌사를 쓸 당시

출처 및 주

(1754년 6월) 루소는 제네바 교회에서 다시 신교로 복귀한 뒤 제네바 시민권을 되찾은 상태였다.

2 1724년 그가 사법서사 마스롱 집에서 수습 서기로 일하던 때, 즉 처음으로 직장을 가져 사회생활을 시작한 때부터를 일컫는다.

3 루소의 정치적 이상은 무조건적인 평등이 아니다. 자연적 평등과 개인들 사이의 불평등이 적절히 결합되는 것이다.

4 루소는 '서로 알고 지낼 수 있는' 규모의 사회야말로 참된 민주주의가 행해질 수 있는 사회로 보았다. 하지만 그런 사회가 존재할 수 있는지는 미지수다.

5 (원주) 헤르도토스는 다음과 같은 이야기를 하고 있다. 즉, 일곱 명의 페르시아 해방자가 가짜 스메르디스를 살해한 뒤 국가에 부여할 정체에 대해 토의하러 한자리에 모였을 때 오타네스는 열렬히 공화정에 찬성했다. 제국에 요구할 권리가 있는 태수太守의 입에서 나왔을 뿐만 아니라, 귀족들이 자신들로 하여금 백성을 공경하게 만드는 정부를 죽는 것보다도 더 두려워하는 만큼 더욱더 놀라운 견해다. 오타네스의 말에, 당연히 그러리라 짐작하겠지만, 아무도 귀기울이지 않았다. 그리하여 그는 그들 일곱 명 가운데에서 군주 한 명의 선출에 들어가려 할 참에 복종하는 것도 명령하는 것도 원하지 않았으므로 다른 경쟁자들에게 군주 피선출권을 기꺼이 양보하면서 보상으로는 단지 자신과 자기 후손의 자유와 독립만을 요구했다. 그는 그 요구에 대한 동의를 얻어냈다. 비록 헤로도토스가 우리에게 그가 얻어낸 특권의 제한에 대해 가르쳐주지 않았을지언정 당연히 그 제한을 감안해야 할 것이다. 그렇지 않으면 오타네스는 어

떠한 종류의 법도 인정하지 않고 아무에게도 복종할 의무를 갖지 않음으로써 국가 내에서 전능하며 왕보다도 더 큰 권력을 가지는 것으로 보일 수 있을 것이다. 그러나 그와 같은 경우 그 특권에 만족할 사람이 그것을 남용했을 것 같지는 않다. 실제로, 오타네스나 그의 후손들이 그 특권을 남용함으로써 왕국에 불화를 야기한 흔적은 전혀 보이지 않는다.

6 로마교황을 가리킨다.

7 로마의 전설적인 왕가로 전제정치를 확립하고 공포정치를 폈다.

8 루소는 타락과 폭정과 예속 상태를 회복할 수 없는 악이라고 규정했다.

9 시계공이었던 아버지 이자크 루소를 가리킨다.

10 제네바 공화국을 구성하고 있던 네 계급, 즉 시민citoyen · 부르주아 bourgeois · 주민habitant · 하급 원주민natif 가운데 하나로, 노동의 권리만 가지고 있었으며 참정권은 주어지지 않았다. 루소는 시민계급 가운데서도 하급 시민citoyen du bas에 속해 있었다.

11 바로 뒤에 이어지는 설명에서 보듯이 신의 왕국의 행정관들, 이를테면 목사들을 가리킨다. 루소는 『사회계약론』(「시민의 종교」 장)에서 기독교와 애국심은 양립하기 어렵다는 언급을 하고 있다. 하지만 뒤이은 구문에서 보듯 제네바 목사들은 예외로 하고 있다.

12 당시 훌륭한 설교 기술은 목사들에 의해서뿐만 아니라 평신도들에 의해서도 개발되었다고 한다.

13 1559년에 장 칼뱅에 의해 설립된 아카데미를 말한다.

14 18세기 중반부터 유럽에서는 이 '애국자'라는 말의 사용이 빈번해진다.

8. 우리의 감정과 그것들의 원천에 대한 이론

에드먼드 버크, 「제2판 서문」, 『숭고와 아름다움의 이념의 기원에 대한 철학적 탐구』, 김동훈 옮김, 마티, 2006.

9. 온정과 인도애가 극형보다 낫다

체사레 벡카리아, 「독자에게」, 『범죄와 형벌』, 한인섭 옮김, 박영사, 2010.

1 이 장은 초판에 대해 이루어진 비판, 그중에서도 특히 베네치아 공국의 수도사 페르디난도 파치나이Ferdinando Fachinei의 비판에 의해 촉발된 것이다. 파치나이는 벡카리아의 저서 중 6군데에 반역죄를, 23군데에 불경죄를 걸어 비난했다. 벡카리아는 이러한 반역죄와 불경죄에 대한 비판을 반박하면서, 자신의 저술을 옹호하고 있다.

2 비잔틴 제국 황제 유스티니아누스 1세(527~565). 로마법대전Corpus Juris Civilis을 집대성함. 이 대법전은 중세기 서유럽에 전래되었고, 벡카리아의 시대에는 대부분의 대륙법체계의 토대가 되었다.

3 게르만족의 일파인 롬바르드족은 568년 이탈리아를 침공하여, 파비아 등 북이탈리아 지역을 지배하였다. 그들의 관습법은 기독교 개종 후 643년 Edictum Rotharis으로 편찬되었고, 후일 밀라노 지역 법학의 기초가 되었다.

4 Benedikt Carpzov(1595~1666)는 독일 라이프치히의 법률가. 작센법과 로마법, 중세교회법인 캐논법을 체계화하여 독일법의 초석을 놓음. 형법 분야에서 가장 중요한 것으로는 그의 Praktica nova imperialis Saxonica rerum criminalium(1635).

5 Giulio Claro(1525~1575)는 이탈리아의 법학자, 범죄학자이며, 주저는 Receptae sententiae(1570)이다. 그 책의 대부분은 형법을 다뤘다.

6 Prospero Farinacci(1544~1618)는 형벌학자이자 뛰어난 변호사였으며, 교황 바오로 5세 밑에서 검찰총장을 하기도 했다. 당시까지의 법률 가들의 의견을 체계화하여, 권위 있는 주석서를 만들어냈다는 점에서 카프조우, 클라로 등과 같은 평가를 받을 수 있다. 이들은 실제로 형사절차의 야만성을 완화하기 위해 노력했지만, 로마법과 절연하지 않았고 고문과 같은 관행을 비난하지 않았다.

7 여기서 현 정부란 롬바르디아를 다스렸던 오스트리아를 말한다. 마리아 테레지아(1740~1780), 요셉 2세(1780~1790), 그리고 레오폴드 2세(1790~1792) 국왕이 이끄는 오스트리아 정부는 일련의 개혁에 착수했고, 베카리아와 그의 동료들은 그러한 개혁에 열성적으로 협력하고자 했다.

8 여기서는 우선 파치나이 수도사를 주로 겨냥하고 있다.

9 Thomas Hobbes(1588~1679)는 사회계약설의 입장에서 군주주권론을 변호한 영국의 정치사상가다. 원시 상태를 '만인의 만인에 대한 투쟁bellum omnium contra omnes'으로 가정하고, 그 전쟁을 종식시키기 위한 개개인의 권리 양도를 주권으로 설명한다. 주저는 Leviathan(초판은 1651년).

10 정치적 공동체의 성립근거로서 사회계약설은 그리스의 소피스트와 에피쿠로스학파에까지 소급한다. 홉스, 로크, 루소는 베카리아의 사회계약론의 지적 바탕을 제공한 셈이며, 공리주의 사상은 헬베티우스로부터 주로 영향받았다.

11 이 답변서는 1765년 익명으로 출간되었다. 여기서 베카리아는 이 답변서를 자신이 쓴 것으로 서술하지만, 실제로는 그를 대신하여

베리 형제가 쓴 것으로 인정된다.

10. 허울 좋은 경의에 바침

메리 울스턴크래프트, 「서론」, 『여권의 옹호』, 손영미 옮김, 연암서가, 2014.

1 이슬람교는 여성에게는 영혼이 없고, 따라서 내세도 없다고 주장한다.

2 초판에는 다음과 같이 되어 있다. "……여성은 일반적으로 남성보다 열등하다. 남자는 여자를 쫓아다니고, 여자는 그에게 몸을 맡긴다. 이것이 자연의 법칙이고, 이 법이 여자를 위해 중지되거나 폐기되는 것 같지 않다. 남자의 이런 육체적 우월함은 부인할 수 없고, 고귀한 특권이다!"

3 1786~1789년 사이에 출간된 데이Thomas Day의 소설.

4 여기서 '자연스럽다'는 것은, 중산층은 귀족들처럼 대대로 이어받은 계급이나 재산, 돈 때문에 타락하지 않았고, 따라서 에디슨과 스틸도 주장했듯이, 가장 교육할 만한 계층이라는 뜻.

5 균형 잡힌 문장을 꾸며낸다는 뜻.

6 원문은 "신의 피조물들에 별명을 붙이다". 『햄릿』, 3막 1장, 150행에서 햄릿이 오필리어에게 하는 말에 대한 인유. "그대는 춤추고, 혀 짧은 소리를 하고, 신의 피조물에 별명을 붙이고, 방종한 마음은 무지로 감추지."

7 "지금 이름은 기억나지 않지만, 한 발랄한 작가가, '마흔이 넘은 여자들은 대체 왜 살지?'라고 물은 적이 있다"(NW). 이는 아마 버니Fanny Burney의 소설 『이블리나Evelina』에서 바람둥이인 머튼 경Lord Merton이 한 말에 대한 인유일 것이다. "난 서른 넘은 여자들이 왜

사는지 모르겠어. 남들에게 방해만 되는데 말야."(Evelina, London, New York: 1958, p.253.)

8 다만 개인적인 차이가 있을 뿐, 남녀가 원래는 비슷한 지성을 갖고 있다는 뜻.

11. 인간이 소설을 쓰는 두 가지 이유

D. A. F. 사드, 「작가 서문—소설에 대한 생각」, 『사랑의 범죄』, 오영주 옮김, 열림원, 2006.

1 Troubadour: 12~13세기 프랑스 남부 지방의 서정시인들.

2 (원주) 켈트어의 'Her'와 'Coule'라는 두 단어가 합성된 헤라클레스는 원래 어떤 속성을 가진 사람들을 가리켰다. 즉, 대장을 의미했다. 'Hercoule'은 군대의 장군을 지칭했으니, 당연히 수많은 'Hercoule'들이 있었다. 신화는 여러 사람의 놀라운 무용武勇을 한 사람에게 돌렸던 것이다(펠루티에Pelloutier의 『켈트족의 역사』를 참고).

3 Pierre Daniel Huet(1630~1721): 프랑스의 주교, 학자.

4 Ezra: 에스라서를 기록한 구약성서의 인물.

5 헬리오도로스는 3~4세기의 그리스 작가. 테아게네스와 카라클레이아는 동명의 소설 주인공들.

6 Aristides: B.C. 2세기경의 그리스 작가.

7 Lucius Apuleius(125~170): 카르타고에서 활약한 라틴 작가.

8 Iamblichus(165~180): 시리아 출신의 그리스 작가.

9 Xenophon: 3세기경의 그리스 작가. 『에페소스 이야기』를 썼으며, 역사가인 아테네의 크세노폰과 구별하기 위해 '에페소스의 크세노폰'이라 부른다.

출처 및 주

10 Longos : 2~3세기경의 그리스 소설가.

11 Gaius Petronius Arbiter(20~66) : 고대 로마 작가. 『사티리콘』의 저자로
추정됨.

12 Marcus Terentius Varro(B.C. 116~27) : 고대 로마의 저술가.

13 Marcus Annaeus Lucanus(39~65) : 고대 로마의 시인.

14 Hugues Capet(941~996) : 카페 왕조를 창설한 프랑스 왕.

15 Jean-François de La Harpe(1739~1803) : 고전주의 원칙을 옹호한 프랑
스 시인, 비평가.

16 galanterie : 기사도에서 기원한 여성에 대한 친절하고 정중한 태도.

17 『아스트레』의 무대가 된 프랑스 중부 산간 지방의 산 이름.

18 Marin Le Roy de Gomberville(1600~1674) : 프랑스 작가. 『폴릭상드르』
의 저자.

19 Gauthier de Costes La Calprenède(1609~1663) : 프랑스 작가. 『카상드
르』 『클레오파트라』의 저자.

20 Saint-Sorlin Jean Desmarets(1595~1676) : 프랑스 작가. 『아리아드네』의
저자.

21 Georges de Scudéry(1601~1667) : 프랑스 작가.

22 Madeleine de Scudéry(1607~1701) : 프랑스 작가. 『아르타멘 또는 키루
스 대왕』 『클레리』의 저자.

23 Charles de Saint-Évremond(1614~1703) : 프랑스 모럴리스트·비평가.

24 Paul Scarron(1610~1660) : 프랑스 작가. 『변장한 베르길리우스』 『우
스운 이야기』의 저자.

25 Alain-René Lesage(1668~1747) : 프랑스 작가. 『질 블라스 이야기』의

저자.

26 Mme de La Fayette(1634~1693): 프랑스 작가.『클레브 공작부인』의
저자.

27 François de La Rochefoucauld(1613~1680): 프랑스 모럴리스트.『막심』
의 저자.

28 Jean Regnault de Segrais(1624~1701): 프랑스 시인.『베레니스』의 저자.

29 François Fénelon(1651~1715): 프랑스 주교.『텔레마크의 모험』의 저자.

30 『우스운 이야기』의 배경인 프랑스 북부의 도시.

31 Mme de Gomez(1684~1770): 프랑스 작가.

32 Georges-Louis Leclerc de Buffon(1707~1788): 프랑스 자연과학자.『박
물지』의 저자.

33 Claude Prosper de Crébillon(1707~1777): 프랑스 작가.

34 Pierre Carlet de Chamblain de Marivaux(1688~1763): 프랑스 극작
가·소설가.『아를르캥』『마리안느의 인생』의 저자.

35 조롱과 광기의 그리스 신.

36 Jean-François Marmontel(1723~1799): 프랑스 작가.『도덕적 콩트』
『벨리세르』의 저자.

37 Samuel Richardson(1689~1761): 영국 작가.『파멜라』『클라리스 할로
윈』의 저자.

38 Henry Fielding(1707~1754): 영국 작가.『톰 존스』『아멜리아』의 저자.

39 (원주) 이 달콤한 작품은 얼마나 많은 눈물을 흘리게 했던가! 작품
속에 나타난 자연묘사는 정말이지 훌륭했고, 흥미는 계속 유지되었
으며 또 갈수록 고조되어갔다! 얼마나 많은 어려움을 극복했던가!

빗나간 한 여자의 이야기를 가지고 이 모든 흥미를 불러일으킨 작가의 철학에 감탄할 뿐이다! 이 작품을 최고의 우리 소설이라고 말한다면 지나친 것일까? 바로 이 소설을 통해 루소는, 무분별하고 경솔함에도 불구하고 한 여주인공이 감동적일 수 있다는 사실을 알게 되었다. 『마농 레스코』가 없었다면 우리는 『엘로이즈』를 읽을 수 없었을지도 모른다.

40 Claude Joseph Dorat(1734~1780): 프랑스 작가. 『사랑의 희생』 『변심의 불행』의 저자.

41 Baculard D'Arnaud(1718~1805): 프랑스 작가. 『불행한 남편들』 『감정의 시련들』의 저자.

42 레티프(Rétif de La Bretonne, 1734~1806)를 가리킨다. 『타락한 농부』 『니콜라씨』의 저자.

43 루이스(Mathew Gregory Lewis, 1775~1818)의 작품. 래드클리프와 더불어 암흑소설roman noir의 창시자로 간주된다.

44 Ann Radcliffe(1764~1823): 영국 작가. 『이탈리아인』 『우돌포의 신비』의 저자.

45 로마제국의 현제賢帝들.

46 (원주) 우리가 조언을 구한 전문가들도 이 역사가를 알지 못했다. 어쨌든 그의 이름은 '아불 세림 테리프 벤 타리크Abul-selim-terif-ben-tariq'로 발음하는 것이 더 정확할 듯하다.

47 (원주) 이 일화는 『알린과 발쿠르』에 나오는 것으로, 브리강도 Brigandos가 「센느빌과 레오노르」라는 제목하에 이야기하기 시작했으나 탑에서 시체가 발견되는 바람에 중단했던 일화이다. 표절자들

은 이 일화의 단어 하나하나까지 베꼈기 때문에 이 일화의 앞쪽에 나오는 네 줄, 집시 대장이 하는 말까지 베껴버렸다. 사정이 이러하니 소설 구매자들에게 다음과 같은 사실을 알리고자 한다. 피고로 르루 서점에서 팔고 있는 『발모르와 리디아』라는 소설과 세리우 무타르디에 서점의 『알종드와 코라댕』은 완벽히 동일한 작품이며, 이 두 소설은 모두 「센느빌과 레오노르」의 문장 하나하나를 말 그대로 노략질해서 만든 것으로, 그 부피는 『알린과 발쿠르』의 세 배에 이른다.

48 Robert Garnier(1544~1590): 프랑스의 비극시인.

49 1795년 출판된 사드의 서한체 소설. 사드가 생전에 자신의 이름으로 출판한 소설 작품은 『알린과 발쿠르』와 『사랑의 범죄』뿐이다.

50 사드가 익명으로 출판한 『쥐스틴 또는 미덕의 불행』(1791)과 『새 쥐스틴 또는 미덕의 불행과 그녀의 언니 쥘리에트 이야기 혹은 악덕의 번성』(1797)을 가리킨다.

12. 나는 그대로 해서 살게 되었다

노발리스, 「헌사」, 『파란꽃』, 김주연 옮김, 열림원, 2003.

13. 해적판이 나돌아다니고 있어서

뱅자맹 콩스탕, 「제3판 서문」, 『아돌프』, 김석희 옮김, 열림원, 2002.

14. 내적 연관성을 지닌 조각들

카알 폰 클라우제비츠, 「저자의 머리말」, 『전쟁론』, 김만수 옮김, 갈무리, 2016.

1 전쟁의 이론에 대하여 1816년과 1818년 사이에 쓴 미출간 원고.

2 (원주) 많은 군사 평론가들, 특히 전쟁 자체를 과학적으로 연구하려

고 한 평론가들은 그렇게 하지 않고 있고, 이는 많은 사례들이 증명하고 있다. 쓸모없는 찬반 논쟁이 그들의 이성적인 판단에서 다른 평론가들을 삼켜버려서 두 마리의 사자가 꼬리만 남기고 다른 사자를 삼킨 것처럼 된다.

3 리히텐베르크(Georg Christoph Lichtenberg, 1742~1799), 수학자. 독일 최초의 실험물리학 교수. 독일어 아포리즘의 창시자, 풍자 작가. 클라우제비츠의 글이 풍자와 비유를 많이 담고 있는 데는 리히텐베르크의 영향이 있을 것이라고 생각한다.

4 이전의 전쟁 이론이 대략 이런 횡설수설이었다는 것을 풍자하려고 클라우제비츠가 든 예문. 리히텐베르크의 풍자가 매우 유쾌하다!

15. 어른이 되기 위하여

쇠안 키르케고르, 「서론」, 『죽음에 이르는 병』, 임춘갑 옮김, 치우, 2011.

16. 미의 개념을 완벽하게 해주는 것

카를 로젠크란츠, 「머리말」, 『추의 미학』, 조경식 옮김, 나남, 2008.

1 괴테와 더불어 독일 문학의 고전주의 시대를 대표하는 시인이자 희곡작가이며 미학에 관해 수많은 글을 남긴 프리드리히 실러Friedrich Schiller의 담시譚詩「잠수부Der Taucher」(1798)의 한 연이다.

2 고대 그리스 시인인 소타데우스Sotadeus에서 기원한 시 형식의 일종.

3 독일 계몽주의 시대의 문학을 대표하는 희곡작가이자 이론가인 레싱Ebrahim Lessing의 시 「나는 누구를 위해 노래하나Für wen ich singe」에서 유래한다. 원래 첫줄은 "나는 어린아이들을 위해 노래하지 않는다Ich singe nicht für kleine Knaben"로 시작한다.

17. 역겨운 것에 매혹되는 우리들

샤를르 보들레르, 「독자에게」, 『악의 꽃들』, 김인환 옮김, 서문당, 1997.

1 트리스메지스트는 그리스 사람들이 헤르메스Hermès 신이나 이집트의 토트Thot 신에게 붙인 별명. 헤르메스는 웅변, 상업, 도둑들의 신인 동시에 여러 신의 사자使者였는데, 어렸을 때부터 장난꾸러기였다 한다.

2 인도 사람들이 사용하는 일종의 담뱃대이다. 터키 사람들이 피우는 나르길레와 흡사한 것인데 향수를 담은 병을 거쳐 대롱으로 연기를 빨아들인다. 보들레르와 같은 시대 작가들은 이 후카houka를 즐겨 피웠다.

18. 불꽃 속에서 건져낸 글

막스 뮐러, 「머리말」, 『독일인의 사랑』, 염정용 옮김, 인디북, 2012.

19. 진화는 '자연선택'이죠

찰스 다윈, 「책머리에」, 『종의 기원』, 박동현 옮김, 신원문화사, 2003.

20. 이 소설에는 두 가지 이야기가 있다

표도르 도스토옙스키, 「저자의 머리말」, 『카라마조프네 형제들』, 이동현 옮김, 올재, 2017.

21. 루이스 모건을 기리며

프리드리히 엥겔스, 「1981년 제4판 서문」, 『가족, 사유재산, 국가의 기원』, 김대웅 옮김, 두레, 2012.

1 제4판 서문은 영어판을 텍스트로 삼았다.

2 Mother-right(matriarchate). —Ed.

3 복수의 여신인 세 자매.

4 공제, 우애를 목적으로 조직된 비밀결사체 프리메이슨단Free and Accepted Masons의 조합원.

5 (원주) 1888년 9월 뉴욕에서 돌아오는 길에 나는 루이스 모건의 친구이자 맨체스터 선거구에서 선출된 전前 하원의원을 만났다. 유감스럽게도 모건에 관해 그에게서 많은 것을 들을 수 없었다. 그의 말에 따르면 모건은 로체스터에서 공무에 종사하지는 않고 연구 작업에만 몰두하면서 살고 있다고 한다. 그의 형은 대령으로서 워싱턴의 육군성에 근무하고 있었으며, 이 형의 알선으로 그는 정부가 그의 연구 작업에 관심을 가지게 해 자기의 몇몇 노작을 국비로 출판할 수 있었다고 한다. 나에게 이야기한 장본인도 하원의원으로 있었을 때 여러 번 이런 일을 도와주었다고 한다.

22. 칭송받는 모든 도덕을 의심하며

프리드리히 니체, 「머리말」, 『도덕의 계보학』, 홍성광 옮김, 연암서가, 2011.

1 마태복음 제6장 21절.

2 괴테의 『파우스트』 3780행에 나오는 구절로 악령이 그레첸에게 하는 말.

23. 나 자신에게 내면의 섬 하나를……

폴 발레리, 「서문」, 『테스트 씨』, 최성웅 옮김, 읻다 2011.

24. 회복기의 환자를 위하여

앙드레 지드, 「1927년판에 붙이는 머리말」, 『지상의 양식』, 김봉구 옮김, 문예출판사, 1999.

25. 나의 소망은 증언을 남기는 것

에밀 졸라, 「서문」, 『나는 고발한다』, 유기환 옮김, 책세상, 2005.

26. 웃음의 문제를 해명하기 위해

앙리 베르그송, 「머리말」, 『웃음』, 정연복 옮김, 세계사, 1992.

1 (원주) 머리말은 23판(1924)의 것을 재수록했다.

2 (원주) 〈Revue de Paris〉, 1899년 2월 1일, 2월 15일, 3월 1일.

3 (원주) 그러나 형태적으로는 약간의 수정이 가해졌다.

27. 나는 시인이 아니라 자연과학자라오

지그문트 프로이트, 「서문」, 『꿈의 해석』, 김인순 옮김, 열린책들, 2004.

28. 통일성을 체험하고 고찰하는 것에 대해

게오르그 짐멜, 「서문」, 『렘브란트』, 김덕영 옮김, 길, 2016.

1 이 문장에서 "이미 간략히 언급한바 있는 미학적 분석"은 그 앞 문 단의 마지막 부분에 나오는 구절 "형식의 엄격 또는 이완, 구성의 도식, 공간적 차원들의 이용, 채색, 소재 선택, 그리고 다른 많은 것 들"(329쪽)에 대한 분석을 가리킨다.

2 이 문장에서 "그러한 범주들"은 미학적 범주들을 가리킨다.

3 이 문장에서 "방금 언급한 비합리적 체험"은 "영혼이 운동하는 전 체 진폭, 추상성의 정점, 세계사적 모순들의 심층"(331쪽)을 가리 킨다.

4 이 문장에서 "예술작품의 예의 그 일차적 체험"은 서두에 나오는 구절 "작품이 여기에 존재하면서 자신을 수용하는 사람들에게 직 접적인 영향을 미친다"(328쪽)는 사실을 가리킨다.

5 이 문장에서 말하는 "이전부터"는 『돈의 철학Philosopie des Geldes』 에서부터이다. 이에 대한 자세한 내용은 『렘브란트』의 뒷부분에 실린 김덕영의 해제를 참고.

6 이 문장에서 "이 연구에 대한 기대의 이미 암시한 한계"는 332쪽 두 번째 문단 첫 문장에 나오는 구절 "예술작품을 역사적으로, 기술적으로 또는 미학적으로 해명하지 않고 철학적으로 예술작품의 의미라고 부를 수 있는 것을 추구하는 연구의 한계"를 가리킨다.

29. 그럼으로써 우리는 세상을 이해하게 되었다

페데리코 가르시아 로르카, 「서문」, 『인상과 풍경』, 엄지영 옮김, 펭귄클래식코리아, 2008.

30. 놀이가 문명이라는 것을 확신합니다

요한 하위징아, 「들어가는 글」, 『호모 루덴스』, 이종인 옮김, 연암서가, 2010.

1 mana: 태평양 제도의 미개인들이 믿었던 초자연적 힘.

위대한 서문

초판 1쇄 인쇄 2017년 12월 5일
초판 1쇄 발행 2017년 12월 15일

지은이 버크, 베카리아, 니체 외 27인
엮은이 장정일
펴낸이 정중모
펴낸곳 도서출판 열림원

출판등록 1980년 5월 19일 (제406-2000-000204호)
주소 경기도 파주시 회동길 152
홈페이지 www.yolimwon.com
페이스북 /yolimwon
인스타그램 @yolimwon

전화 031-955-0700
팩스 031-955-0661~2
이메일 editor@yolimwon.com
트위터 @yolimwon

기획 편집 함명춘 유성원 이영은 심소영
제작 관리 윤준수 조아라 김다옹 허유정

홍보 마케팅 김경훈 김정호 김계향
디자인 최정윤

ISBN 978-89-88047-29-1 03800